NIEMANDSENGEL

ILONA BULAZEL

EI Ilona Bulazel
6 B Avenue des Isles d'Amérique
F-34300 Agde

E-Mail: kontakt@autorib.de
Website: https://www.autorib.de
Facebook: https://www.facebook.com/ilonabulazel
Newsletter-Anmeldung: https://www.autorib.de/newsletter

Ausgabe 4.04/2023

Korrektorat: Natalie Röllig

Cover / Photo Images © Depositphotos /
kobrin-photo (Nikita Kobrin),
sqback (Jakub Krechowicz),
krzysztof12 (Krzysztof Bubel)

ISBN: 9798390139615
Imprint: Independently published
Weitere Informationen zum Druck: siehe Buchende

INHALT

1

»Siehst du ihn?«, rief Luca voller Eifer. Tränen des Glücks sammelten sich in seinen Augen, und während er den Blick zur Zimmerdecke richtete, deutete er ungeschickt mit dem rechten Zeigefinger nach oben. »Kannst du ihn sehen?«, fragte er nun voller Ungeduld.

Marianne antwortete ihm nicht. Zwar blickte auch sie mit weit aufgerissenen Augen nach oben, aber es war lediglich ein stumpfes, ausdrucksloses Starren.

»Er ist wunderschön«, flüsterte Luca nun voller Bewunderung. Er war glücklich, ungemein glücklich wie schon lange nicht mehr. Luca bewegte die Lippen, ohne dass er einen Ton hervorbrachte; dennoch schien er ein intensives Zwiegespräch zu führen. »So wunderschön«, waren die einzigen Worte, die man verstehen konnte, ansonsten hörte man nur ein undeutliches Brabbeln.

Plötzlich schnellte er ruckartig in die Höhe. Er schien keine Orientierung zu haben und sah sich verwirrt um, so als wären die schmuddeligen Laken auf dem Bett, die verschlissenen Vorhänge, durch die sich an den abgewetzten Stellen mühelos das Sonnenlicht drängen konnte, oder die ungeleerten Aschenbecher rund um die muffige Matratze nicht das, was er für gewöhnlich in seinem Schlafzimmer vorfand.

»Wo ist er hin?«, fragte er aufgeregt, schüttelte heftig die Frau neben sich. »Wo ist er hin?«, wurde er fordernder.

Dass Marianne nicht mehr atmete, fiel ihm nicht auf. Weder die verkrampfte Haltung ihrer Hände noch der gelbliche Schaum, der aus ihrem Mund tropfte, erregten seine Aufmerksamkeit.

Es machte ihn lediglich wütend, dass sie nicht reagierte. Zornig gab er ihr mit der Faust einen Stoß, fragte bedrohlich: »Hast du ihn weggeschickt? Hast du ihn mir genommen? Ist das deine Schuld?«

Ruckartig riss er die Hände in die Höhe und vergrub die Finger in seinen Haaren. Früher einmal hatte er große, weiche Locken gehabt, die Mädchen waren stets voller Bewunderung für seinen wilden Haarschopf gewesen. Heute allerdings wirkten die übrig gebliebenen Strähnen auf seinem Schädel wie aufgeklebte Teppichfransen. Dennoch fing er an, sie sich zu raufen, zog heftig daran, riss sich ein kleines Büschel aus. Den Schmerz verdrängte er, denn seine einzige Sorge galt dem wunderschönen Wesen, das er soeben noch über sich hatte schweben sehen.

»Es war ein Engel!«, rief er gehetzt. »Ich weiß, dass es ein Engel war. Ich habe ihn gesehen, er ist zu mir gekommen.« Mit einem Mal wich der glückliche Gesichtsausdruck von eben einem leidvollen Schmerz. Die Freudentränen verwandelten sich, drückten jetzt unbändige Trauer aus. »Er ist fort«, stieß Luca gequält schluchzend hervor, bevor er sich wieder aufs Bett fallen ließ. Erneut starrte er zur Decke – sein Gesicht spiegelte zunächst Ungläubigkeit wider, dann pure Angst. »Nein, geh weg!«, schrie er außer sich. »*Dich* will ich nicht sehen, geh weg.« Unbeholfen rollte er sich zusammen und fing an zu weinen, glich einem kleinen Kind, das sich in die Embryonalstellung gekauert hatte. »Mach, dass er geht!«, rief er erneut.

Aber was auch immer Luca solche Angst einflößte, es schien nicht zu weichen. Sein Weinen wurde von einem verzweifelten Schnappen nach Luft abgelöst. Plötzlich begann sein gesamter Körper zu zittern, so als hätte er einen epileptischen Anfall. Seine Augen verdrehten sich, bis man nur noch das Weiße sehen konnte. Zuerst kam ein schrecklicher Würgeton über seine Lippen, dann musste er sich übergeben. Das Erbrochene landete auf dem Kissen, Reste des unverdauten Speisebreis hingen an seinem Kinn.

Für einige Minuten wirkte es, als hätte er das Schlimmste überstanden. Seine Lippen öffneten sich, und heiser krächzte er: »Der Teufel, er will mich holen.«

Dann erfasste ihn ein weiterer Krampf. Er war schlimmer als der erste, auch weil er von grausigen Trugbildern begleitet wurde, die eine Furcht in Luca auslösten, die ihn sogar die körperlichen Schmerzen vergessen ließ.

Schließlich hatte sich die tödliche Dosis unwiderruflich in seinem Körper ausgebreitet. Wie ein Nachtwächter, der durch die Räume eines Gebäudes wanderte und eine Lampe nach der anderen löschte, stoppte sie gnadenlos die Arbeit von Lucas Organen. Die Leber konnte nicht mehr entgiften, die Lunge hörte auf, den wertvollen Sauerstoff zu verteilen, und am Ende stellte auch das Herz sein sonst stetiges Pumpen ein. Wie besagtes Gebäude blieb nun auch Luca in völliger Dunkelheit zurück.

* * *

Elf Jahre später, Tübingen im Juni

Ronja Schneider registrierte den Angriff viel zu spät. Ein infernalischer Schmerz am Hinterkopf, ein zweiter Schlag und die traurige Gewissheit, dass sie nichts mehr in Ordnung bringen konnte. War das die Strafe dafür, dass sie all die gut gemeinten Warnungen als lästige Belehrungen abgetan hatte? Ihr Tod würde nun denen recht geben, die ihr geraten hatten, sich nicht selbst zu überschätzen.

»Das Nachtleben hat seine Tücken«, hatte man ihr erklärt. »Drogen, Alkohol, das Gefühl, einer Gruppe anzugehören, die ungewöhnlichen Arbeitszeiten, das Schlafen am Tag, die Partynächte. Schnell lässt man sich verführen, greift zum Beispiel zu Tabletten, um mit den Schrecken umzugehen, Pillen, um fröhlich zu sein …«

Ronja hatte zunächst alles im Griff gehabt – aber am Ende schien sie doch verloren gewesen zu sein.

Der nächste Schlag brach ihre Schädeldecke auf. Sie war ein leichtes Opfer gewesen, lag nun regungslos auf dem Boden und spürte nichts mehr. Der Tod hatte seine Arbeit bei der jungen Frau schnell erledigt, so als hätte er ungeduldig darauf gewartet, sie mit sich zu nehmen.

Ronjas Haare ließen sich trotz des Blutes, das die Strähnen verklebte, noch flechten. Der Zopf wurde sogar recht ordentlich.

Es war ein prickelndes Gefühl, anschließend durch die Wohnung der Toten zu streifen, die ein oder andere Schublade zu öffnen und Dinge zu sehen, die ein normaler Besucher nicht zu Gesicht bekommen hätte. Alles in allem gab es jedoch wenig zu entdecken. Die Schränke waren kaum gefüllt, so als würde man sich in einem Hotelzimmer befinden und die Tote wäre nur auf der Durchreise gewesen. Auf einem wackeligen Frisiertisch fanden sich Schminkutensilien. Die Packungen waren noch neu. Vielleicht hatte das Opfer sie eben erst gekauft, womöglich auch geklaut. Es handelte sich um keine teuren Artikel, aber das spielte keine Rolle.

Im Bad gab es einen elektrischen Rasierer – der würde helfen, die weiteren Arbeiten akkurat auszuführen. Das galt auch für die Behandlung des Fußes; sicherlich hätte es für diesen ein besseres Werkzeug gegeben als eine angerostete Geflügelschere aus der Küche, aber die zierlichen kleinen Zehen ließen sich damit dennoch leicht abtrennen. Die unterschiedliche Länge der Stümpfe konnte man mühelos mit dem Küchenutensil korrigieren; schließlich sollten sie so kurz wie möglich sein.

Nun fehlten nur noch die Lippen und die kleinen, runden, dunklen Abdrücke auf der Haut.

Am Ende wirkte Ronja halbiert. Die eine Seite hatte man versucht zu verschönern – ein kläglicher Versuch, denn der auf den Lippen der rechten Gesichtshälfte aufgetragene Lippenstift war über die Konturen hinaus verschmiert, der blaue Lidschatten zu großflächig verteilt und die als Sommersprossen gedachten niedlichen Punkte erinnerten an einen Ausschlag. Genau genommen glich die rechte Seite von Ronjas Gesicht eher dem ungeschickt aufgetragenen Make-up eines Clowns, während die linke bestenfalls als *entstellt* zu bezeichnen gewesen wäre. Brandflecken und eine kahl rasierte linke Schädeldecke nahmen der Toten alles Schöne. Aber so sollte es sein.

Der blutige Kristallaschenbecher wurde gesäubert, die Spuren wurden verwischt, die abgetrennten Zehen fein säuberlich beiseitegelegt. Nun gab es eine Frau weniger auf der Welt; eine, die sich nicht an die Regeln gehalten hatte und deren Tod für alle anderen eine Warnung sein würde.

»Ein wahrhaft gelungenes Bild«, flüsterte die Gestalt im Türrahmen bei der Betrachtung der Leiche. Es lag weder Bedauern noch Scham in dem Blick, sondern lediglich Zufriedenheit und die Zuversicht, dass hier gerade etwas Großes begonnen hatte.

* * *

Zwei Tage später in Wiesbaden

Man hatte Hauptkommissar Jens Stutter und Oberkommissarin Jasmin Nau einbestellt. Obwohl die beiden gerade erst von einem Einsatz aus Berlin zurückgekommen waren, schien es so, als hätte das Bundeskriminalamt für seine Sonderermittler bereits einen neuen Fall.

Als die beiden Kollegen den Besprechungsraum betraten, wunderten sie sich über den Fremden. Im Normalfall sprach Stutter mit seinem Vorgesetzten, aber heute war ein Mann anwesend, den der dreiundfünfzigjährige Beamte noch nie zuvor gesehen hatte.

Eine Vorstellung blieb zunächst aus und sein Vorgesetzter begann nach einer kurzen Begrüßung mit einem besorgten Gesichtsausdruck zu sprechen. »Wir werden das Landeskriminalamt Stuttgart bei der Aufklärung eines Mordfalls unterstützen.«

»*Eines* Mordfalls?«, warf Jasmin Nau überrascht ein. »Wir werden doch normalerweise nur hinzugezogen, wenn von einer Serie ausgegangen wird.«

Stutter warf einen Blick zu dem Fremden, der die Lippen zusammenpresste. Offenbar fiel es ihm nicht gerade leicht, bei dieser Besprechung dabei zu sein.

»Es ist eine … heikle Angelegenheit«, erklärte nun ihr

Vorgesetzter. »Wir haben ein weibliches Opfer.« Er reichte den Beamten eine Mappe. »Am Leichnam wurde ein merkwürdiges Ritual vollzogen. Wir dachten« – und dieses Mal richtete er sich direkt an Stutter – »Sie könnten helfen, Licht ins Dunkel zu bringen.«

»Wer war die Frau?«, fragte der Beamte sofort und blickte überrascht zu dem Fremden, als der nun antwortete.

»Ronja Schneider, achtundzwanzig Jahre alt«, sagte der Mann und stellte sich als Hauptkommissar Rolf Oberbichl vom Landeskriminalamt vor.

Jasmin hatte sich schnell die Tatortbilder angesehen und bemerkte: »Ihr Schädel wurde rasiert.«

»Ja, beziehungsweise eine Hälfte davon«, antwortete Oberbichl sachlich. »Die linke Hälfte, um genau zu sein. Man hat ihr die linke Schädeldecke rasiert, die linke Wange mit einer Zigarette verbrannt und die Zehen des linken Fußes amputiert.« Er sprach hart und wirkte gehetzt. Die Ohnmacht und die Wut, die er bei der Beschreibung empfand, waren ihm deutlich anzumerken.

Stutter meldete sich zu Wort. »Wie es aussieht, hat der Täter versucht, die beiden Gesichtshälften unterschiedlich herzurichten.«

»Ein ungleichmäßig geflochtener Zopf und verschmiertes Make-up, rasierte Haare, das sieht für mich eher wie *Spott* aus als nach einem Plan«, konterte der andere.

»Womöglich ist es auch Spott«, lenkte Stutter ein. »Wie starb sie?«, fragte er interessiert.

»Mehrere Schläge auf den Hinterkopf mit einem Kristallaschenbecher. Wir fanden ihn am Tatort. Der Täter hat ihn zusammen mit der verwendeten Geflügelschere, beides Gegenstände, die dem Opfer gehörten, zurückgelassen. Die Ergebnisse der gerichtsmedizinischen Untersuchung haben den Aschenbecher eindeutig als

Tatwaffe identifiziert. Fingerabdrücke fanden wir leider nicht.«

»Sie wurde also von hinten erschlagen. Wo?«, hakte Stutter weiter nach.

»In ihrer Wohnung«, antwortete ihm Oberbichl betroffen. »Sie arbeitete als Barkeeperin in einem Tübinger Nachtklub.«

»Prostitution?«, fragte Jasmin automatisch.

»Nein, wie können Sie so etwas annehmen?«, ereiferte sich Oberbichl.

Jasmin sah daraufhin überrascht zu ihrem Kollegen, der sich ebenfalls über die Reaktion des Mannes vom LKA wunderte.

Stutter zog die Augenbrauen in die Höhe und meinte ungeduldig: »Wäre es nicht an der Zeit, uns zu sagen, in welcher Verbindung Sie zu der Toten standen? Es ist doch offensichtlich, dass das Mordopfer keine Fremde für Sie ist. Damit würde sich dann wohl auch erklären, warum man uns angefordert hat, obwohl wir eigentlich gar nicht zuständig sind.«

Oberbichl lehnte sich schwerfällig in seinem Sitz zurück und stieß die Luft aus. »Man hat mir schon gesagt, dass Sie es schnell herausfinden werden«, entgegnete der Mann resigniert.

Während Stutter schwieg und dem anderen Zeit ließ, zu antworten, blaffte Jasmin: »Sie verlangen unsere Hilfe und enthalten uns Informationen vor?«

»Ich wollte Ihnen nichts vorenthalten«, verteidigte sich Oberbichl, »ich dachte nur, Sie sollten sich zunächst ganz objektiv ein Bild von dem Fall machen.«

»Und welche Information hätte unsere Objektivität trüben können?«, hakte Jasmin spitz nach.

»Ronja Schneider war eine von uns, eine Polizistin«, erwiderte Oberbichl mit bitterer Miene. »Ich habe eine meiner Mitarbeiterinnen verloren und ich schwöre, ich werde alles daransetzen, das Schwein zu finden, das ihr das angetan hat.«

Jasmin Nau öffnete überrascht den Mund, während Stutter dem Kollegen voller Mitgefühl zunickte.

Wie sich mit einem Mal alles änderte. Eben noch hatte er sich über diesen Oberbichl geärgert, der ungeduldig, beinahe schon unhöflich auftrat, und plötzlich empfand er tiefes Verständnis für den Mann vom LKA. »Mein aufrichtiges Beileid«, sagte Stutter deshalb ernst. »Ich nehme an, sie hat nicht zum Spaß in einem Nachtklub in Tübingen gearbeitet«, schlussfolgerte er.

»Richtig«, antwortete Oberbichl, froh, sich nicht weiter seinen Gefühlen stellen zu müssen. »Sie arbeitete in der Dienststelle in Stuttgart, war eine meiner besten Kommissarinnen. Wir brauchten jemanden für eine verdeckte Ermittlung, einen Undercover-Einsatz. Unsere Abteilung ist für Organisierte Kriminalität und Rauschgift zuständig.«

»Und Sie nehmen an, dass man sie enttarnt und ermordet hat?«, warf Jasmin verständnisvoll ein.

»Womöglich«, entgegnete Oberbichl zögerlich, »das wäre das Naheliegendste.« Ein Schatten huschte über das Gesicht des Mannes und er wirkte für einen Augenblick unsicher.

»Sie haben dennoch Zweifel«, half ihm Stutter aus.

»Ich mache diesen Job schon sehr lange«, erwiderte Oberbichl. »Hat mich zwei Beziehungen und etliche Freundschaften gekostet. Ich musste Kollegen im Krankenhaus besuchen, aber bisher war ich davor bewahrt geblieben, auch einen zu beerdigen. Ich habe Ronja dort hingeschickt, und ich fühle mich für ihren Tod verantwortlich. Ich will einfach keinen Fehler begehen.« Er holte geräuschvoll Luft, bevor er weitersprach. »Ich will mir sicher sein, dass am Ende der Richtige dafür zur Rechenschaft gezogen wird.«

»Woran hat sie gearbeitet?«, fragte Stutter und begann sich Notizen zu machen.

»Wir haben schon eine geraume Zeit einen Nachtklubbesitzer im Visier. Alex Wildhain, er betreibt unter anderem die *Wildhain Party Lounge*. Wir vermuten, dass er ein Mittelsmann für Drogen- und Waffengeschäfte ist und auch bei Hehlereien seine Finger im Spiel hat. Ihm selbst konnten wir bisher nichts nachweisen. Wer für ihn arbeitet, ist loyal und schweigt. Ronja sollte sich eine Zeit lang in seinem Klub umsehen.«

»Trauen Sie diesem Alex Wildhain den Mord an einer Polizistin zu?«, mischte sich Jasmin ein.

»Sicher, ich halte ihn für ausgesprochen skrupellos. Natürlich hat er ein Alibi für die Tatzeit. Vermutlich hätte er das auch nicht selbst erledigt. Allerdings …« Oberbichl machte eine kurze Pause, suchte nach den richtigen Worten. »So schwer es mir fällt, das zu sagen – ich halte ihn auch für intelligent. Mit dem Mord an Ronja gerät er in den Fokus des Polizeiapparats. Er hätte sie auch einfach entlassen können, falls er ihre wahre Identität überhaupt entdeckt hat.«

»Wäre er wirklich so besonnen vorgegangen?«, fragte Jasmin Nau. »Es ist nicht ungewöhnlich, dass jemand, der sich für schlau hält und sich der Polizei überlegen fühlt, völlig unangemessen reagiert. Wir wissen, wie stark die Brutalität im Bereich der Organisierten Kriminalität in den letzten Jahren zugenommen hat. Ein Mord ist eine Abschreckung für alle, die vielleicht Informationen an die Polizei weitergeben könnten. Außerdem zeigt er damit seiner Konkurrenz, dass er es ernst meint.« Sie sah fragend zu Oberbichl.

»Ich sehe das eigentlich genauso, aber Ronja schien sich sicher, dass niemand ihre wahre Identität herausgefunden hat. Sie war erst wenige Wochen bei Wildhain. Sie war gut in ihrem Job, hat sich mit dem Personal angefreundet, langsam die Fühler ausgestreckt, geduldig auf eine Gelegenheit gewartet. Das bestätigt auch ihre Kontaktperson, Oberkommissarin Nelly Wagner.« Oberbichl fuhr sich mit einem Stofftaschentuch über die verschwitzte Stirn.

Es war eine ungewöhnliche, fast schon altmodische Geste, die Stutter an einen ehemaligen Kollegen erinnerte, den er sehr geschätzt hatte.

»Ich weiß, dass Sie eigentlich nicht zuständig sind, aber man bezeichnet Sie als einen Experten für außergewöhnliche Mordfälle. Ich möchte, dass der Tod von Ronja Schneider lückenlos aufgeklärt wird, und dafür brauche ich jemanden wie Sie.«

Nicht, dass Stutter eine Wahl gehabt hätte. Sein Vorgesetzter bestimmte die Einsätze, und zwischenzeitlich waren die Zuständigkeiten sicher längst geklärt. Trotzdem antwortete er verständnisvoll: »Wir werden unser Bestes geben. Ich brauche natürlich volle Akteneinsicht und einen Kontakt in Tübingen.«

2

Zur gleichen Zeit in Stuttgart im Haus der Eltern des Mordopfers

Frieda und Wilhelm Schneider saßen nebeneinander auf der Couch. Sie hielten sich an den Händen, starrten an ihrem Gast vorbei, unfähig, etwas zu sagen.

Oberkommissarin Nelly Wagner fühlte sich unwohl. Der Anblick der beiden verstärkte ihre Trauer, die Tränen konnte sie kaum zurückhalten. Außerdem fühlte sie sich nicht willkommen. Obwohl die Eltern von Ronja nichts sagten, hatte es den Anschein, sie ständen Nelly ablehnend gegenüber.

Die tröstenden Worte, die sie sich bereits auf der Fahrt überlegt hatte, klangen deshalb holprig und aufgesagt. »Es tut mir unendlich leid. Ronja wird uns allen fehlen. Sie war eine gute Polizistin und eine Freundin«, fügte sie noch hilflos an.

»Sie hat ihr Leben für Menschen geopfert, die es nicht verdient haben«, brach es plötzlich aus der Mutter heraus. »Warum haben *Sie* diesen Auftrag nicht ausgeführt? Sie wussten es vermutlich besser als meine Ronja«, fuhr sie anklagend fort. »Haben ihr großzügig den Vortritt gelassen und mein Kind damit in den Tod geschickt, was?«

»Frau Schneider, ich kann so etwas gar nicht bestimmen. Ronja hat sich …«

»Schöne *Freundin*«, entfuhr es Frieda aufgebracht. »Ich habe Ronja immer vor den Menschen gewarnt. Unser Mädchen hätte alles erreichen können, aber vermutlich stand sie jemandem im Weg.«

Wilhelm drückte seiner Frau die Hand, mehr Trost konnte er ihr im Moment nicht spenden.

»Was wollen Sie überhaupt hier?«, schnauzte Frieda weiter. »Ich weiß nicht, wer ihr das angetan hat. Gehen Sie und suchen Sie den Schuldigen und dann erschießen Sie ihn.«

»Wir tun wirklich alles, was in unserer Macht steht«, versuchte Nelly sich zu erklären. »Die Kollegen werden nicht ruhen. Es wird ein Experte kommen, der bei den Ermittlungen hilft.«

»Ein Experte«, antwortete Frau Schneider schnippisch. »Na dann bin ich ja beruhigt. Wissen Sie eigentlich«, sagte sie nun wütend, »wie oft ich in meinem Leben gehört habe, dass ein Experte die Dinge wieder richten würde?« Sie keuchte und dann übermannten sie die Tränen. »Keiner bringt mir mein Kind zurück.«

Auch Wilhelm Schneider sank in sich zusammen und wurde von einem Weinkrampf geschüttelt.

Nelly schwieg, zumal jedes ihrer Worte das Ehepaar noch mehr zu erzürnen schien. »Ich müsste mich in Ronjas Wohnung umsehen«, sagte sie schließlich kleinlaut.

»Ihre Kollegen waren doch schon da«, gab sich Frieda genervt.

»Ja«, stammelte Nelly, »aber könnte ich trotzdem? Es wäre wichtig.«

Frieda Schneider stand auf, kam ungelenk auf die Füße,

als wäre sie eine alte Frau. Ronjas Mutter hatte vor wenigen Monaten ihren fünfundfünfzigsten Geburtstag gefeiert, das wusste Nelly. Aber heute wirkte sie dreißig Jahre älter.

Sie schlurfte an Nelly vorbei und die folgte ihr automatisch. Beim Verlassen des Wohnzimmers warf sie einen letzten mitfühlenden Blick zum Vater. Der stierte mit glasigen Augen auf eine Reihe von Fotografien an der Wand. Sie zeigten alle seine Tochter Ronja.

Im Flur hing ein Schlüsselbrett. Frau Schneider nahm einen der Schlüssel und reichte ihn Nelly. »Wenn Sie fertig sind, werfen Sie ihn in den Briefkasten. Unnötig, noch einmal nach uns zu sehen.«

Nelly nickte und ging. Es fühlte sich an, als hätte man sie geschlagen. Dabei wollte sie doch nur Anteil nehmen, selbst ein wenig Trost finden. Natürlich kannte sie den Weg zum Eingang von Ronjas Wohnung. Sie war schon öfter hier gewesen, früher. Früher, als alles noch schön gewesen war, als Ronja und sie ein Team gewesen waren. Allerdings hatte sie es damals schon gewusst. Ronja war weitaus komplizierter gewesen, als alle annahmen.

Gleich beim Betreten der Wohnung schlug ihr der vertraute Geruch von Ronjas Parfüm entgegen. Der Duft hatte die Wirkung einer mannshohen Welle, die sie von den Füßen riss. Nelly lehnte an der Wand, rutschte auf den Boden und begann bitterlich zu weinen. Es war so schwer, mit dem, was passiert war, umzugehen. Sie sollte nicht hier sein, sie hätte nie hier sein dürfen. Sich bewusst werdend, dass sie gerade einen weiteren Fehler beging, riss sich Nelly zusammen.

Sie unterdrückte den Impuls, in Ronjas Sachen zu kramen, sondern näherte sich zielsicher dem Schreibtisch und schob ihn ein wenig zur Seite, damit sie die lockere Bodenkachel unter dem hinteren Tischbein anheben konnte.

Der kleine Hohlraum war noch gefüllt, so wie sie es gehofft hatte. Schnell nahm sie alles an sich, legte die Kachel wieder an ihren Platz und schob den Schreibtisch zurück.

Mit einem Mal wollte sie nur noch weg. Ihre Hände zitterten, und sie benötigte drei Anläufe, um die Wohnungstür hinter sich abzuschließen. Fast rannte sie über den Rasen zum Briefkasten der Eltern, um den Schlüssel einzuwerfen. Erst als sie ihren kleinen PKW auf die Hauptstraße lenkte, fiel die Anspannung von ihr ab. Was hatte sie nur getan?

* * *

Am nächsten Tag

Hauptkommissar Jens Stutter und seine Kollegin Oberkommissarin Jasmin Nau erreichten das Mehrfamilienhaus nahe eines Tübinger Gewerbegebiets. Die Außenfassade wirkte gepflegt, wenn auch die Mülleimer auf dem ausgetrockneten Stück Rasen überfüllt waren und sich einiges an Sperrmüll angesammelt hatte. Die zu dem Haus gehörenden Parkplätze waren alle belegt, daher mussten die Beamten ihren Dienstwagen in einer Nebenstraße abstellen.

Während des kurzen Fußwegs sahen sich die beiden um.

»Sieht hier weder nach Mord noch nach Organisierter Kriminalität aus«, bemerkte Jasmin. »Ich würde in dieser Gegend nicht einmal mit einem Handtaschendiebstahl rechnen.«

Stutter stimmte ihr zu. »Vielleicht war das der falsche Wohnort für eine verdeckte Ermittlung, und sie ist deshalb aufgeflogen.«

Seine Kollegin schüttelte den Kopf. »Ich habe mich vorhin im Internet schlaugemacht. Ist schwierig, im Tübinger

Raum so etwas wie die *typische* üble Ecke zu finden. Hier ist es irgendwie überall schön.«

Der Hauptkommissar musste schmunzeln. »Hört sich fast so an, als wärst du enttäuscht?«

»Nein«, widersprach Jasmin. »Ich werde mich in so einer Region zur Ruhe setzen, aber um einen Mord aufzuklären, ist so viel Idylle nicht gerade hilfreich.«

Sie erreichten das Haus, in dem Ronja Schneider zur Tarnung gewohnt hatte, und wurden bereits erwartet. Der Mann, den Jasmin um die vierzig schätzte, schien ungeduldig, denn er sah wiederholt auf seine Uhr und machte dabei ein genervtes Gesicht, welches die Oberkommissarin dennoch attraktiv fand.

»Hauptkommissar Hans Ehrbecker«, stellte er sich vor, als Stutter ihn begrüßte und sich zu erkennen gab. »Hans reicht«, fügte er noch an, »es sei denn, ihr besteht auf Förmlichkeiten.« Seine Worte klangen provozierend. Es war offensichtlich, dass er sich über die Beteiligung der beiden Kollegen vom BKA ärgerte.

»Jasmin«, übernahm es die Oberkommissarin, zu antworten, und streckte ihm die Hand entgegen.

Für einen kurzen Augenblick schien er seine Wut zu vergessen und lächelte.

Jasmin spürte ein leichtes Kribbeln in der Magengegend, und auch Stutter fiel auf, dass die beiden sich für eine erste Begrüßung etwas zu lange an den Händen hielten.

»Sehr erfreut«, entgegnete der Tübinger Beamte und ließ endlich Jasmins Hand los.

»Wollen wir?«, mischte sich Stutter ein und deutete zum Hauseingang.

Hauptkommissar Ehrbecker kehrte zu seinem mürrischen Tonfall zurück. »Wir müssen ganz nach oben. Einen Aufzug gibt es nicht.« Damit marschierte er eilig los, und Jasmin musste in einen leichten Trab fallen, um ihm überhaupt folgen zu können. Die Treppen nahm der Tübinger Hauptkommissar ebenfalls in einem flotten Tempo, meistens zwei Stufen auf einmal, sodass selbst die sechsunddreißigjährige Jasmin, die versucht hatte, ihm auf den Fersen zu bleiben, oben angekommen erschöpft Luft holte.

Ein amüsiertes Grinsen erschien auf Ehrbeckers Gesicht, als er das bemerkte, er ließ die Situation jedoch unkommentiert und öffnete die Tür.

»Die Kriminaltechnik ist durch. Im Prinzip ist jeder hier durch, unsere Leute, die vom LKA, fehlt nur noch ein Hauptkommissar aus Wiesbaden«, konnte er sich die Stichelei nicht verkneifen.

Stutter ignorierte die Bemerkung und betrat die Wohnung, dabei fragte er sachlich: »Wie viel hat man dir bereits über das Opfer erzählt?«

Ehrbecker, der mit einem Nicken Jasmin den Vortritt ließ, brummte: »Die Tote war achtundzwanzig, Barkeeperin beim Wildhain und offensichtlich von großem Interesse für das LKA.«

»Wo hat man sie gefunden?«, fragte der Hauptkommissar und konzentrierte sich auf die Örtlichkeiten.

»Im Flur, am Eingang zur Küche.« Er führte die Kollegen zu besagter Stelle.

»Ist ziemlich spärlich eingerichtet«, stellte Jasmin fest.

Stutter nickte. Nur das Nötigste an Möbeln war vorhanden, zudem waren sie zusammengewürfelt, als hätte man sie auf die Schnelle von irgendeinem Secondhandlager organisiert. Vermutlich war das auch der Fall gewesen. Stutter zog einige Schubladen auf und wunderte sich nicht, dass er die meisten leer vorfand.

»Sie lag hier«, erklärte Ehrbecker schließlich und sah wieder auf die Uhr.

Stutter wusste, dass ihn der Mann damit ärgern wollte, er

konnte das sogar verstehen. Augenscheinlich hatte man den Beamten bislang im Dunklen gelassen; vermutlich wollte das LKA Stutter nicht vorgreifen. Der versuchte dieses Vorgehen zu entschuldigen, indem er sagte: »Man hätte dich schon früher einweihen müssen. Ich bedauere, dass du dich nun ausgeschlossen fühlst. Aber in so einem Fall gibt es kein richtiges Prozedere. Da reißen uns die Emotionen aus der antrainierten Routine.«

Jasmin hielt das für eine sehr diplomatische Erklärung dafür, dass man Ehrbecker übergangen hatte.

Der Tübinger Beamte wusste nicht, worauf Stutter hinauswollte, und starrte ihn fragend an.

»Das Opfer hieß in Wirklichkeit Ronja Schneider und arbeitete als verdeckte Ermittlerin für das LKA, deshalb hat man mich hinzugezogen. Es gibt einige Besonderheiten bei dem Mord, die womöglich von mir und meiner Kollegin geklärt werden können. Wenn du dich also ausgegrenzt oder übergangen fühlst, dann sicher zu Recht. Allerdings geschah das nicht, weil man deine Fähigkeiten anzweifelt, sondern weil man im Zuge des ersten Schocks versucht hat, keine Fehler zu begehen.«

Ehrbecker wollte etwas einwenden, darauf hinweisen, dass er als leitender Beamter die Wahrheit hätte erfahren müssen, aber Stutter ließ ihn nicht zu Wort kommen und erklärte: »Wenn Ronja starb, weil sie aufgeflogen ist, dann müssen wir auch einkalkulieren, dass sie vielleicht von jemandem verraten wurde.«

»Bestimmt nicht von mir«, schnauzte Ehrbecker. »Ich wusste nichts von dem Einsatz.«

»Das hat auch niemand behauptet, aber um in diese Richtung ermitteln zu können, posaunt man den Hintergrund des Opfers nicht sofort hinaus. Zudem werden wir auf Zeugen stoßen, die grundsätzlich nicht gerne mit der Polizei sprechen. Noch weniger Mühe werden die sich geben, wenn sie wissen, dass wir wegen des gewaltsamen Todes einer *Polizistin* ermitteln. Deshalb ist es nachvollziehbar, dass man zunächst vorsichtig mit der Weitergabe von Informationen war.«

Ehrbecker presste die Lippen aufeinander und Jasmin rechnete eigentlich mit einer weiteren zynischen Bemerkung, aber stattdessen löste sich seine Anspannung und er erwiderte leise: »Eine Kollegin also, das ist schlimm.« Sein Bedauern war echt. »Das heißt, ihr übernehmt jetzt?«

Stutter schüttelte den Kopf. »Ich wäre für eine Zusammenarbeit dankbar. Ein gemeinsamer Fall, bei dem ich jede Unterstützung vor Ort annehme, die ich kriegen kann.«

»Selbstverständlich«, erwiderte Hans Ehrbecker respektvoll. Die Wogen schienen geglättet und Jasmin war darüber weit mehr erfreut, als sie sich im Moment eingestehen wollte.

Nach dem Gespräch konzentrierten sich die Beamten wieder auf die Wohnung.

Ehrbecker bemerkte: »Kein Wunder, dass wir kaum etwas Aufschlussreiches gefunden haben. Sie hat wohl noch nicht lange hier gelebt.«

»Wenige Wochen«, gab ihm Jasmin Antwort und öffnete im Schlafzimmer den Kleiderschrank. Die Garderobe war auf ihren Job im Nachtklub abgestimmt. Sexy Outfits und zwei Perücken. Außerdem kniehohe Stiefel und Paillettenkleider. Auf dem Schminktisch lagen diverse Lidschatten und Lippenstifte, meist grelle Farben.

Jasmin zog die Nachttischschublade auf und runzelte die Stirn. »Hier liegt eine große Packung Kondome«, stellte sie irritiert fest.

Ehrbecker schien das nicht zu wundern. »Wir fanden auch welche in ihrer Handtasche. Das, die Kleidung und der Job beim Wildhain ließen uns zunächst vermuten, dass das Opfer vielleicht als Prostituierte gearbeitet hat.«

»Verständlich«, gab Jasmin zu, »aber als verdeckte Ermittlerin hätte sie Kondome nicht gebraucht. Sie wird ja kaum geplant haben, eine Beziehung einzugehen.«

»Denkbar, dass der Besitz von Kondomen Teil der Tarnung ist«, warf Stutter ein. »Vielleicht war sie einfach perfekt vorbereitet. Was, wenn sie eine der Kolleginnen aus dem Klub nach einem Kondom gefragt hätte? Ist doch glaubhafter, dann eines parat zu haben. Was mich jedoch viel mehr wundert, ist die Tatsache, dass sie sich hat überrumpeln lassen.« Er sah zu Ehrbecker. »Mir wurde gesagt, man hat sie von hinten angegriffen, niedergeschlagen.«

»So hat es sich beim Auffinden der Leiche laut der ersten Untersuchung des Gerichtsmediziners dargestellt. Mehrere Schläge auf den Hinterkopf. Anschließend hat sie der Täter umgedreht und …« Er brach ab, verzichtete darauf, noch einmal das grausame Ritual zusammenzufassen, das an der Leiche vollzogen worden war. Schließlich konnte er davon ausgehen, dass die Kollegen Bescheid wussten.

»Das heißt, dass sie erstens jemanden in der Wohnung hatte, dem sie sorglos den Rücken zugedreht hat, und zweitens, dass sie nicht in der Lage war, sich zu wehren«, überlegte Stutter laut.

»Wenn der erste Schlag sie heftig erwischt hat«, warf Jasmin ein, »dann ging sie vielleicht gleich in die Knie und hatte keine Chance mehr, zu reagieren. Aber du hast recht«, entgegnete sie besorgt. »Sie muss ihren Mörder in die Wohnung gelassen und ihm vertraut haben.«

»Zumindest hatte sie keine Angst vor ihm. Als Polizistin im Einsatz wäre sie doch sicher bei den meisten Besuchern wachsam gewesen«, ergänzte Ehrbecker. »Ich jedenfalls würde niemandem den Rücken zudrehen, den ich gerade heimlich observiere.«

»Womöglich hat man sich bei ihr eingeschlichen?«, schlug Jasmin vor. »Der Mord geschah am Morgen. Denkbar, dass sich der Täter als Handwerker, Paketbote oder Hausmeister ausgegeben hat.«

Stutter brummte etwas Unverständliches, ein Zeichen, dass ihm das als Erklärung nicht genügte. »Möglich«, gab er zögerlich zu. »Dennoch kommt es mir unwahrscheinlich vor, dass das ein gezielter Mord war, um eine Undercover-Beamtin zu töten.«

Die fragenden Gesichter seiner Kollegen ließen ihn sagen: »Das Risiko, am Tag gesehen zu werden, ist doch relativ groß. Wenn derjenige wusste, dass Ronja Schneider eine Polizistin war, dann musste er mit ihrem Misstrauen und mit Gegenwehr rechnen. In so einem Fall wäre es doch wesentlich logischer, ihr aufzulauern, zum Beispiel vor diesem Nachtklub, und sie zu erschießen, anstatt es auf eine direkte körperliche Konfrontation ankommen zu lassen. Außerdem würde es viel mehr Sinn ergeben, die Leiche verschwinden zu lassen. Damit werden Spuren verwischt, und ohne Leiche keine Mordermittlungen. Daher wirkt das Ganze auf mich wenig durchdacht.«

»Vielleicht kam sie einer Organisation in die Quere, die das sehr persönlich genommen hat. Mafiöse Gebilde haben ihre eigenen Gesetze und Rituale. Wir wissen nicht, mit wem Alex Wildhain Geschäfte macht. Das Amputieren der Zehen ist für mich ein Indiz, dass es auch darum ging, ein Exempel zu statuieren«, erwiderte Jasmin.

»Du meinst, ähnlich wie die *Sizilianische Botschaft*, bei der der tote Fisch den Verräter einschüchtern soll?«, hakte Ehrbecker nach.

»Das Abtrennen von Gliedmaßen war immer schon ein Zeichen von Bestrafung. Die abgehackte Hand eines Diebes, die abgeschnittene Nase des Verräters, die Geschichte ist voll von solchen Beispielen. Warum sollte es nicht eine Gruppierung geben, die ein eigenes Ritual hat, um einen

Verräter zu bestrafen? Wir sollten uns schnellstmöglich diesen Alex Wildhain zur Brust nehmen.«

»Aalglatter Typ«, warf Ehrbecker ein, »unsympathisch und arrogant. Hat so getan, als würde ihn das alles nichts angehen.«

Jasmin erwiderte grimmig: »Ich kann nur hoffen, dass wir ihn für den Mord drankriegen.«

Ihr Blick wanderte zu Stutter, der zog die Augenbrauen in die Höhe. »Sammeln wir erst einmal Beweise, dann haben wir die besten Chancen. Was ist zum Beispiel mit dem Computer oder dem Handy von Ronja Schneider?«, richtete er sich deshalb an den Tübinger Kollegen.

»Einen Computer gab es nicht, und das Handy hat das LKA einkassiert. Sonst fanden wir nichts Interessantes, und der Bericht der Gerichtsmedizin ist uns nicht zugegangen, dem telefoniere ich bereits hinterher. Mittlerweile ist mir klar, dass die den absichtlich zurückhalten.«

»Was ist mit den Nachbarn, hat jemand etwas gehört oder gesehen?«, wollte Stutter wissen.

»Die Befragungen sind quasi abgeschlossen, allerdings ergebnislos. Die Bewohner sind nicht besonders redselig. Jeder kümmert sich angeblich nur um die eigenen Angelegenheiten. Die wussten nicht einmal, dass jemand Neues eingezogen war. Das sind keine Luxusappartements, die meisten Mieter haben Mühe, über die Runden zu kommen. Und Polizei bedeutet für sie Ärger, also hält man sich zurück.«

»In dem Haus ist ein Mord geschehen, haben die denn keine Angst?«, fragte Jasmin überrascht.

»Die glauben, solange sie sich raushalten, passiert ihnen nichts.«

Sie hatten die Räumlichkeiten mittlerweile verlassen und standen im Hausflur. Die Wohnung von Ronja Schneider war die einzige auf der Etage direkt unter dem Dach. Ihr gegenüber gab es lediglich eine Tür mit der Aufschrift »Technikraum«.

»Was verbirgt sich dahinter?«, fragte Stutter interessiert.

Ehrbecker streckte einladend die Hand in Richtung Tür. »Ist offen«, sagte er ergänzend.

Es handelte sich um ein kleines Kabuff, in dem Wasser- und Stromzähler untergebracht waren. Außerdem gab es ein Regal mit Putzutensilien, einen Eimer inklusive Wischmopp und einen Wasseranschluss mit Waschbecken.

»Die Putzfrau deponiert hier ihre Sachen. Eine Gebäudereinigungsfirma ist mit der Treppenhausreinigung beauftragt. Am Mordtag hat eine der Frauen hier geputzt. Wir haben sie befragt, aber sie hat nichts gesehen.«

Stutter betrachtete nachdenklich die Reinigungsmittel. »Wie oft ist jemand von der Putzfirma hier?«

»Zweimal die Woche«, antwortete Ehrbecker prompt.

»Vielleicht sollten wir uns noch einmal mit denen unterhalten. Die Nachbarn haben ihre Gründe, verschwiegen zu sein. Aber eine Fremde, die hier lediglich putzt, ist eventuell aufgeschlossener. Vielleicht hat sie in den Wochen vor dem Mord jemand Ungewöhnlichen gesehen oder etwas gehört.«

»Soll ich die Frau einbestellen?«, fragte Ehrbecker, der sich darüber ärgerte, dass er nicht selbst auf die Idee gekommen war und entsprechend nachgehakt hatte.

»Nein, wir werden bei der Firma vorbeischauen. Dann erhalten wir vielleicht spontanere Antworten. Unvorbereitete Zeugen sind oft die besseren Zeugen.«

3

Zur gleichen Zeit in der Tübinger Innenstadt

»Soll ich das machen?«, fragte Sascha Below und sah seine Freundin fast schon flehentlich an.

»Keine Zeit«, antwortete die ihm ruppig und blickte nicht einmal auf. Sonst hätte sie vermutlich sein enttäuschtes Gesicht bemerkt und wie schmerzhaft ihre Zurückweisung für ihn war.

Auch wenn Sascha mit seinen fast ein Meter neunzig, seinem durch Bodybuilding geformten Oberkörper, dem kahl rasierten Schädel und den großflächigen Tätowierungen wie ein bedrohlicher Krieger wirkte, war er, wenn es um seine Freundin ging, ein regelrechtes Lämmchen. Das Verhalten der fünfundzwanzigjährigen Jennifer war für ihn meistens schwer zu verstehen und ihre Entscheidungen konnte er selten nachvollziehen. Aber schon als er sie das erste Mal gesehen hatte, wusste er, dass das die Frau seines Lebens sein würde.

Nun hob sie doch den Kopf und rollte genervt mit den Augen. »Mach nicht so ein Gesicht, ich bin spät dran.«

»Deswegen wollte ich dir doch helfen«, erklärte Sascha und setzte sich ihr gegenüber auf einen Stuhl. Gleichzeitig klopfte er auffordernd auf seinen breiten Schenkel, zum Zeichen, dass sie nun ihren Fuß drauflegen sollte.

»Ich lackiere deine Fußzehen und du kannst dir die Fingernägel machen«, sagte er mit einem zärtlichen Lächeln.

Sie wusste, dass der Dreißigjährige darauf stand, und irgendwie war es ja auch ganz witzig, wenn sich ein Typ wie Sascha an ihren zierlichen Füßen *verkünstelte*. Aber heute hatte sie eigentlich gar keine Lust darauf, sich lange bei ihm aufzuhalten.

»Ich muss noch in meine Wohnung, mich umziehen«, versuchte sie es mit einer Ausrede, die sie jedoch sofort bereuen sollte.

»Siehst du«, griff er ihre Bemerkung auf, »wenn du bei mir einziehen würdest, könntest du dir den Weg und die Miete sparen.«

Um Streit zu vermeiden, gab sie ihm keine patzige Antwort, sondern lenkte ein, indem sie log: »Du weißt doch, dass ich Emily momentan nicht alleine lassen kann. Die Trennung von Bogdan macht ihr immer noch zu schaffen.«

Emily war Jennifers Mitbewohnerin und in Wahrheit bester Dinge, hatte gerade zwei Lover parallel und sicher keinen seelischen Beistand nötig. Aber da sie mit Jennifer schon seit Längerem befreundet war, hielt sie gerne und jederzeit als Ausrede her.

»Außerdem«, fügte Jennifer schnell an, »brauchst du deinen Freiraum. Du weißt, wie chaotisch ich bin, das würde dich nerven und dann wären wir bald nicht mehr so verliebt wie jetzt.«

»Du könntest mich niemals nerven«, warf er vehement ein und sagte dann strahlend: »Freut mich aber, dass du in mich verliebt bist.«

»Natürlich bin ich das«, versicherte sie ihm und reichte

ihm den gelben Nagellack. »Du solltest anfangen, sonst verpasse ich den Bus.«

Sascha nahm das Lackfläschchen, schüttelte es vor dem Öffnen, wie es seine Freundin immer tat, und begann dann sehr akribisch die Farbe aufzutragen.

Jennifer war in Gedanken schon bei der Abendplanung. Sie hatte einen heißen Flirt mit dem Barkeeper vom *Masters* laufen und wollte heute nach ihrem Auftritt aufs Ganze gehen. Das bedeutete aber auch, dass sie Sascha für die Nacht loswerden musste. Deshalb versuchte sie, freundlich zu bleiben, als er anfing, ihren Fuß zu massieren. Obwohl sie genervt war, streckte sie sich wohlig und säuselte: »Du machst das wirklich ganz hervorragend. Du bist der Beste.«

Er nahm ihr Kompliment zum Anlass, ihr einen Vorschlag zu unterbreiten. »Das könntest du immer haben.« Sie wollte erneut Emily anbringen, aber er fiel ihr ins Wort.

»Ich hätte kein Problem damit, eine größere Wohnung zu suchen und ein Zimmer an Emily unterzuvermieten. Wäre vielleicht gar keine so schlechte Idee. Du hast doch gesagt, dass sie immer Ärger mit den Kerlen hat. Nun, wenn sie bei uns wohnt, würde ich jedem in den Arsch treten, der sich danebenbenimmt. Und sicher lässt sich auch noch ein Raum für dich einrichten. Vielleicht ziehen wir Richtung *Alb*. Dann könnten wir uns ein Haus leisten. Im Keller wäre Platz für dein Tanztraining.«

Jennifer wurde es himmelangst bei der Vorstellung, mit Sascha in einem abgelegenen Dorf zu hausen. Das wäre wie Gefängnis. Schnell sagte sie: »Wie stellst du dir das vor, ich müsste ewig weit zur Arbeit fahren und das bei den Spritpreisen!«

Er unterbrach die Massage und sah auf. »Vielleicht wird es Zeit, etwas Neues zu beginnen.«

Jennifer, die befürchtete, er würde ihr womöglich einen

Heiratsantrag machen, erwiderte scharf: »Ich will nichts Neues beginnen, mir gefällt mein Leben, ich tanze gerne.«

»Sicher«, lenkte er sofort ein. »Ich dachte auch nicht daran, dass du aufhörst, aber was ist mit deinem Traum? Du wolltest doch in Musicals auftreten.«

Jennifer ließ geräuschvoll die Lippen vibrieren zum Zeichen, dass sie das längst nicht mehr für eine gute Idee hielt. Ihr gefielen die Auftritte in den Klubs, die grölende Menge, die vielen Komplimente und das Geld, das sie dabei verdiente. Sie wollte nicht von einem Trainer morgens um sieben Uhr getriezt werden, sich an Ernährungspläne und Alkohol- und Zigarettenverbote halten. Aber natürlich konnte sie das Sascha gegenüber nicht äußern. Der träumte nämlich von einem Spießerleben. Daher entgegnete sie: »Um weiterzukommen, müsste ich mich an die Produzenten ranschmeißen, und darauf habe ich keinen Bock.«

Sie beobachtete, wie sich seine Brustmuskeln anspannten. Sein Gesicht lief rot an und die Ader an der Schläfe, die immer ein wenig hervorstand, zeichnete sich nun noch deutlicher unter der Haut ab und begann alarmierend zu pochen. Jennifer war zufrieden, seine Eifersucht würde ihr wenigstens dieses eine Mal zugutekommen.

»Ich würde dich immer begleiten«, reagierte er schnell. »Ich könnte dein Manager sein und dafür sorgen, dass dich keiner anlangt. Du bist so begabt, du solltest es versuchen. Es gibt ein Vortanzen am …«

»Die gehen auf Tournee, da wäre ich wochenlang von dir getrennt«, warf sie schnell ein.

»Ich würde mitfahren.«

»Und dein Job? Die Kohle, die du verdienst?«

Dieses Mal schürzte er die Lippen und machte ein abfälliges Geräusch. »Ich könnte den Wildhain um eine Abfindung bitten. Ich muss nicht bis ans Ende meiner Tage an der Tür seines Nachtklubs stehen.«

»Und was willst du dann machen?«, reagierte Jennifer gereizt.

»Sicherheitsdienst. Ich lege die Prüfungen ab und arbeite mich langsam hoch. Ich bin nicht vorbestraft, kann mich später sogar selbstständig machen. Und wenn du nicht mehr tanzen willst, dann könntest du mein Büro leiten. Auch dafür gibt es Kurse.«

Geschockt von dem, was sie da hörte, sah sie auf die Uhr. »Oh Gott, schon so spät, ich muss gehen«, rief sie übertrieben hektisch. Sie zog den Fuß von seinem Schenkel, obwohl noch nicht alle Zehen lackiert waren.

»Ich bin gar nicht fertig«, entgegnete Sascha verblüfft.

»Egal, ich habe keine Zeit mehr«, beeilte sie sich zu erwidern, sprang auf und drückte ihm einen Kuss auf die Stirn.

»Soll ich dich nicht fahren?«, schlug er vor. »Dann brauchst du nicht hetzen.«

»Bei dem Verkehr kommst du nicht durch, ich nehme den Bus.« Schon war sie aus der Tür.

Er lauschte ihren Schritten im Treppenhaus. Schnell ging er zum Fenster und öffnete es. Die Wärme, die der Tag bringen würde, war bereits zu spüren. Mit nacktem Oberkörper lehnte er sich hinaus und rief ihren Namen. Sie drehte sich um, winkte und warf ihm einen Kuss zu, dann stöckelte sie um die Ecke.

Mit Missfallen beobachtete Sascha, wie ihr eine Gruppe Teenager hinterherglotzte. Gerne hätte er die Jungs dafür geohrfeigt. Außerdem wäre es ihm lieber, wenn sich Jennifer nicht so sexy anziehen würde, wenn er nicht dabei war. Er versuchte, sich nicht die Laune verderben zu lassen, und schluckte seine Wut hinunter. Das würde ein Ende haben, wenn sie erst einmal ihr neues Leben beginnen würden. Jennifer traute ihm vermutlich nicht zu, dass er das hinbekam, aber er hatte einen Plan. Alex Wildhain war schon eine ganze Weile sein Arbeitgeber, er hatte sich einiges von dem Nachtklubbesitzer abgeguckt und deshalb auch Ideen für sein neues Leben. Er würde Jennifer ihre Träume erfüllen – und dann konnte sie nur noch »Ja« sagen.

* * *

Nachmittags in der Gerichtsmedizin

»Nur, dass wir uns richtig verstehen«, sagte Hauptkommissar Stutter mahnend. »Wenn so ein Mist noch einmal passiert, dann können Sie unsere Hilfe vergessen!«

Die Ansage galt Hauptkommissar Oberbichl. Der wirkte ehrlich geknickt und versuchte, sich zu entschuldigen. »Es tut mir leid.«

Stutter erwiderte resigniert: »Ich verstehe es nicht. Zunächst setzen Sie Himmel und Hölle in Bewegung, damit wir den Fall übernehmen, und dann verweigern Sie uns den Zugriff auf relevantes Datenmaterial. Ich muss Ihnen doch sicher nicht erklären, dass der Obduktionsbericht elementarer Bestandteil der Fallakte ist.«

Auch Oberkommissarin Nau und der Tübinger Kollege Hans Ehrbecker waren anwesend, hielten sich aber zurück. Sie hatten eine telefonische Odyssee hinter sich, nachdem Hauptkommissar Stutter beschlossen hatte, sich die Leiche in der Gerichtsmedizin anzusehen. Niemand war erreichbar oder zuständig. Sie wurden vertröstet und an das LKA verwiesen und irgendwann hatte Jasmin geschnauzt: »Ich komme mir vor wie eine Reporterin, der nach geheimen Informationen fragt, und nicht wie jemand vom Ermittlungsteam.«

Daraufhin hatte Stutter ein Machtwort gesprochen und Hauptkommissar Oberbichl ausrichten lassen, dass sich der gefälligst umgehend in der Gerichtsmedizin einfinden sollte, ansonsten würden er und Jasmin sich direkt zurück nach Wiesbaden begeben. Die Drohung hatte gewirkt, und tatsächlich war Oberbichl mit einem zerknirschten Gesichtsausdruck aufgetaucht.

»Raus damit«, ließ Stutter nicht locker, »was soll das?«

Der LKA-Beamte bat die Kollegen in einen kleinen Besprechungsraum, dort reichte er eine dünne Mappe an Stutter. »Hier sind alle Ergebnisse der gerichtsmedizinischen Untersuchung sowie sämtliche Laborberichte. Gestatten Sie mir, mich zu erklären.«

»Nur zu«, forderte ihn Stutter ungehalten auf.

»Ich hoffte, dass Sie mit Ihren Untersuchungen anfangen und erste Schlüsse ziehen, noch bevor Sie den Autopsiebericht lesen. Es war nicht meine Absicht, Ihnen diesen vorzuenthalten, ich wollte ihn lediglich zu einem späteren Zeitpunkt übergeben.«

»Warum?«, fragte Stutter, nicht mehr wütend, sondern vielmehr verständnislos.

Oberbichl kramte erneut sein Taschentuch heraus und fuhr sich damit über die schwitzige Stirn. Es bestand kein Zweifel daran, dass er unter enormem Druck stand. Schwer atmend ließ er sich auf einen Stuhl fallen. »Ich spekulierte darauf, dass Sie vorher etwas finden, etwas, das die Dinge, die bei der Autopsie festgestellt wurden, unbedeutend macht.«

Alle drei blickten gespannt auf Oberbichl, der ein wenig den Anschein erweckte, in der Falle zu sitzen.

»Drogen«, sagte er schließlich heiser.

Es war Stutter, der langsam die Luft ausstieß. »Ihre Beamtin war süchtig?«

»Vermutlich noch nicht, aber die Werte weisen auf einen starken Missbrauch hin.«

»Und Sie wollten nicht, dass wir das erfahren?«, hakte Jasmin ungläubig nach.

»Ich wollte, dass es nicht das Erste ist, was Sie über Ronja erfahren.« Er seufzte. »Ich weiß doch, wie das läuft. Wenn eine verdeckte Ermittlerin mit Drogen im Blut umgebracht wird, dann nimmt doch jeder sofort an, dass sie ein Junkie war. Dann ändert sich alles. Sie wird zu einem Opfer ihrer eigenen Unzulänglichkeit. Natürlich ermitteln Sie, aber das BKA wird sagen, dass dieser Fall keine Priorität hat, und seine Leute abziehen. Es wird heißen, dass Ronja zu tief ins Milieu eingetaucht ist und aufgrund ihrer Sucht ermordet wurde. Ich konnte einfach nicht zulassen, dass es so endet, und dachte deshalb, dass es eine gute Idee wäre, die Berichtübergabe hinauszuzögern.«

»Verstehe«, erwiderte Stutter und das tat er tatsächlich. »Sie wollten Ronja und ihr Andenken schützen.«

»Ja, natürlich«, antwortete Oberbichl. »Ich weiß, dass das völlig idiotisch war, aber ich fühle mich verantwortlich, ich habe sie dorthin geschickt.«

»Wussten Sie etwas von Ronjas Problemen?«, fragte sein Kollege das Naheliegendste.

»Nein«, rief Oberbichl empört, »natürlich nicht. Wenn doch, hätte ich sie sofort aus dem Dienst genommen und in ärztliche Behandlung geschickt. Sie war stabil, nichts hat auf einen Drogen- oder Medikamentenmissbrauch hingedeutet.«

»Was genau hat sie genommen?«, mischte sich Ehrbecker das erste Mal ein.

»Antidepressiva, Schlaftabletten«, begann Oberbichl zögernd aufzuführen. »Die fanden wir auch in der Wohnung.«

»Das ist alles?«, rutschte es Jasmin heraus. »Da würde ich nicht von *Drogenmissbrauch* sprechen.«

»Nein, natürlich nicht«, gab Oberbichl zu. »Leider fanden sich in ihrem Blut auch Spuren von Kokain und Xylazin.«

Während Stutter und Nau das Wort »Xylazin« mit

fragendem Blick zur Kenntnis nahmen, stieß Ehrbecker einen scharfen Pfiff aus. »Meine Güte«, fügte er mit einem Kopfschütteln an, was Oberbichl veranlasste zu nicken.

»Ihnen ist das Zeug also geläufig.«

»Ja, aber ich wusste nicht, dass sich Xylazin bei uns bereits verbreitet. Ich kenne die Berichte aus den Staaten«, antwortete der Tübinger Kollege.

»Würde uns vielleicht einmal jemand aufklären …«, ging Jasmin dazwischen.

Es war Ehrbecker, der ihrer Bitte nachkam. »Xylazin kennt man eigentlich aus der Tiermedizin. Ein Narkosemittel, das für den Menschen nicht zugelassen ist. Seit einiger Zeit wird es in den USA im großen Stil als Heroinersatz verkauft.«

»Ähnlich wie Fentanyl?«, hakte Jasmin nach.

»Ja, nur sehr viel verheerender als Fentanyl oder Heroin, wenn man das überhaupt steigern kann.«

Oberbichl sprang ein: »Xylazin macht nicht nur noch abhängiger als Heroin, auch ist seine Wirkungsweise eine andere. Nach der Injektion ist der Süchtige in einer Art Trance, wirkt wie hypnotisiert, ohnmächtig und ist völlig handlungsunfähig. Abgesehen davon weiß er natürlich nicht mehr, was während seines Trips passiert ist. Die Entwöhnung ist schwieriger als bei einer Opiatabhängigkeit. Zudem können durch die Injektion selbst schwere Verletzungen des Gewebes entstehen. Wunden, die anfangen zu faulen. Und bei fehlender Behandlung sind die Ärzte teilweise gezwungen, Amputationen vorzunehmen.«

»Man hat dem Opfer die Zehen amputiert«, ging Stutter sofort darauf ein, »ist das ein möglicher Zusammenhang?«

Oberbichl wirkte nun noch unglücklicher. »Ich weiß es nicht, der Arzt hat jedenfalls keine Gewebeschädigung an den abgetrennten Stellen festgestellt. Auch hält er es nicht für möglich, dass Ronja Xylazin bereits über einen längeren Zeitraum konsumiert hat.«

»Wurde ihr die Droge vielleicht unfreiwillig verabreicht?«, schlug Jasmin vor.

»Möglich«, antwortete Oberbichl. »Vielleicht hat man ihr eine Spritze verpasst, ohne dass sie es gemerkt hat, vielleicht, als sie schlief oder von den Medikamenten benebelt war.«

Stutter, der gerade die Laborergebnisse überflog, seufzte laut. »Sie hatte wahrhaft einen höllischen Cocktail intus. Wenn ich das richtig deute, war auch ihr Alkoholkonsum in der letzten Zeit auf einem hohen Niveau.«

»Sie hat in einem Klub gearbeitet, da musste sie sich natürlich anpassen«, warf Oberbichl ein.

Stutter unterließ es, darauf hinzuweisen, dass die Laborwerte dafürsprachen, dass dieses *Anpassen* über ein normales Maß hinausging. Er sagte lediglich: »Das erklärt, warum man sie überrumpeln konnte. Wir müssen davon ausgehen, dass sie am Morgen ihres Todes high oder zumindest sehr verkatert war.«

Für einen Augenblick herrschte Schweigen.

Schließlich ergriff Oberbichl erneut das Wort: »Es tut mir sehr leid, dass ich Ihnen diese Fakten bisher vorenthalten habe. Wenn Sie den Fall abgeben, dann verstehe ich das, es …«

»Wir sind hier, um in einem Mordfall zu ermitteln, und das werden wir auch. Es spielt keine Rolle, ob die Sucht des Opfers der Auslöser für den gewaltsamen Tod war oder die Tatsache, dass Ronja als Polizistin gearbeitet hat. Sie verdient, dass man ihren Mörder findet und vor Gericht stellt. Aber«, wandte er sich nun direkt an Oberbichl, »behindern Sie nie wieder unsere Ermittlungen.«

Trotz der Schärfe in Stutters Stimme wirkte sein Gegenüber erleichtert.

»Werde ich nicht«, antwortete er bestimmt. »Und wenn

Sie möchten«, fügte er noch heiser an, »steht Ihnen der Gerichtsmediziner jetzt zur Verfügung.«

* * *

Der Gerichtsmediziner war eine Frau in Stutters Alter, die sich zwar über das Aufgebot an Beamten wunderte, zumindest sprach dafür ihre gerunzelte Stirn, die aber offenbar nicht das Bedürfnis hatte, zu erfahren, warum gleich vier Personen bei ihr auftauchten, um die Leiche von Ronja Schneider zu sehen.

Sie ging in zügigen Schritten voran, hielt sich nicht lange mit Vorgeplänkel auf, sondern kam gleich zur Sache. Noch bevor sie den Kühlraum betraten, hatten sie einen ausführlichen Bericht über die Drogen im Körper der Toten erhalten. Monoton hatte die Medizinerin heruntergeleiert, was ihnen Hauptkommissar Oberbichl bereits in laienhaften Worten mitgeteilt hatte.

»Bitte schön«, sagte sie nun und führte die Beamten in den entsprechenden Raum.

Stutter nahm an, dass die Ärztin über eine große Erfahrung und einiges an Routine verfügte, zudem ein gutes Nervenkostüm besaß, was für den Job sicher unerlässlich war, und deshalb auf alles verzichtete, was ihre sowieso schon knappe Zeit verschwendete. Außerdem blieb sie sehr sachlich. Ihr kamen keine Aussagen wie »Viel zu jung« oder »Was für eine Verschwendung von Leben« über die Lippen, stattdessen beschränkte sie sich auf die Fakten.

Stutter dachte daran, dass ihre Art zu den eisigen Temperaturen in den Leichenkühlschränken passte. Er wusste aber auch, dass man sich beim täglichen Umgang mit dem Tod gegen Gefühle der Trauer abschotten musste, um klarzukommen.

Nach vielen medizinischen Fachausdrücken besann sich

die Ärztin dann doch noch und fasste ihren Bericht verständlicher zusammen. Sie wies zur Verdeutlichung dabei auf die Leiche.

»Die Hiebe auf den Hinterkopf haben zum Tod geführt. Die Verstümmelungen wurden post mortem durchgeführt. Keine eindeutigen DNA-Spuren von Dritten. Es gibt auch keine Hinweise, dass sie vor ihrem Tod Geschlechtsverkehr hatte. Zum Zeitpunkt des Mordes hatte sie definitiv noch Alkohol und eine gefährliche Mischung aus Drogen und Medikamenten im Körper. Die Frau hat zumindest in letzter Zeit wenig auf sich und ihre Gesundheit geachtet.«

»Aber sie wäre nicht daran gestorben?«, fragte Jasmin automatisch nach.

Ein ungewöhnlicher Laut kam der Gerichtsmedizinerin über die Lippen. Stutter vermutete, dass es eine Art resigniertes Lachen sein sollte, das jedoch mehr dem Geräusch eines abgewürgten Automotors glich.

»Die Sucht bringt jeden um, auf die ein oder andere Weise«, antwortete die Ärztin müde. »Sie hätte es allerdings in der Hand gehabt.« Nachdenklich starrte sie auf den toten Körper. Sie bat die Beamten, auf den rechten Fuß zu blicken, und deutete auf eine Wunde, die entzündet wirkte. »Das hier stammt von einer Xylazin-Injektion. Sie hat versucht, die Einstiche zu verbergen. In der Armbeuge fand ich keine Nadelspuren. Wäre sie schon längere Zeit abhängig, würde man ihr das mehr ansehen. Sie wird erst vor Kurzem mit dem Spritzen begonnen haben.«

Jasmin hatte Mühe, sich auf die Ausführungen zu konzentrieren. Für sie war es schwer, mit dem notwendigen professionellen Abstand dieser Besprechung beizuwohnen. Immer wieder stellte sie sich vor, selbst auf einem dieser abscheulichen harten Stahltische zu liegen – nackt, aufgeschnitten, seziert. Dann würden Menschen um sie herumstehen und jedes ihrer Geheimnisse lüften, jedes intime Detail aus ihrem Leib herauspressen, peinliche Details. Außerdem verstörte sie Ronjas Anblick, auch wenn sie schon viele Leichen gesehen hatte. Die zusammengeflickte Haut auf der Brust, dort, wo die Gerichtsmediziner den Y-Schnitt ausführten, die Hautverfärbungen, der Gedanke an die bevorstehende Fäulnis und nicht zuletzt der linke Fuß, dem man die Zehen amputiert hatte, ließen die Oberkommissarin plötzlich sagen: »Können wir sie nicht zudecken?«

Der Blick der Gerichtsmedizinerin sprach Bände. *Schätzchen, du bist zu empfindlich*, schien er zu sagen, dennoch legte sie ohne Kommentar ein Laken über die Tote.

Kurz darauf verabschiedeten sich die Beamten und nicht nur Jasmin atmete erleichtert durch, als sie den Autopsieraum verließen.

4

Landeskriminalamt Stuttgart

Bevor sich die Beamten mit Ronja Schneiders Kontaktperson vom LKA trafen, lud Hauptkommissar Oberbichl die Kollegen zum Essen ein. Dafür wählte er ein Restaurant, das durchgehend warme Küche anbot und laut Oberbichl die besten Maultaschen im ganzen schwäbischen Raum zauberte. Sowohl Jasmin Nau als auch Stutter folgten der Empfehlung, während sich Hauptkommissar Ehrbecker auf eine Portion Kutteln stürzte. Die Oberkommissarin beäugte mit einem Naserümpfen, wie der Tübinger genüsslich den in feine Streifen geschnittenen Pansen einer Kuh vertilgte.

Oberbichl schlug das *Du* vor, erzählte von seiner Familie, seinen beiden mittlerweile erwachsenen Töchtern, dem ersten Enkelkind, das zu Weihnachten erwartet wurde – so entstand eine weit freundschaftlichere Atmosphäre als bei dem Gespräch in der Gerichtsmedizin. Obwohl sich Hauptkommissar Stutter über den Mann und sein Manöver bezüglich des Autopsieberichts geärgert hatte, konnte er ihn verstehen. Je mehr Oberbichl von sich preisgab, desto klarer erkannte der Hauptkommissar das Wesen seines Stuttgarter Kollegen. Rolf Oberbichl war ein Mann mit Grundsätzen, großem Verantwortungsgefühl und einem Herz für die Familie. Vermutlich hatte ihn Ronja Schneider auch ein wenig an seine eigenen Töchter erinnert.

So ungern Stutter die Stimmung trüben wollte, musste er dennoch wieder auf den Mord zurückkommen. Beim Espresso fragte er deshalb: »Wie kam es, dass Ronja Schneider für den verdeckten Einsatz ausgewählt wurde?«

Oberbichl kaute geräuschvoll an dem harten Amaretti-Keks, den man ihm zusammen mit dem Kaffee serviert hatte.

»Freiwillig gemeldet«, brummte er missmutig. »Das Mädchen war *engagiert.*« Es klang zwar rau und ruppig, aber Stutter bemerkte, wie der Kollege mit seinen Schuldgefühlen kämpfte. »Ich hätte einschreiten müssen«, sagte er, wie um die Gedanken seines Gegenübers zu bestätigen.

Hans Ehrbecker und Jasmin Nau sahen sich kurz verständnisvoll an. Sie dachten beide dasselbe: *Hoffentlich muss ich nie so eine Entscheidung treffen.*

»Natürlich spielte auch ihre hervorragende Eignung eine Rolle«, sprach der Beamte vom LKA weiter. »Ronja war sehr gut ausgebildet, clever und gut aussehend. Das sage ich ohne jede sexuelle Anspielung. Aber der Punkt ist, dass man keine Frau bei einem Typen wie Alex Wildhain einschleusen kann, die unscheinbar und oder unattraktiv ist. Zu alt darf sie natürlich auch nicht sein.«

»Gab es denn noch andere, die infrage gekommen wären?«, hakte Stutter interessiert nach.

»Nein …« Oberbichl nahm sich einen weiteren Keks, vermutlich, um etwas Zeit zu gewinnen, seine Worte abzuwägen. Schließlich fügte er an: »Ich hätte für so einen Einsatz keine Kollegin ausgewählt, die Mutter oder familiär gebunden ist. Dazu kam, dass Ronja schon ähnliche Einsätze hatte, allerdings nicht über mehrere Wochen.«

»Kannst du uns dazu mehr sagen?«, bat Stutter.

»Meistens ging es um Drogen. Sie war ein guter Lockvogel, hörte sich in Klubs um, ohne aufzufallen, mischte sich unter Personen, die wir für verdächtig hielten. Sie schien nie nervös, bewies, dass sie mit Stress umgehen konnte. Ich habe sie offenbar völlig falsch eingeschätzt.«

Dieses Mal war es Jasmin, die antwortete: »Nein, das glaube ich nicht. Vermutlich war Ronja Schneider zu Beginn ihres Einsatzes noch diese taffe junge Frau und Polizistin mit den guten Nerven, aber dann hat sich irgendetwas verändert. Denkbar, dass sie zunächst nur die Schlaftabletten nahm, vielleicht sogar frei verkäufliche, und dann hat sich das gesteigert und sie hat sich anderes Zeug besorgt. Immerhin saß sie direkt an der Quelle. Sicher hielt sie das sogar noch für eine gute Idee, redete sich ein, dass sie das glaubhafter machte. Womöglich hat sie sich die Antidepressiva und die Schlaftabletten anfangs noch nicht einmal mit der Absicht gekauft, sie auch zu nehmen.«

»Ich kann mir vorstellen, dass das Leben in so einem Umfeld schwierig ist, noch dazu, wo man immer damit rechnen muss, enttarnt zu werden. Eigentlich ist man ständig in Lebensgefahr«, warf Ehrbecker ein. »Dass man dann was braucht, um durchzuhalten, ist nachvollziehbar.«

Nur ungern spielte Stutter den Moralapostel, dennoch widersprach er. »Sie hat weit mehr getan, als sich mit einem Informanten zu besaufen. Selbst wenn wir die Schlaftabletten unbewertet lassen, wissen wir durch die Autopsie, dass Ronja Schneider Antidepressiva schluckte, um den Job zu meistern, und schließlich sogar Kokain geschnupft und sich *Xylazin* gespritzt hat! Wir reden über harte Drogen. Sie hätte sich sofort abziehen lassen müssen, und das wusste sie auch genau. Eines ist klar, sie hat die ganze Operation mit ihrem Drogenkonsum gefährdet.«

Oberbichl seufzte vernehmlich. »Alex Wildhain ist uns

jedenfalls durch die Lappen gegangen. Nach dem Mord und den Befragungen wird er sehr vorsichtig sein. Solange Polizei in seinem Klub herumschnüffelt, geht er keine Risiken ein, und über kurz oder lang wird er auch erfahren, dass Ronja eine Polizistin war, falls er das nicht schon längst weiß.«

»Wir werden sehen, wie wir in dem Fall weiter verfahren«, erklärte Stutter. »Unumgänglich ist, dass ich mit dem Mann und eventuell auch mit seinen Mitarbeitern spreche. Selbst wenn die, wie ich den Protokollen entnehme, bisher alle sehr verschwiegen waren, interessiert mich, wie sie sich bei einer zweiten Vernehmung verhalten. Der ein oder andere könnte nervös werden. Wer selbst etwas zu verbergen hat, liefert gerne mal einen ›Kollegen‹ ans Messer, um ungeschoren davonzukommen. Irgendwer hat Ronja die Drogen besorgt. Womöglich der Mörder. Oder jemand, der den Mörder kennt. Wildhain steht auf der Verdächtigenliste jedenfalls ganz oben, wir werden ihm also auf den Zahn fühlen.«

* * *

Alex Wildhain saß in seinem Büro hinter dem Schreibtisch und stierte auf den Bildschirm. Vor sich hatte er die Kontoumsätze seiner Bank, und die Begeisterung, die andere bei der Betrachtung eines alten wertvollen Gemäldes verspürten, überkam Wildhain beim Anblick seines gewaltigen Kontostands.

Er hatte es weit gebracht. Im Kindergarten ständig krank, der Schmächtigste in der Grundschule, stets verhauen von den Größeren; dank eines Wachstumsschubs in der achten Klasse und einem vorübergehenden Stiefvater, der ihm als einer der wenigen Männer im Leben seiner Mutter etwas Nützliches beibringen konnte, hatte er sich schließlich doch zur Wehr setzen können. Schnell war ihm bewusst geworden, was es bedeutete, stärker als andere zu sein. Zum Glück hatte er damals nicht nur Muskelkraft gehabt, sondern auch Köpfchen. Er war clever, lernte schnell und ohne große Anstrengungen, hatte aber nie den Ehrgeiz, ein bürgerliches Leben zu führen.

Er war ein Macher, ein cooler Typ, lässig, geschickt darin, viel Geld zu verdienen, umgeben von jungen Frauen und ohne Verpflichtungen. Zugegeben, früher war es ihm leichter gefallen, Frauen aufzureißen. Aber da war er eben noch jung gewesen. Mit fünfzig musste man den jungen Dingern etwas bieten, damit sie sich an einen kuschelten und Spaß bereiteten. Alex machte sich keine Illusionen über die Menschen. Etwas, das ihn stets davor bewahrt hatte, in Schwierigkeiten zu geraten. Zumindest bis vor Kurzem – denn manchmal halfen auch die besten Vorsätze nichts.

Als es an der Tür klopfte, rief er freundlich: »Herein!« Er bemühte sich stets, einen angenehmen Umgang mit seinen Angestellten zu pflegen. Er sah keinen Sinn darin, den cholerischen Boss zu spielen, das führte am Ende nur zu Illoyalität.

Sascha Below trat ins Zimmer, und Wildhain begrüßte ihn geduldig. »Was gibt es denn?«

»Bist du beschäftigt, Boss?«, fragte der nun ein wenig ehrerbietig.

»Mache nur die Buchhaltung«, gab ihm sein Arbeitgeber Antwort.

»Wow«, reagierte Sascha mit ehrlicher Bewunderung. »Ist sicher nicht einfach, oder?«

»Geht so«, erwiderte Wildhain und gab Sascha mit einem Handzeichen zu verstehen, sich zu nähern und auf dem Stuhl gegenüber Platz zu nehmen.

»Ich müsste etwas mit dir besprechen«, begann Sascha nun umständlich sein Anliegen vorzutragen.

Wildhain kannte Below schon lange. Kein

Schulabschluss, keine Leuchte, aber kräftig und loyal. Deshalb hätte er ihm auch ohne Weiteres fast jede Bitte erfüllt.

»Ich will raus«, sagte Sascha nun ohne Einleitung, auch weil es ihm schwerfiel, die richtigen Worte zu finden.

»Wo raus?«

»Hier aus dem Klub«, antwortete Sascha.

»Willst du in Urlaub? Kein Problem«, erwiderte Wildhain und stand automatisch auf, um den Safe hinter sich zu öffnen. Jeder wusste, dass darin immer einiges an Bargeld gelagert wurde.

Sascha sah die vielen Geldbündel und beobachtete, wie sein Chef drei davon griff. »Hast dir einen Urlaub verdient«, sagte der nun. »Lass es mal richtig krachen, hier.« Mehrere tausend Euro flogen direkt in Saschas Schoß.

»Das ist sehr großzügig, Boss, aber ich dachte eigentlich daran, ganz aufzuhören. Also«, stotterte er, »mit dem Türsteherjob.«

Wildhain setzte sich wieder und sah seinen Mitarbeiter nun forschend an. »Was schwebt dir vor? Willst du die Bar machen oder für die Sicherheit im Saal sorgen?«

»Ich will ein neues Leben anfangen. Weg von allem hier«, antwortete Sascha wahrheitsgemäß. Dann ging ihm jedoch auf, dass das wie eine Beleidigung hätte klingen können, und er erklärte: »Nicht falsch verstehen, ich war gerne hier, du bist ein super Boss und ich habe viel von dir gelernt. Aber auf Dauer ist das kein Leben für eine Familie.«

»Verstehe«, erwiderte Alex Wildhain grinsend. »Du willst diese Kleine zur Mutter deiner Kinder machen.«

Sascha lief tatsächlich rot an und nickte, während sich sein Boss fragte, warum die guten Typen sich immer die falschen Weiber suchten. Aber das konnte er Sascha nicht sagen. Auch nicht, dass Jennifer ihn gelegentlich betrog, dass sie ein unzuverlässiges Flittchen war, das ihn nur ausnutzte, und dass sie dem Barkeeper vom *Masters* mehr als nur Avancen machte. Wildhains kontinuierlicher Aufstieg und der Erhalt seines Einflusses war ihm vor allem dadurch möglich, dass er bestens informiert blieb. Und so wusste er alles über Jennifer. Bisher hatte er nicht eingegriffen, war er doch davon ausgegangen, dass sie von allein aus Saschas Leben verschwinden würde. Etwas, das er jetzt bereute. Er wollte einen Mann wie Sascha nicht verlieren. Höchste Zeit also, diese Jennifer zu entlarven. Natürlich hätte Sascha dann Liebeskummer, aber das wiederum würde ihn mehr an Wildhain binden.

»Ich kann dich verstehen«, sagte Wildhain nun mit gespielter Verzweiflung. »Ich lass dich nur ungern gehen, aber gegen die Liebe bin ich natürlich machtlos.«

Sascha nickte. »Und ich wollte auch fragen, ob ich vielleicht eine Abfindung bekommen könnte, ich meine …« Er verhaspelte sich, stotterte und Wildhain erlöste ihn, indem er fragte: »An was hast du gedacht?«

»Vierzigtausend«, sagte Below und auf seiner Stirn glänzten Schweißperlen.

»Weißt du was?«, fuhr Wildhain fort, der beinahe aufgelacht hätte. Vierzigtausend war ein lächerlich kleiner Betrag. Vor allem wenn man berücksichtigte, was Sascha alles über ihn und den Klub wusste. »Ich gebe dir sechzigtausend, das ist ein gutes Startkapital für eine kleine Familie, hätte aber eine Bitte.«

Sascha, der sichtlich erleichtert war, dass ihm der Boss so entgegenkam, rief überstürzt: »Klar, Alex, alles, was du willst.«

»Ich würde dich bitten, noch bis Jahresende zu bleiben. Du weißt doch, dass die Polizei wegen der toten Barkeeperin herumschnüffelt. Wenn jetzt einer meiner Angestellten geht, könnten die glauben, das hätte damit zu tun. Würdest du mir den Gefallen tun?«

»Bis Jahresende ist kein Ding, das passt mir auch.« Er stand auf und legte die drei Geldbündel zurück auf Wildhains Schreibtisch.

Der tat so, als wäre ihm gerade etwas eingefallen. »Pass auf«, sagte er deshalb gut gelaunt. »Behalte die Kohle, du hast sie dir verdient. Dafür, dass du mich nicht hängen lässt. Nimm dir heute frei und überrasche Jennifer. Wo tritt sie gerade auf?«

»Im *Masters*«, antwortete Sascha prompt.

»Prima, dann ist das doch eine perfekte Gelegenheit. Du könntest ihr etwas schenken, kauf ihr Schmuck, Frauen stehen auf so etwas und auf Überraschungen.«

Sascha grinste über beide Ohren. Das war ein fantastischer Gedanke. Jennifer mit Schmuck im *Masters* zu überraschen, und er wusste schon genau, was er ihr kaufen würde.

Als Wildhain wieder allein war, griff er zum Handy und wählte eine Nummer: »Schick heute Abend jemand ins *Masters*. Es geht um Sascha, behaltet ihn im Auge. Ich fürchte, er könnte eine Dummheit begehen. Ich will nicht, dass er wegen der blöden Schlampe im Knast landet.«

* * *

Oberkommissarin Nelly Wagner vom LKA wirkte nervös, und natürlich fragte sich Hauptkommissar Stutter, warum das der Fall war. Lag es einfach daran, dass sie der Gedanke an den Mord der Kollegin Ronja Schneider aus der Bahn warf, oder hatte sie etwas zu verbergen?

Stutter hielt es für das Beste, direkt mit der Tür ins Haus zu fallen. »Sie waren der Kontakt des Opfers, Sie waren die Vertrauensperson von Ronja Schneider. Sie haben sie als Einzige die letzten Wochen über gesehen. Wieso ist Ihnen nicht aufgefallen, in was für einem Zustand Ihre Kollegin war?«

Nelly reagierte überrascht.

Bei dem Gespräch war auch Hauptkommissar Oberbichl dabei, der sich allerdings zurückhielt. Er hatte Ronja Schneider als verdeckte Ermittlerin zu Alex Wildhain geschickt und ihr Nelly Wagner als Kontaktperson zur Seite gestellt. Nun fragte er sich, ob er damit nicht gleich zwei falsche Entscheidungen getroffen hatte.

»Ich weiß nicht, was Sie meinen.« Nelly warf einen fragenden Blick zu Oberbichl.

Der stieß geräuschvoll den Atem aus, aber noch bevor er irgendetwas sagen konnte, schnappte Stutter bereits: »Die Medikamente, der Alkohol?«

Nelly starrte den Kollegen aus Wiesbaden böse an. Zunächst glaubte er, sie würde ihm nicht antworten, dann jedoch zischte sie: »Ronja war undercover, verdammt noch mal. Sie hat sich angepasst.«

»Also ist Ihnen doch etwas aufgefallen?«

»Nelly«, stieß Oberbichl entsetzt hervor. »Du hast es gewusst?«

»Was gewusst?«, schnauzte die Dreißigjährige ungehalten. »Dass sie gelegentlich mehr trinkt, als gesund ist, damit sie mit den Mitarbeitern im Nachtklub ins Gespräch kommt?«

»Sie hat Antidepressiva genommen«, kam Stutter Oberbichl zuvor und warf dem einen warnenden Blick zu. Er hatte vor, die Informationen häppchenweise an Nelly Wagner weiterzugeben, damit er ihre Reaktion beobachten konnte. Sie sollte gezwungen sein, sich zu erklären.

»Darüber ist mir nichts bekannt«, gab die jedoch prompt zurück.

»Schlaftabletten zum Abschalten«, fuhr Stutter fort.

Nelly schüttelte den Kopf.

»Koks, um in Stimmung zu kommen?«, ließ der Hauptkommissar nicht locker.

»Gesagt hat sie nichts. Aber denkbar, dass sie, um ihre Tarnung aufrechtzuerhalten, etwas geschnupft hat. Sicher eine Ausnahme.«

»Und natürlich ist Ihnen auch entgangen, dass Ronja sich Xylazin gespritzt hat?«, blieb Stutter unerbittlich.

»Sie hat was?«, rief Nelly nun entsetzt und runzelte die Stirn. »Das kann ich mir nicht vorstellen.«

»Der Bericht der Gerichtsmedizin bestätigt das leider«, warf Oberbichl ein. »Auch wenn wir in der Wohnung weder Xylazin noch Spritzen gefunden haben.«

Stutter beobachtete die junge Frau. Sie war keine Schönheit, wirkte fad, blass, unscheinbar, kein Vergleich zu Ronja Schneider. Der Hauptkommissar kam daher nicht umhin, sich zu fragen, wie kollegial die Beziehung der beiden wirklich gewesen war. Oberbichl hatte es selbst gesagt. Für den Einsatz hatte er eine junge, attraktive Kollegin benötigt. Nelly Wagner war daher von vorneherein ausgefallen. Hatte das Neid verursacht, Eifersucht? Womöglich hätte es Nelly Wagner eine Befriedigung verschafft, die schöne Ronja Schneider scheitern zu sehen. Vielleicht hatte sie deshalb zugesehen, wie Ronja immer unfähiger geworden war, ihre Aufgabe zu erfüllen, und sich stattdessen in den Sumpf des Verbrechens und der Drogen hatte ziehen lassen.

»Da muss ein Fehler vorliegen. Ronja hatte sich und die Situation jederzeit unter Kontrolle. Sie war nicht der Typ, der …« Sie suchte nach den richtigen Worten, wählte dann den Begriff: »Schwächelt.«

»Aber etwas hat Sie doch beunruhigt. Sonst hätten Sie nicht diese angemietete Wohnung in Tübingen aufgesucht, in der Ronja zur Tarnung lebte«, hakte Stutter sofort nach.

Nelly Wagner war es gewesen, die die Leiche gefunden hatte.

»Dafür gibt es eine einfache Erklärung. Ich war Ronjas Kontakt. Sie kam nicht zum vereinbarten Treffen. Und sie hat sich auch nicht telefonisch gemeldet. Ich wartete bis zum Nachmittag. Als ich nichts von ihr hörte, suchte ich die Wohnung auf. Steht alles in meinem Bericht.«

»Warum haben Sie Ihren Vorgesetzten nicht informiert? Wäre das nicht der übliche Weg gewesen? Eine verdeckte Ermittlerin taucht nicht zum vereinbarten Treffen auf, man wartet ab, glaubt zunächst, sie würde sich nur verspäten oder hätte sich nicht unauffällig loseisen können. Nach einer bestimmten Zeit jedoch gibt man das Warten auf und wird aktiv.«

»Ich hatte einen Zweitschlüssel von der Wohnung und bin dorthin, um nach dem Rechten zu sehen. Ich tat das, um dem Protokoll gerecht zu werden, nicht weil ich Angst um Ronja hatte. Deshalb habe ich Hauptkommissar Oberbichl nicht verständigt. Ich dachte wirklich, dass es eine harmlose Erklärung für ihr Fernbleiben gab. Und nein«, ging sie Stutter scharf an, »ich dachte nicht, dass Ronja Schneider die Kontrolle verloren hatte, ich nahm einfach an, sie hätte verschlafen. Immerhin arbeitete sie in einem Nachtklub und versuchte, tagsüber mehr über Alex Wildhain herauszufinden. Ich ging davon aus, dass sie körperlich erschöpft sei, jedoch nicht völlig zugedröhnt. Natürlich hätte ich die ganze Truppe alarmieren und das Haus stürmen lassen können. Nicht, dass das etwas geholfen hätte. Ronja war schon tot, bevor wir unser Treffen hatten. Aber ja«, sagte sie nun schnippisch, »hätte ich hysterisch reagiert, dann könnten Sie mir jetzt wenigstens keine Vorwürfe machen.«

Stutter überging ihre Gereiztheit, auch weil er annahm, dass die Frau, wie auch immer sie zum Opfer gestanden hatte, dennoch geschockt gewesen war, die Leiche vorzufinden. Trotzdem fragte er ohne Umschweife: »Wo waren Sie zum Todeszeitpunkt von Ronja Schneider?«

Er musste das fragen, und sie wusste es, jeder hatte sie das gefragt, es gehörte zum Prozedere und gleichwohl ärgerte sie sich darüber, dass es dieser fremde Beamte ebenfalls tat. »Wir wollten uns im Shoppingcenter treffen und ich war an dem Morgen auf dem Weg dorthin. Wir haben so gut wie gar nicht telefoniert. Man sagt Alex Wildhain nach, dass er ausgezeichnet organisiert ist. Dass er ein funktionierendes Netzwerk aus Spitzeln hat und über seine Mitarbeiter Bescheid weiß. Wir wollten nicht riskieren, dass man bei Ronja ein Handy mit Nummern findet, die direkt zu einer Polizistin führen. Kurze Gespräche im Umkleidebereich eines Modehauses sind da unauffälliger.«

»Was hatte Ronja denn bisher herausgefunden?«, wollte Stutter nun wissen.

»Sie konnte zwei Männer identifizieren, die bei uns bekannt sind und die wir einem Drogenring zuordnen. Es hat Kontakt zwischen den beiden und Wildhain gegeben. Sie war der Meinung, dass Wildhain zumindest als Zwischenhändler tätig ist. Wir vermuten, dass er Käufer und Verkäufer zusammenbringt, dafür Provision kassiert und den Austausch von Ware und Geld organisiert. Ronja war überzeugt, auf der richtigen Spur zu sein.« Sie senkte den Kopf, dennoch konnte Stutter erkennen, dass ihre Gesichtsmuskeln sich anspannten.

Kämpfte sie gegen die Trauer oder die Wut auf Stutter an?

»Erzählen Sie mir von Ihrer Kollegin«, forderte er die Stuttgarter Beamtin deshalb versöhnlich auf.

Nelly überraschte das und sie tat sich zunächst schwer. Der Hauptkommissar hatte das Gefühl, sein Gegenüber würde jedes Wort sehr genau abwägen.

»Ronja war ehrgeizig«, sagte sie und Stutter erinnerte sich, dass Oberbichl ihren Ehrgeiz als Engagement bezeichnet hatte; ein feiner Unterschied. »Sie wollte diesen Einsatz unbedingt machen, versprach sich davon auch einen positiven Impuls für ihre Karriere. Sie ließ daran keinen Zweifel.«

Nellys Blick wanderte zu Oberbichl, der bestätigte: »Wir hatten bereits über einen interessanten Posten verhandelt.«

»Sie hat sich also unter Druck gesetzt«, versuchte Stutter durch einen Plauderton Nelly zu einer umfänglicheren Aussage zu bewegen.

»Möglich, aber das hat man ihr nicht angemerkt. Bei unseren Treffen wirkte sie nicht high oder deprimiert. Im Gegenteil, sie erzählte mir, dass sie gut vorankäme, dass sie auf dem richtigen Weg wäre und schon viel näher an Wildhain dran, als sie sich zu diesem Zeitpunkt erhofft hatte.«

»Was heißt ›an ihm dran‹?«, hakte Stutter sofort nach.

»Das habe ich sie auch gefragt. Ihre Antwort war, dass sie glaubte, er hätte Gefallen an ihr gefunden. Nun«, fügte Nelly schnippisch an, »Wildhain umgibt sich gerne mit jungen, schönen Frauen, natürlich war ihm Ronja aufgefallen.«

»Hatte Sie denn schon irgendetwas über die kriminellen Machenschaften herausgefunden, die in dem Klub angeblich stattfinden?«

»Sie sagte, dass man dort Drogen kaufen könnte. Uppers, Downers, Koks, aber die Verkäufer wären alles kleine Lichter.«

»Gegen Alex Wildhain hatte sie nichts in der Hand?«

Nelly schüttelte den Kopf. »Noch nicht. Sie erklärte, sie müsse noch näher ran. Aktuell schien sein einziges Verbrechen, so zu tun, als würde er nicht bemerken, dass in seinem Klub auch Drogen verkauft werden. Ich denke«, erlaubte sich Nelly zu spekulieren, »dass sie deshalb die Drogen genommen hat. Um zu zeigen, dass sie dazugehörte, um ihre Tarnung zu wahren und um Wildhains Vertrauen zu bekommen.«

»Sie wissen, wie Xylazin wirkt?«

»Natürlich«, antwortete sie etwas bockig.

»Und ich nehme an, Ronja Schneider wusste ebenfalls Bescheid«, fuhr er fort.

Nelly nickte zögerlich.

»Und dennoch glauben Sie, Ihre Kollegin wäre ein solches Risiko eingegangen, hätte bewusst eine schwere Suchtkrankheit in Kauf genommen, nur um den Eindruck zu erwecken, dazuzugehören?«

Die Beamtin warf ihm einen mitleidigen Blick zu. »Wenn Ronja immer vernünftig agiert hätte, wäre sie nicht so erfolgreich gewesen. Sie war stets diejenige, die für ihren Job Risiken eingegangen ist. Wenn sie der Meinung war, sich Xylazin zu spritzen könnte ihr helfen, am Ende Alex Wildhain zu überführen, dann hätte sie das getan. Aber ich glaube nicht, dass sie irgendetwas aus Verzweiflung genommen hat. Mag sein, dass im Laborbericht steht, dass sie all diese Dinge eingeworfen hat. Aber wenn das so ist, dann hatte das einen guten Grund.«

»Der da wäre?«, fasste Stutter noch einmal nach.

»Sie wollte diesen Fall lösen.«

Der Hauptkommissar wunderte sich über die Entschlossenheit, mit der die Frau diese Schlussfolgerung zog, und fragte deshalb: »Komisch, mein erster Gedanke war eigentlich, dass Ronja Schneider mit der Situation überfordert war, dass sie die Kontrolle verloren hatte.«

Nelly lachte auf. »Nein, das glaube ich nicht. Und sie hat nicht so auf mich gewirkt, sonst hätte ich sie doch sofort abgezogen.«

»Könnte sie Ihnen etwas vorgespielt haben?«, versuchte es Stutter auf einem anderen Weg.

»Wenn ja, dann war das eine perfekte Vorstellung. Allerdings …« Sie zögerte kurz, beendete den Satz aber trotzdem. »Allerdings war das ja ihre Spezialität, sonst wäre sie nicht als verdeckte Ermittlerin eingesetzt worden.« Ihr Blick wanderte zu Oberbichl und mit einem zweideutigen »Nicht wahr, Chef?« beendete sie ihre Ausführungen.

Als die beiden Männer kurz darauf allein waren, fragte Stutter eindringlich: »Muss ich noch irgendetwas wissen?«

Oberbichl wirkte verdutzt.

»Ich meine bezüglich deines Verhältnisses zum Opfer.«

Der Stuttgarter Kollege verstand plötzlich und hob abwehrend die Hände, während er vehement entgegnete: »Um Gottes willen, nein. Da gibt es nur und ausschließlich ein Arbeitsverhältnis.«

»Warum dann diese Bemerkung von Kollegin Wagner?«

Oberbichl zuckte mit den Schultern. »Keine Ahnung, was das soll, aber Nelly ist nicht einfach. Wir sind schon öfter aneinandergeraten. Vermutlich wirft sie mir Ronjas Tod vor oder denkt, ich hätte sie ihr gegenüber bevorzugt. Jedenfalls«, setzte er nach, »hatte ich keine Affäre mit Ronja Schneider. Das ist lächerlich und absurd.«

»Teilst du Nellys Meinung bezüglich Ronjas Drogenkonsum? Hältst du das auch für ihre Art, ein Risiko einzugehen, um den Job zu erledigen?«

Oberbichl zögerte, sagte dann: »Bevor wir jemanden irgendwo einschleusen, wird der- oder diejenige natürlich geschult. Unsere Leute wissen, wie man es nur so aussehen lassen kann, als würde man koksen, und sind auch darin trainiert, brenzligen Situationen auszuweichen. Und erst recht, wenn es um so etwas Gefährliches wie Heroin oder eben Xylazin geht. Ich kann Ronjas Verhalten nicht nachvollziehen. Aber eines stimmt schon: Ihr Engagement war groß, sie war risikofreudig. Ob das allerdings so weit ging, dass sie ihre Gesundheit geopfert hätte, das wage ich zu bezweifeln.«

5

Gegen Mitternacht

Das *Masters* hatte einiges aufgeboten, um für ein außergewöhnliches Partygefühl zu sorgen. Sascha war schon öfter hier gewesen und hatte auch heute wieder den Eindruck, dass der Laden nichts weiter als ein billiger Abklatsch der *Wildhain Party Lounge* war. Damit lag er gar nicht so falsch. Allerdings konnte er nicht wissen, dass sein Chef, Alex Wildhain, am *Masters* beteiligt und das kopierte Ambiente gewollt war.

Das *Masters* war kleiner und die vielen ausgelassenen Menschen auf der Tanzfläche wirkten durch die niedrige Deckenhöhe eingepfercht. Sascha betrachtete die Räumlichkeiten mit den Augen eines Security-Mitarbeiters und dachte: *Ein Albtraum, wenn es hier zu einem Tumult kommt.*

Menschen quetschten sich an ihm vorbei. Eine Blondine auf High Heels rempelte ihn an und verschüttete ihren Cocktail, zum Glück nicht über seine Hose.

Sie war betrunken und offensichtlich von dem gut gebauten Sascha begeistert. »He, suchst du mich?«, lallte sie.

Er lächelte höflich, wie er es auch an der Tür tat, bevor er jemandem den Zutritt verweigerte, und sagte kühl: »Heute nicht«, damit drängte er sich weiter zu den Podesten, auf denen die Tänzerinnen ihre Show lieferten. Jennifers Auftritt schien bereits vorbei. Zumindest konnte er sie nirgendwo entdecken. Eigentlich war ihm das gar nicht so unrecht. Sie tanzte zwar nicht nackt, aber bei ihren Kostümen wurde der Stoff sparsam verwendet. Busen und Scham waren meist kaum bedeckt. Ihm wäre es lieber gewesen, sie hätte mehr Auftritte in *Wildhains Party Lounge*, aber aus irgendeinem Grund waren die anderen Klubs immer schneller, wenn es darum ging, sie zu buchen. Dass Jennifer selbst dafür sorgte, kam ihm nicht in den Sinn.

Er wollte eine der Tänzerinnen, die sich mit goldenem Glitzer eingerieben hatte und mit fast schon unmenschlichen Verrenkungen die Aufmerksamkeit des Publikums auf sich zog, nach seiner Freundin fragen.

Die Musik hämmerte aus den Lautsprechern. Bässe, die sich wie Faustschläge in den Gedärmen anfühlten, hektisches Stroboskoplicht und verschwitzte Körper, die sich an Sascha vorbeidrängten, begleiteten ihn zum Podest.

Die glitzernde Schönheit erkannte ihn und winkte gut gelaunt. Er schob einen schmächtigen Achtzehnjährigen lässig zur Seite und signalisierte ihr, den Kopf zu ihm zu senken.

»Ist Jennifer schon fertig?«

Sie zuckte mit den Schultern, während sie ein Bein waagrecht nach hinten streckte und sich mit dem Oberkörper zu den Zehen des anderen beugte. »Ich glaube ja, sieh mal an der Bar im zweiten Stock nach«, erklärte sie hilfsbereit und nicht ganz ohne Hintergedanken.

Sie hatte selbst ein Auge auf den Barkeeper geworfen und war wenig begeistert, dass sich Jennifer dazwischengedrängt hatte. Geschah ihr ganz recht, wenn Sascha das nun mitbekommen würde. Immerhin wusste jeder, dass Jennifer es nicht ernst mit dem gutmütigen Below meinte.

Er dankte der Frau, und sie schenkte ihm ein Lächeln.

Fantastisch, dachte Sascha, als er sich Richtung Treppe begab. An der Bar wäre es nicht so laut, denn das, was er Jennifer heute zu sagen hatte, konnte einen weniger hektischen Ort gut vertragen. Automatisch tastete er nach dem kleinen Schmuckkästchen in seiner Tasche. Dank Alex Wildhain hatte er ihr einen richtig tollen Klunker kaufen können. Sie würde begeistert sein.

Sascha bewegte sich beschwingt die Stufen nach oben, er bemerkte nicht, dass man ihn im Auge behielt. Allerdings fiel ihm sofort auf, dass an der Bar selbst gerade etwas im Gange war. Es wurde gegrölt und angefeuert. Dem Türsteher war längst klar, dass Alkohol die Menschen in primitive Neandertaler verwandeln konnte. Er regte sich darüber nicht auf, schließlich gab es seinen Job vor allem aus diesem Grund. Vielmehr blickte er neugierig zur Theke. Im ersten Moment musste er grinsen. Offenbar hatte sich eine der Frauen auf den Tresen gelegt, und der Barkeeper dahinter wurde von seinen kreischenden Gästen ermutigt, sie zu küssen. Sascha hörte das begeisterte Raunen, als der lang herbeigebrüllte leidenschaftliche Kuss vollzogen wurde. In diesem Augenblick trat einer der Schaulustigen zurück und Sascha erkannte einen weiblichen Fuß. Einen Fuß mit niedlichen Zehen, lackiert in grellem Gelb. Er hatte diesen Fuß schon tausendmal berührt, und jetzt …

Die wenigen Schritte bis zur Theke legte der Dreißigjährige wie ein Bulldozer zurück. Ein Pärchen rempelte er rücksichtslos zur Seite, eine der Frauen schrie: »He, Vollidiot!«, und irgendwer rief sogar hinter ihm seinen

Namen, aber das alles ignorierte er. Sein Blick hing an dem Fuß mit den lackierten Nägeln. Er riss den Typen, der direkt an der Theke stand, mit einem Ruck nach hinten. Der landete unsanft auf dem Boden, unterließ aber jede Beschwerde, als er sah, wer ihn da gestoßen hatte. Ein anderer Gast sah Sascha noch rechtzeitig kommen und suchte instinktiv das Weite. Die anderen Zuschauer des wilden Spektakels auf der Theke wurden regelrecht weggerammt, bevor der Türsteher sein eigentliches Ziel erreichte. Alles ging so schnell, dass der Kerl, der gerade seine Zunge in Jennifers Mund hatte, keine Chance bekam, zu reagieren.

Sascha riss dessen Kopf an den Haaren in die Höhe, holte aus und schlug ihm mit der Faust mitten ins Gesicht. Es war zu laut, um die Knochen splittern zu hören, aber das Blut spritzte dafür ausdrucksvoll – und wenn nicht drei Mann an Sascha gerissen hätten, dann wäre der Barkeeper vermutlich nicht nur mit einem Nasenbeinbruch und zwei ausgeschlagenen Zähnen davongekommen.

Jennifer sprang auf. Blutspritzer hatten sich auf ihrem knappen T-Shirt verteilt. Sie begann hysterisch zu schreien, schwang sich über die Theke, um nach dem Verletzten zu sehen, der taumelnd unter dem Flaschenregal zusammengebrochen war.

»Du Arschloch!«, schrie sie völlig von Sinnen in Saschas Richtung. Dann rannte sie um die Theke herum und stellte sich direkt vor ihn. An ihren geweiteten Pupillen sah er, dass sie etwas genommen hatte. Ein weiteres Versprechen, das sie ihm gegeben und gebrochen hatte.

»Du Arschloch«, geiferte sie erneut und er versuchte, sich aus den Griffen der Männer zu befreien, die alle Mühe hatten, ihn zurückzuhalten.

»Du bist also doch so, wie alle sagen. Du Nutte«, brüllte er außer sich.

Entsetzt stierte sie ihn an, dann holte sie aus und schlug ihm ins Gesicht. Er reagierte nicht, fühlte keinen Schmerz. Sie schlug erneut zu.

Beim dritten Mal ergriff jemand ihren Arm und zischte: »Verpiss dich, du Bitch, sofort.«

»Wer sagt das?«, blieb sie angriffslustig, während man Sascha aus dem Raum bugsierte.

Einer der Männer redete versöhnlich auf ihn ein: »He, Großer, komm runter, die Alte ist das nicht wert.«

»Scheiße«, schnaufte Sascha, ließ sich schließlich ohne Widerstand nach draußen begleiten. Er kannte die anderen. Sie arbeiteten ebenfalls in den Klubs, einer sogar bei Wildhain.

»Mach dir keine Gedanken, wir regeln das mit dem Penner.«

Sie meinten den Barkeeper.

»Danke«, hauchte Sascha erschöpft. Es war ihm nach Weinen zumute, aber die Blöße wollte er sich nicht geben. Ein Auto tauchte auf.

»Komm, steig ein, wir bringen dich nach Hause.«

Jennifer hatte sich in den Personalbereich zurückgezogen, um ihre Handtasche zu holen. Jemand trat auf sie zu und sagte kalt: »Pack deine Sachen, du bist raus.«

Sie protestierte, aber ihre Einwände wurden nicht ernst genommen.

Stattdessen hieß es nur: »Der Chef will dich hier nie mehr sehen.« Natürlich blieb unerwähnt, dass Wildhain hinter dem Rauswurf steckte; er würde auch dafür sorgen, dass Jennifer im Tübinger Raum keinen Job mehr bekommen würde. Während man den Barkeeper ins

Krankenhaus brachte und ihm dabei einbläute, dass es besser wäre, sich aufgrund eines ungeschickten Sturzes statt eines Schlages behandeln zu lassen, landete ein zweitausend Euro teurer Verlobungsring in der Kanalisation.

* * *

Jennifer hatte wutentbrannt das *Masters* verlassen. Der Manager hatte ihr Hausverbot erteilt.

»Du kennst die Regeln. Ihr seid hier, um die Gäste zu unterhalten. Du kannst die Kerle antörnen, ihnen den Kopf verdrehen und sie dazu bringen, dir einen auszugeben. Aber Ärger verursachen, das geht nicht.«

»Ich habe keinen Ärger verursacht«, wehrte sie sich vehement. Hysterisch rief sie: »Ich bin völlig unschuldig.«

»Es reicht«, war die genervte Reaktion des Managers. »Deinetwegen hat unser Barkeeper eine gebrochene Nase.«

»Das war Sascha«, hatte sie gefaucht.

»Wenn du deine Typen nicht im Griff hast, dann ist das deine Schuld. Kleiner Tipp für die Zukunft, wenn du dich wie eine Nutte benimmst, dann wundere dich nicht, wenn man dich auch wie eine behandelt. Abgesehen davon solltest du wenigstens so clever sein und Geld verlangen.« Gelangweilt hatte er ihr daraufhin ein paar Scheine vor die Füße geworfen. »Deine Gage für heute Abend. Lass dich hier nicht mehr blicken, und bitte nimm den Hinterausgang.«

Sie war zu aufgewühlt, um ein Taxi zu rufen, darum stöckelte sie nun unsicher in Richtung ihrer Wohnung. Unterwegs rutschte sie auf einem gepflasterten Weg aus und klatschte unsanft auf das Hinterteil. Tränen schossen ihr in die Augen. Zum einen war es der Schmerz als Folge des Sturzes, zum anderen die Erkenntnis, dass sie es eben so richtig vermasselt hatte. Wenn man sie im *Masters* nicht mehr auftreten ließ, dann würden sich die anderen Klubs bald anschließen. Sie galt ab sofort als Problem, als jemand, der ein Risiko bedeutete. Ihrer Meinung nach war das völlig überzogen. Es kam schließlich öfter vor, dass sich Typen wegen der Mädchen prügelten. Es war ungerecht, sie wegen dieser Lappalie auf die schwarze Liste zu setzen.

»Die haben es auf mich abgesehen«, schniefte sie und schlug die Hand eines vorbeikommenden Typen in Burschenschaftuniform aus, der ihr auf die Beine helfen wollte. »Verpiss dich!«, war ihr äußerst unfreundlicher Kommentar.

Der Helfer murmelte daraufhin irgendetwas von einem »*jessasmäßiga balla*«, den sie habe, was schwäbisch war und so viel bedeutete wie ein heftiger Rausch.

Umständlich rappelte sich Jennifer auf, fand sich irgendwann am Ufer des Neckers wieder und ging dann vorsichtig, um nicht in irgendwelche Scherben zu treten – die hohen Schuhe hielt sie mittlerweile in der Hand –, zu ihrer Wohnung. Sie wusste, dass Emily nicht da war, denn die hatte ihr eine sturmfreie Bude für die Nacht mit dem Barkeeper überlassen. Jetzt amüsierte sich Emily sicher irgendwo. Vielleicht sollte sie ihr eine Nachricht schicken, sie würde sicher sofort kommen und Jennifer beistehen. Allerdings wäre damit auch Emilys Abend verdorben.

Vor dem Hauseingang rempelten Jennifer die jungen Männer aus der Studenten-WG im Dritten an und lachten sich dabei kaputt. Jennifer las im trüben Licht der Lampe über dem Eingang den neusten Anschlag der Hausverwaltung: »Tür bitte richtig zuziehen!«

Sie gab ein genervtes »Ach, leckt mich doch« von sich und hörte mit Genugtuung hinter sich das Kratzen der schweren Tür, das bedeutete, dass sie auch dieses Mal nicht ins Schloss gefallen war.

Mühsam erklomm sie die Stufen und ließ sich in der Wohnung schließlich heulend aufs Sofa fallen. Selbstmitleid überkam die junge Frau, das kurz darauf in Wut umschlug.

»Ich hätte Sascha schon vor Wochen *zum Teufel* jagen sollen«, brach es aus ihr heraus.

Sie hatte jedoch auf Emily gehört. Die hatte ihr geraten, sich den Typen warmzuhalten. »Stell dir einfach vor, der wäre dein Sparschwein, Schätzchen. Verstau ihn irgendwo, staub ihn gelegentlich ab« – dabei hatte sie anzüglich gezwinkert – »und greif hinein, wenn du Kohle brauchst.«

Ärgerlich dachte Jennifer nun daran, dass sie Sascha morgen eigentlich um Geld für die Miete hatte anpumpen wollen. Geld, das er natürlich nie von ihr zurückverlangt hätte.

»Scheiße«, fluchte sie laut und wollte sich gerade eine Zigarette anzünden, als es an der Tür klingelte.

Emily, dachte Jennifer erleichtert. Sicher hatte ihre Mitbewohnerin irgendetwas vergessen und klingelte, um nicht einfach hereinplatzen zu müssen. Das war schon öfter vorgekommen, und wäre nun ein Kerl hier, hätte das Jennifer genervt. Aber unter diesen Umständen rannte sie glücklich zur Tür und riss sie auf.

»Was gibt's?«, fragte sie jedoch um Fassung bemüht, als sie nicht in Emilys Gesicht blickte. Keinesfalls wollte sie sich eine Blöße geben.

»Gute Nachrichten!«, folgte die Erwiderung.

»Ach wirklich?«, reagierte Jennifer reserviert.

»Oh ja.« Man trat einen Schritt auf sie zu, und auf einmal glänzte im Schein der mit fettigem Staub überzogenen Glühbirne eine Klinge.

So schnell sie hervorgezogen worden war, so schnell verschwand sie in Jennifers Fleisch. Sie bohrte sich tief in den gebräunten Bauch, den die Tänzerin stets voller Stolz präsentiert hatte. Die antrainierte Muskulatur schien zu versuchen, den Einstich abzuwehren, aber das Messer wurde mit Kraft geführt. Und so verschwand es mühelos Zentimeter um Zentimeter in Jennifers Körper, bis nur noch der Griff zu sehen war. Im gleichen Augenblick erhielt die Wohnungstür einen Tritt und fiel ins Schloss.

Jennifer sackte in den Armen ihres Gegenübers zusammen. Langsam, beinahe liebevoll ließ man sie auf den Boden gleiten.

Sie lebte noch, riss die Augen auf und begann röchelnd zu sprechen: »Warum?«

»Weil es das Richtige ist«, antwortete man ihr mit einem geheimnisvollen Lächeln.

Plötzlich wurde das Messer zurückgezogen. Die Bauchwunde klaffte auseinander, Blut spritzte aus der Öffnung, besudelte den Teppich und hätte auch die Kleidung des unheilvollen Gastes getroffen, wäre der nicht ein Stück zurückgetreten. Er genoss das Schauspiel, beobachtete interessiert das Blut, das aus dem Körper floss – erst als kleine Fontäne, dann als eifriges Rinnsal, so als wollte es voller Ungeduld und Euphorie die Welt außerhalb des menschlichen Systems aus Arterien und Venen erkunden; als könnte es nun endlich sein Gefängnis verlassen.

Instinktiv presste die sterbende Jennifer die Hände auf die Wunde, drückte mit letzter Kraft darauf, aber der rote Lebenssaft war nicht gewillt, sich aufhalten zu lassen. Er umging das Hindernis, drückte sich zwischen den aufgelegten Fingern hindurch und als ein zweiter Stich erfolgte, direkt neben dem ersten, da bot sich dem Blut ein weiterer Ausgang. Jennifer stand kurz davor, das Bewusstsein zu verlieren. Eine Träne bildete sich in ihrem Augenwinkel; sie hatte noch nie über den Tod nachgedacht. Schließlich war es nicht an der Zeit. »Was geschieht jetzt?«, flüsterte sie kaum hörbar und voller Angst.

»Erlösung«, hauchte man ihr ins Gesicht.

. . .

Jennifer war auch im Tod noch hübsch. Womöglich lag das an dem üppigen Make-up, das sie für ihren Auftritt aufgelegt hatte. Die vergossenen Tränen am Abend hatten der wasserfesten Schminke kaum etwas anhaben können. Die starken, leuchtenden Farben und der Glitzer verbargen den Schmerz, den sie in ihren letzten Minuten empfunden hatte. Aber so konnte das nicht bleiben. Allerdings wäre es mühsam, die linke Gesichtshälfte abzuschminken, zumal es damit nicht getan wäre.

Es folgte ein langsamer Rundgang durch die Wohnung. Auf dem Tisch im Wohnzimmer lagen Zigaretten und eine Schere. Vor dem Fernseher stand ein klappriges Bügelbrett, das alte Bügeleisen stand aufrecht darauf. Vermutlich hatte jemand in aller Eile etwas geglättet, den Stecker gezogen und war dann gegangen. Was für ein glücklicher Zufall …

Wenige Minuten später berührte die sehr heiße Unterseite des Haushaltsgeräts Jennifers linke Gesichtshälfte. Es brodelte, der Dampf trat aus, dann jedoch folgte ein leiseres Geräusch, ein Zischen. Die Gesichtshaut der Toten begann der Hitze nachzugeben. Zunächst roch es nach angebratenem Fleisch, was nicht einmal unangenehm war, dann jedoch entwickelte sich Rauch und es begann zu stinken. Das Eisen wurde zurückgezogen, dabei blieb das Augenlid an der heißen Bügelsohle kleben und zog sich wie Kaugummi in die Länge. Das Messer durchtrennte die Verbindung und nun wurde unter dem fehlenden Stück Lid angekokelte Haut sichtbar. Der Kontrast zwischen den beiden Gesichtshälften hätte größer nicht sein können, und ein zufriedenes Nicken bestätigte, dass das so gewollt war. Die Schere kam zum Einsatz und anschließend nahm man sich des linken Fußes an. Es war ein kräftiger Fuß, einer Tänzerin angemessen, mit zierlichen, gelb lackierten Zehen, die sich mit dem Messer und einiger Anstrengung abtrennen ließen. Erst als die Stümpfe bis fast zum Mittelfuß gestutzt waren, ließ man von der Leiche ab. Die amputierten Zehen blieben zurück, das Messer würde später im Neckar landen – alles war erledigt worden.

6

Am nächsten Morgen

Hauptkommissar Ehrbecker hatte den Kollegen vom BKA ein geräumiges Büro zur Verfügung gestellt. Jasmin Nau breitete die Protokolle und Berichte auf dem großen Besprechungstisch aus, während ihr Vorgesetzter die Fotografien von Ronja Schneider betrachtete. Sie waren ordentlich an die Tafel gepinnt worden. Zunächst das Bild aus der Personalakte. Obwohl die junge Frau darauf mit den straff nach hinten gekämmten Haaren und den fest verschlossenen Lippen sehr ernst wirkte, sah man dennoch, wie attraktiv sie war. Es tat Stutter in der Seele weh, die Bilder von der verunstalteten Leiche daneben betrachten zu müssen.

»Was denkst du?«, fragte er schließlich seine Kollegin.

Jasmin sah auf, folgte seinem Blick und erwiderte, ohne dass er eine gezielte Frage stellen musste: »Keiner ist so ehrgeizig, dass er sich freiwillig Heroin oder in dem Fall Xylazin spritzt. Das ist meine Meinung, ich kann mich irren.«

»Menschen tun verrückte Dinge, wenn sie glauben, es für eine gute Sache zu tun«, warf Stutter ein.

»Ist es denn überhaupt so wichtig, warum sie das Zeug genommen hat?«, fragte Jasmin und trat nun ebenfalls vor die Tafel. »Hätte das denn Einfluss auf unsere Ermittlungen?«

»Womöglich«, antwortete ihr Kollege nachdenklich. »Wenn sie es genommen hat, um Alex Wildhain schneller überführen zu können, dann rückt er natürlich in den Mittelpunkt. Dann könnte man vermuten, Ronja Schneider hatte sich erfolgreich bei ihm eingeschlichen, etwas herausgefunden, flog letztlich jedoch auf und wurde dann von ihm aus dem Weg geräumt.«

»Könnte das nicht auch der Fall sein, wenn sie die Drogen aus anderen Gründen genommen hat?«

»Natürlich«, gab ihr Stutter recht. »Aber wenn Ronja dabei war, die Kontrolle zu verlieren, dann hat sie mit Sicherheit ihre Arbeit vernachlässigt und sich mehr auf die Drogenbeschaffung konzentriert als auf die Überführung von Wildhain, und damit würde sich das Täterfeld erweitern.«

»Du denkst, ein durchgeknallter Junkie hat ihr das angetan?«, hakte Jasmin verwundert nach.

»Wäre das so ungewöhnlich?«, erwiderte Stutter geduldig. »Falls sie am Anfang einer Suchterkrankung stand, wäre sie zwangsläufig mit entsprechenden Leuten in Berührung gekommen. Irgendwoher musste sie den Stoff haben, noch dazu fand man in ihrer Wohnung außer den Schlaftabletten und den Antidepressiva nichts; kein Xylazin, keine Spritzen. Könnte doch sein, dass sie an einem anderen Ort konsumiert hat, womöglich zusammen mit einem neuen Freund oder einer neuen Freundin. Was diese Nelly Wagner gesagt hat, leuchtet mir jedenfalls nicht ein«, gab der Hauptkommissar zu.

»Du meinst, dass Ronja Schneider nie geschwächelt hätte?«

Er nickte.

»Ich würde das über dich auch sagen«, gestand Jasmin zögerlich ein. »Wäre das denn falsch?«

Ihr Kollege lachte auf, schien tatsächlich amüsiert. »Ich schwächle ständig«, sagte er beherzt.

»Wenn das bei dir so aussieht, dann fühle ich mich nun erst recht inkompetent«, erwiderte sie trocken.

Er grinste. »Ich wurde im Dienst verletzt, habe Fehler begangen, die mich eigentlich ins Grab hätten bringen müssen, und jedes Opfer, das ich nicht verhindern, jeden Fall, den ich nicht abschließen konnte, empfinde ich als persönliche Niederlage. Und wenn es dir so vorkommt, als würde ich niemals in die Knie gehen, dann nur deshalb, weil ich in meinen Momenten der größten Selbstzweifel weiß, dass ich eine verlässliche Partnerin an meiner Seite habe, die mich auffängt.«

Jasmin sah in Stutter nie nur den Vorgesetzten, für sie war er Kollege, Freund und Beichtvater in einem. Oft schon hatte sie gedacht, dass er genervt von ihr sein müsste. Schließlich führte sie ein mehr oder weniger chaotisches Privatleben, neigte dazu, schnell emotional zu werden, und war manchmal viel näher am Wasser gebaut, als ihr lieb war. Zu hören, wie sehr er sie schätzte, machte sie deshalb verlegen.

»Danke«, murmelte sie mit glühenden Wangen.

»Ich meine das ganz aufrichtig«, setzte er nach und sah sie zu Jasmins Ärger nun auch noch an. »In dir habe ich jemanden, der genau versteht, wie es mir mit dem Job geht. Ronja Schneider jedoch war allein. Eine Kontaktperson, die man alle paar Tage für wenige Minuten sieht, ist nicht dasselbe wie ein Partner, mit dem man den Dienst gemeinsam erledigt.«

»Also bist du im Grunde auch davon überzeugt, dass sie Probleme hatte?«

»Ich kenne Kollegen, die verdeckt gearbeitet haben. Das ist kein Zuckerschlecken. Ich folge Nelly Wagners Einschätzung zum Teil. Ja, Ronja Schneider war ehrgeizig, vielleicht auch auf eine ungesunde Weise. Ich denke, ihr Ehrgeiz hat sie zumindest zum Drogenmissbrauch geführt, aber nicht, weil sie sich dadurch tarnen, besser in die Szene eintauchen wollte, sondern weil sie sich unter zu großen Druck gesetzt hat. Nellys Beschreibung nach war Ronja kein Mensch, der einfach eingestand, etwas nicht zu können.«

Jasmin nickte. »Und um nicht aufgeben zu müssen, versuchte sie alles, um durchzuhalten. Denkst du, Oberkommissarin Wagner hat wirklich nichts bemerkt?«

»Schwer zu sagen. Ronja wird sich alle Mühe gegeben haben, sich nichts anmerken zu lassen. Wenn, dann wirkte sie nach der kurzen Zeit auch eher verkatert als wie ein Junkie.«

»Unter diesen Umständen erscheint natürlich die Sache mit den Kondomen in einem anderen Licht«, bemerkte Jasmin. »Was, wenn sie tiefer ins Milieu gerutscht ist, als wir annehmen?«

Stutter schüttelte den Kopf. »Zu diesem frühen Zeitpunkt kann ich nicht glauben, dass sie schon bereit war, sich für einen Schuss zu prostituieren. Hauptkommissar Ehrbecker besorgt uns ihre Bankdaten. Ich nehme an, ihr gelang es noch, die Drogen mit eigenen Mitteln zu finanzieren.«

Jasmin wollte etwas erwidern, wurde aber von Ehrbecker unterbrochen. Er hatte die Tür, ohne anzuklopfen, aufgerissen, murmelte eine knappe Entschuldigung, schien sichtlich aufgeregt und erklärte: »Wir haben eine weitere Leiche.«

* * *

Zur gleichen Zeit

Der kleine Saal war unerwartet dreckig. Konstanze Anderson verzog das Gesicht. »Man sollte nicht meinen, dass die so einen Schweinestall hinterlassen«, knurrte die Fünfundzwanzigjährige und fragte sich, warum sie sich zu der Sonderschicht hatte überreden lassen.

Im Gegensatz zu der zuständigen Kollegin, die wieder einmal von einer kurzfristigen Grippe geplagt wurde, die sich am Wochenende wie gewöhnlich in Luft auflöste, war Konstanze sehr zuverlässig. Gregor Birkenfeld, der Besitzer der gleichnamigen Putzfirma, hielt große Stücke auf seine Mitarbeiterin, wollte sie bereits zur Gebietsleiterin machen, aber das hatte Konstanze abgelehnt. Sie erfüllte lieber Aufträge, als sie an andere zu verteilen. Zudem fühlte sie sich den Herausforderungen nicht gewachsen. Als Gebietsleiterin musste man auch mal durchgreifen, Leute anschnauzen oder entlassen. Wäre Birkenfeld nicht von sich aus ein gerechter Mann, wäre sie immer noch bei ihrem ursprünglichen niedrigen Stundenlohn. Jedenfalls konnte man sich auf Konstanze verlassen.

So hatte sie auch heute die Reinigung des kleinen Gemeindesaals übernommen, in dem diverse Treffen für Suchtkranke und Sprechstunden für Leute mit Problemen abgehalten wurden, die sonst nirgendwo hinkonnten. Konstanze wusste, wer diese Sitzungen und Sprechstunden leitete. Sie mochte die Frau nicht besonders, was vermutlich damit zusammenhing, dass Konstanze zu jedweder Art von Sozialarbeiter oder Behörden ein gespaltenes Verhältnis hatte.

»Ach, sind Sie die Vertretung von Frau Kühn?«, wurde sie nun freundlich von Leila Maar begrüßt.

Konstanze fühlte sich sofort unsicher. Menschen in

diesen Berufen schienen sie stets mit durchdringendem Blick zu fixieren, so als wollten sie in ihr Inneres blicken.

Automatisch vermied Konstanze Augenkontakt und brummte: »Guten Morgen, Frau Kühn ist krank.« Schnell schnappte sie sich den großen Besen, um die vielen Papierfetzen aufzukehren.

Offenbar fand die vierzigjährige Sozialarbeiterin Gefallen an der neuen Reinigungskraft und schlug gut gelaunt eine Kaffeepause vor. »Kommen Sie, trinken Sie einen Kaffee mit mir. Von gestern sind noch ein paar *Wibele* übrig.«

»Ich habe nicht viel Zeit«, wich Konstanze aus.

»Fünf Minuten werden doch kaum etwas ausmachen. Ich verspreche, ich werde nicht kontrollieren, ob überall Staub gewischt wurde. Sie würden mir einen Gefallen tun, ich trinke nicht gerne alleine Kaffee.«

Konstanzes Befürchtung, sich auf lange Diskussionen einlassen zu müssen, ließ sie nachgeben. Sie würde, wie schon so oft in ihrem Leben, einfach zustimmen, die Sache hinter sich bringen und für das nächste Mal eine Ausrede parat haben.

Leila Maar bat Konstanze, Platz zu nehmen.

»Ihre Kollegin setzt sich immer gerne zu mir«, berichtete die Sozialarbeiterin weiter und stellte einen dampfenden Kaffee und einen Teller mit den typischen Biskuitkeksen auf den Tisch, die die Form einer Acht hatten.

Das glaube ich sofort, dachte Konstanze gehässig, schluckte jedoch einen Kommentar bezüglich der Faulheit ihrer Kollegin herunter. Stattdessen nahm sie einen Keks und knabberte daran, so musste sie schon nichts sagen.

»Erzählen Sie mal, wo kommen Sie her?«, fragte Leila leichthin, und Konstanze zog es den Magen zusammen.

Wusste sie es doch, immer das Gleiche. Man fragte sie aus. So war es damals im Heim, in der Außenwohngruppe und beim Amt gewesen. Immer Fragen; persönliche Fragen.

Menschen wie diese Sozialarbeiterin konnten es einfach nicht lassen.

»Aus Tübingen«, antwortete Konstanze knapp.

»Wie Ihre Eltern?«, bohrte die Frau weiter.

Dieses Mal beschränkte sich Konstanze auf ein Nicken.

»Dann haben Sie sicher viele Bekannte in Tübingen, wenn Sie immer schon hier leben?«

Auch das führte nicht zu einer ausführlichen Antwort, sondern nur zu einem Schulterzucken.

Leila Maar irritierte die Zurückhaltung, deshalb begann sie von sich zu erzählen.

Konstanze hörte nur mit halbem Ohr zu. Auch das kannte sie bereits. Vertrauen aufbauen: *Ich erzähl dir etwas und dann bist du dran.*

Während die Frau über ihre Arbeit auf den Straßen von Tübingen und Stuttgart referierte, wanderte Konstanzes Blick zu einem der Bilder an der Wand. Es stellte eine biblische Szene dar. Zumindest nahm die Reinigungskraft das an, weil auch ein Engel mit gespreizten Flügeln zu sehen war. Sie hatten im Heim viel beten müssen. Eigentlich war das ganz schön gewesen, denn dann hatte keiner gesprochen, und sie durfte ihren eigenen Gedanken nachgehen. Sie erinnerte sich gerne an diese Momente und an die Geschichten über Gott, die sie bedauerlicherweise fast alle vergessen hatte. Konstanze besaß kein gutes Gedächtnis.

»Ach, ich rede die ganze Zeit über mich«, riss sie Leila Maar aus der Reise in die Vergangenheit. »Dabei sollte ich doch fragen, wie es Ihnen geht.«

»Gut.« Konstanze nahm sich einen weiteren Keks.

Für eine Sekunde schien ein ungeduldiger Ausdruck über Leilas Gesicht zu huschen, aber im nächsten Augenblick strahlte sie wieder und meinte: »Schreckliche Sache mit dem Mord an der jungen Frau. Sie haben doch sicher davon gehört.«

Froh, dass man nichts über sie wissen wollte, antwortete Konstanze dieses Mal ausführlicher: »Ich habe sogar in dem Haus geputzt, in dem sie starb.«

»Wirklich?«, rief Leila ehrlich überrascht. »Das trifft sich ja gut«, rutschte es ihr heraus. Falls sie darauf hoffte, Konstanze wäre das nicht aufgefallen, so hatte sie sich geirrt.

Die hakte nämlich umgehend nach. »Wieso? Was haben Sie damit zu tun?«

Die Direktheit brachte die Sozialarbeiterin ins Straucheln. »Nichts«, reagierte sie daher vehement. »Was soll ich damit zu tun haben?«

»Na ja, Sie sagten, das trifft sich gut«, entgegnete Konstanze mit der Hartnäckigkeit eines Kindes.

Leila fragte sich, ob diese unattraktive Person mit dem tumben Gesichtsausdruck, den speckigen Wangen, den kleinen Augen und den schlecht gefärbten Haaren nur so tat, als könnte sie nicht bis drei zählen.

Leila richtete sich auf. »In meinem Beruf kann ich helfen, wenn sich jemand in einer Krise befindet. Also, wenn Sie so nahe an diesem schrecklichen Geschehen dran waren, dann können Sie gerne mit mir darüber sprechen, dann trifft es sich gut, dass wir uns begegnet sind«, rettete sich Leila in eine Erklärung.

»Ich wurde ja nicht getötet«, antwortete ihr Konstanze prompt und nahm sich ein weiteres *Wibele*.

»Hat man Sie befragt?«, blieb Leila nun ebenfalls hartnäckig.

Konstanze entschied sich, zu nicken und den Rest ihres Kaffees zu trinken.

»Sie haben eben das Bild mit dem Engel betrachtet. Sind Sie denn gläubig?« Um ihr das Gefühl zu geben, unter Gleichgesinnten zu sein, fügte Leila schnell an: »Das Gebet ist für mich ebenfalls ein Weg, Frieden zu finden. Manchmal beten wir in den Selbsthilfegruppen, wenn es die Teilnehmer wünschen. Ich könnte mit Ihnen beten …«, schlug Leila spontan vor.

Konstanze stand auf und erwiderte: »Muss weitermachen, danke. Vielleicht ein anderes Mal.«

»In Ordnung«, entgegnete Leila verständnisvoll. »Wenn Sie jemanden zum Reden brauchen«, fügte sie noch an, aber Konstanze hatte bereits den Staubsauger angeschaltet und ersparte sich dadurch eine Antwort.

* * *

Leila Maar schluckte ihren Ärger über die einsilbige Reinigungskraft herunter und widmete sich ihren eigenen Aufgaben. Der Raum musste für ein weiteres Treffen hergerichtet werden, außerdem wollte sie heute noch einmal zum Stuttgarter Bahnhof, sich nach Ausreißern, Obdachlosen, Menschen, die vielleicht Hilfe brauchten, umsehen. Hier in Tübingen hatte sie mittlerweile eine treue Zahl von Bedürftigen, die immer wieder mit ihr in Kontakt traten. Meist nur, um zu sprechen, sich Dinge von der Seele zu reden, häufig äußerst *interessante* Dinge. Leila war für sie gelegentlich ein Beichtvater, das hatte seine Vorteile.

»Mama«, hörte sie eine Stimme hinter sich und drehte sich sofort voller Freude um.

»Nathanael, mein Schatz, geht es dir besser?«

Ihr neunzehnjähriger Sohn hatte am Morgen noch unter den ersten Anzeichen einer Erkältung gelitten und sich so gequält, dass sie den Ausbildungsbetrieb anrufen und ihn entschuldigen musste.

»Geht so«, antwortete er knapp und griff in die Schale mit den *Wibele*.

Sie ließ ihn gewähren, goss ihm sogar einen Kaffee ein und reichte ihm den Becher.

»Hast du Zeit?«, fragte er und sah sie ungeduldig an. Es war klar, dass ihn ein Nein enttäuschen würde.

Sie liebte es, wenn er ihr das Gefühl gab, noch als Mutter gebraucht zu werden. Das machte sie weniger einsam, hatte sie doch die letzten neunzehn Jahre nur für ihn gelebt. Sein Vater hatte sich kurz nach der Geburt aus dem Staub gemacht und so war Nathanael das Wichtigste in ihrem Leben geworden.

Sie vergötterte ihn regelrecht, etwas, das in der Vergangenheit dazu geführt hatte, dass keine von Leilas Beziehungen die Zeit überdauern konnte. Ihre eigenen Eltern hatten sie oft für ihre Kindererziehung kritisiert, deshalb war es auch da zu einem Bruch gekommen.

»Ich habe immer für dich Zeit, was hast du auf dem Herzen?«, antwortete sie ihrem Sohn liebevoll.

»Ich brauche ein anderes Auto«, kam er ohne Umschweife zum Punkt.

»Was ist denn mit deinem?«, fragte sie ohne Hintergedanken.

»Du verstehst es wieder einmal nicht«, reagierte er, wie es seine Art war, sofort aufbrausend.

Leila hatte augenblicklich ein schlechtes Gewissen. »Mein Schatz, ich versuche immer alles zu verstehen, erkläre es mir«, bat sie in entschuldigendem Tonfall.

Er schlug theatralisch die Hände vors Gesicht. »Man nimmt mich damit nicht ernst. Ich bin der kleine Lehrling mit dem kleinen Auto, die mobben mich. Ich will dort nicht mehr hin.«

Leila riss entsetzt die Augen auf. Sie hatte Himmel und Hölle in Bewegung gesetzt, um ihm trotz des schlechten Abschlusses diesen Ausbildungsplatz zu besorgen. Es hatte schon einige Probleme gegeben. Ärger in der Berufsschule, Fehltage, schlechtes Ergebnis bei der Zwischenprüfung. Sie wollte jedoch unbedingt eine solide Ausbildung für ihr

Kind, deshalb bemerkte sie nicht die Falle, in die sie gerade tappte.

Zunächst fragte sie jedoch vernünftig: »Wäre es nicht sinnvoller, mit deinem Meister zu sprechen? Wenn du willst, begleite ich dich. Ein Auto löst doch das Problem nicht. Wenn andere dich …«

»Dir ist es also völlig gleichgültig, dass ich gerade durch die Hölle gehe, herzlichen Dank auch«, schnappte er und sprang trotzig auf.

»Bitte, Schatz, setz dich, lass uns reden. Du weißt doch genau, dass ich alles tue, um dir zu helfen.«

»Dann kauf mir ein anderes Auto, und mir ist geholfen.«

»Wo soll ich denn jetzt einen Wagen hernehmen?«, entgegnete sie. »Ist das denn wirklich nötig?«

Nathanael funkelte seine Mutter böse an und sie reagierte sofort.

»Wir können uns am Wochenende bei den örtlichen Händlern umsehen, was hältst du davon?«, schlug sie daraufhin eilig vor, um es nicht zu einem Streit kommen zu lassen.

»Nicht nötig.« Nun strahlte er sie an, und Leila wurde es ganz warm ums Herz. »Ich habe einen Kumpel, der verkauft seinen Wagen, der wäre genau richtig für mich. Der sieht super aus, schwarzmetallic, geile Felgen …« Er begann voller Begeisterung zu erzählen, und Leila fühlte sich ihm ganz nahe.

»Und diesen fantastischen Wagen verkauft er einfach so?«, fragte sie zweifelnd.

»Der braucht das Geld, deshalb ist das auch ein echtes Schnäppchen«, erwiderte Nathanael mit kindlicher Freude.

»Was soll er denn kosten?«, fragte Leila, die keine Ahnung von Autos hatte und automatisch annahm, ihrem Sohn wäre klar, dass sie nur ein bescheidenes Budget zur Verfügung hatten.

»Neunzehntausend und dann noch mal sechshundert für neue Reifen«, antwortete Nathanael, ohne mit der Wimper zu zucken, und strahlte sie erneut an.

Obwohl Leila sich um einen neutralen Gesichtsausdruck bemühte, konnte sie den Schock über die Summe nicht verbergen. Sie hatte sich gerade einmal zwölftausend Euro mühsam zusammengespart. Zudem war das letzte Jahr teuer gewesen. Nathanaels Augenlasern, sein Laptop für die Berufsschule, die Spielekonsole, damit er mit dem Stress leichter zurechtkam; dann waren da noch die Strafzettel gewesen. Außerdem die Gerichtsverhandlung wegen Sachbeschädigung, die Kosten des Vergleichs und die anschließenden Therapiestunden für ihren Sohn, die die Krankenkasse nicht übernommen hatte, die aber notwendig waren, um ihm bei seinen Aggressionsproblemen zu helfen. Weil er durchgehalten hatte, war sie bereit gewesen, ihm zur Belohnung einen Flug nach New York zu bezahlen. Den Trip hatte er mit seiner damaligen Freundin machen wollen, deren Eltern jedoch wenig charmant kundgetan hatten, dass sie diese Reise gewiss nicht finanzieren würden. Was war Leila da anderes übrig geblieben, als auch den Flug des Mädchens zu übernehmen?

»Die Reifen könnte ich zur Hälfte selbst bezahlen«, bot er nun großzügig an. Etwas, das Leila sofort positiv vermerkte.

Trotzdem fragte sie bedauernd: »Woher soll ich neunzehntausend Euro nehmen?«

»Von deinem Sparbuch und den Rest als Kredit. Das sind doch nur siebentausend. Keine große Summe, theoretisch könnte ich das Geld auch selbst aufnehmen«, antwortete er prompt.

Sie fragte ihn nicht, woher er von dem Sparbuch wusste. Ihre Bankunterlagen waren in der Wohnung frei zugänglich. Sie hatte ihm nie verboten, die Schubladen des Schreibtisches aufzuziehen. Eigentlich hatte sie ihm noch nie irgendetwas verboten. Bis heute glaubte sie, deshalb ein besonders gutes Verhältnis zu ihrem Sohn zu haben.

»Ich halte es für keine gute Idee, wenn du einen Kredit aufnimmst. Und das Sparbuch ist eigentlich für schlechte Zeiten«, entgegnete sie vorsichtig, um keinesfalls einen von Nathanaels Wutausbrüchen zu provozieren.

»Es sind schlechte Zeiten«, sagte der nun kleinlaut und plötzlich begann er zu heulen. »Ich halte das nicht mehr aus. Ich schmeiß hin, das schwöre ich, ich kann nicht mehr. Ich gehe zur Bank, sollen die mir die neunzehntausend geben.«

Wenn ich ihm jetzt das Auto kaufe, dann wird er die Ausbildung beenden, und danach wird alles gut. Und er hätte auch keinen Kredit am Hals, redete sie sich ein, während sie zu ihm eilte und die Arme um ihn schlang.

»Mein Junge«, tröstete sie ihn, »alles wird gut werden. Wir stehen das gemeinsam durch, so wie immer …«

»Ich will dieses Auto«, rief er zornig und stieß sie weg. »Entweder du hilfst mir oder ich kündige.«

»Nathanael«, beschwichtigte sie ihn. »Natürlich helfe ich dir, ich bekomme das hin.«

»Ach Mama«, sagte er nun dankbar und warf ihr einen tränenverhangenen Blick zu. Erneut versuchte sie, ihn zu umarmen, und er ließ es bereitwillig zu.

»Ich bin so froh, dass ich dich habe«, hauchte er nun und sie erwiderte: »Ich liebe dich, mein Junge.«

»Ich liebe dich auch, Mama.« Er drückte sich an sie. »Meinst du, dass du die Reifen vielleicht doch komplett übernehmen könntest?«, fragte er nun schüchtern nach.

»Sicher, mein Junge, du musst dir keine Sorgen machen.«

»Du bist die Beste«, schmeichelte er, wand sich dann jedoch aus der Umarmung und sagte gut gelaunt: »Oh, ich muss los.«

»Wohin willst du?«, fragte sie alarmiert. »Du bist doch

krankgemeldet, was, wenn dich einer aus deinem Betrieb sieht?«

»Keine Sorge, ich gehe zu einer Freundin.«

»Wirklich?«, erwiderte Leila reserviert. Sie hatte bislang keine von Nathanaels Freundinnen gemocht. Das waren alles schreckliche Mädchen, die ihn nur ausgenutzt, nicht verstanden und am Ende verletzt hatten. Dennoch sagte sie freundlich: »Bring sie doch mal mit!«

»Sicher«, antwortete er ungeduldig und trottete davon.

Leila sehnte sich danach, dass er sich noch einmal umdrehen und sich mit einem liebevollen Gruß verabschieden würde. Tatsächlich hielt er kurz vor der Tür inne und wandte noch einmal den Kopf. »Und vergiss nicht, dich um das Geld zu kümmern, mein Kumpel braucht es kurzfristig, sonst verkauft er den Wagen an jemand anderen.«

Damit war er verschwunden und Leila begann zu rechnen. *Siebentausend Euro, die fehlen, und alle meine Ersparnisse*, dachte sie müde.

Dann jedoch tröstete sie sich damit, dass sie das für Nathanael tat, und für ihn war sie schließlich zu allem bereit. Deshalb griff sie beherzt zum Telefon und versuchte, nicht zu aufgeregt zu klingen, als sie sagte: »Ich brauche einen Vorschuss.«

Leila bemerkte nicht, dass man sie belauscht hatte. Pfarrer Ignaz Class schüttelte müde den Kopf. Er hatte unabsichtlicherweise sowohl den Wortwechsel zwischen Mutter und Sohn als auch das Telefonat gehört. Um Leila nicht in Verlegenheit zu bringen, wartete er noch einige Minuten, bevor er geräuschvoll aus dem hinteren Bereich des Gemeinderaums trat und freundlich sagte: »Sie sind schon hier? Dann können wir ja gleich unsere Termine abstimmen.«

7

Konstanze hatte den Auftritt von Nathanael nicht ohne Interesse verfolgt. Sie musste zugeben, dass der Neunzehnjährige ein gut aussehender Kerl war. Natürlich hatte er sie keines Blickes gewürdigt. Den meisten Männern fiel sie nicht auf, vielleicht lag es auch daran, dass Nathanael zu jung war, um sich für die Fünfundzwanzigjährige zu interessieren. Sie hatte einmal gelesen, dass Männer Angst vor älteren Frauen hatten. Das tröstete sie ein wenig über ihr unglückliches Liebesleben hinweg.

Außerdem war ihr noch etwas anderes aufgefallen. Leila Maar war längst nicht so selbstbewusst, wie sie sich gab. Zumindest gegenüber ihrem Sohn Nathanael wirkte sie schwach.

Das bemerkt zu haben, gab Konstanze ein gutes Gefühl, denn plötzlich verschwand der Gedanke, der anderen unterlegen zu sein, und das war ausgesprochen angenehm.

Als Konstanze kurz darauf an der Bushaltestelle stand und wartete, entspannte sie sich sogar ein wenig und hielt gegen ihre Gewohnheit den Kopf einmal nicht gesenkt. Leider wurde sie deshalb auch von der Freundin ihres Onkels

Bernd entdeckt, die mit einem klapprigen Cabrio direkt an ihr vorbeifuhr.

Zu Konstanzes Ärger glaubte Olivia, mit lautem Hupen und einer Vollbremsung auf sich aufmerksam machen zu müssen.

»Konstanze«, rief sie schrill und sämtliche Wartenden an der Bushaltestelle blickten neugierig in ihre Richtung. »Komm, steig ein, ich nehme dich mit«, rief Olivia. Hinter ihr gab der Bus bereits Lichthupe.

»Nicht nötig«, wehrte Konstanze ab und lief rot an, als einer der Fahrgäste meckerte: »*Mensch, mach nore!*«, was eine Aufforderung war, sich zu beeilen.

Olivia winkte erneut, und Konstanze, die alles hasste, was dazu führte, im Mittelpunkt zu stehen, stieg in den Wagen. Kurz darauf rauschte Olivia mit überhöhter Geschwindigkeit über die Eberhardsbrücke.

»Willst du einen Kaffee trinken gehen?«, fragte man Konstanze, die daraufhin das Gefühl hatte, der Tag wäre verflucht. Warum konnte man sie nicht einfach in Ruhe lassen?

»Bernd ist heute unterwegs«, plauderte die neunzehnjährige Fahrerin munter weiter. »Ist beim Wildhain.« Sie sagte das voller Stolz.

»Ich muss zu meinem nächsten Job«, lehnte Konstanze das Angebot ab. »Lass mich einfach da vorne raus.«

»Schade«, entgegnete Olivia schmollend. »Ich wollte dir doch von unserer Kreuzfahrt erzählen, das war so traumhaft«, erklärte sie und ließ den Wagen regelrecht in eine Parklücke schlittern.

Konstanze rechnete fest damit, auf das abgestellte Fahrzeug vor ihnen aufzufahren, aber tatsächlich gelang es Olivia, ohne Blechschaden zum Stehen zu kommen.

»Kann ich mir vorstellen«, erwiderte Konstanze.

»Wann bist du fertig?«, ließ Olivia nicht locker. »Ich hol dich ab, und dann quatschen wir.«

Wieder fehlte Konstanze die Schlagfertigkeit, eine Ausrede zu erfinden, also antwortete sie ehrlich: »Erst um 16.00 Uhr«, darauf hoffend, dass ihre Chauffeurin um diese Zeit bereits etwas anderes vorhatte.

»Das passt mir super«, sagte die jedoch, und so nannte ihr Konstanze schweren Herzens einen Treffpunkt. Vielleicht würde Olivia bis dahin doch noch die Lust verlieren.

* * *

Kurz darauf, in der Wohnung von Bernd Loderer

Olivia warf voller Begeisterung ihre Einkaufstüten auf die Couch. »Das war fantastisch«, rief sie freudig.

Er grinste gönnerhaft. »Hat dir der Einkaufsbummel gefallen?«

Die Neunzehnjährige schlang die Arme um den sechzehn Jahre älteren Bernd und drückte sich an ihn. Er spürte ihre großen Brüste und den warmen Körper. »Lass sehen, was du dir gekauft hast«, forderte er sie gut gelaunt auf. »Ich hoffe, es ist sexy.«

»Natürlich«, erwiderte sie schelmisch, verzog dann allerdings ein wenig den Mund und sagte wie ein kleines Mädchen: »Tut mir leid, aber ich habe alles Geld aufgebraucht.«

Er lachte künstlich. »Dafür war es ja schließlich auch gedacht.«

Sie kicherte zufrieden und begann, die Outfits anzuprobieren. Dabei wurde sie nicht müde, jedes noch so langweilige Detail ihres Einkaufs zu berichten. Bernd gähnte, aber das registrierte sie nicht. Er hörte ihr nur mit halbem Ohr zu, beobachtete jedoch genüsslich, wie sie sich immer wieder an- und auszog. Ja, Olivia war die Richtige, auch wenn sie eine der langweiligsten Frauen war, die er kannte, aber das machte es ja auch so einfach. Abgesehen davon sollte sie ja nicht mit hochgeistigen Debatten Geld verdienen, sondern mit ihrem Körper. Er wusste, dass er sie bald so weit hatte, dann würden sich auch die Probleme mit Wildhain lösen. Nur ungern dachte er an sein heutiges Gespräch mit dem Nachtklubbesitzer zurück.

Zunächst hatte der ihn freundlich begrüßt: »Ach Bernd, schön, dass du es einrichten konntest.«

»Für dich nehme ich mir doch immer Zeit«, hatte er daraufhin kriecherisch erwidert und sich aufgrund der Freundlichkeit zunächst in Sicherheit gewogen. Dann war der andere jedoch schnell deutlich geworden.

»Wo ist mein Geld?«, fragte Wildhain und warf Bernd einen warnenden Blick zu.

»Ich werde alles zurückzahlen«, versicherte der sofort.

»Daran habe ich keine Zweifel«, reagierte der Nachtklubbesitzer süffisant. »Denn so, wie es aussieht, hattest du genug, um dir eine Kreuzfahrt zu gönnen. Wer Urlaub bezahlen kann, kann auch Schulden bezahlen. Ist es nicht so?«, fragte Wildhain, wandte sich dieses Mal jedoch nicht an Bernd, sondern an seinen Angestellten, der sich neben dem Schreibtisch postiert und die Statur eines Riesen hatte.

Der Riese antwortete, ohne eine Miene zu verziehen. »Sicher, Boss, so ist das.«

»Aber ich war nicht im Urlaub«, beeilte sich Bernd, zu erklären.

»Die Kreuzfahrt ist also eine Erfindung von mir?«, hakte Wildhain ironisch nach.

»Das nicht«, stammelte Bernd hastig. »Es stimmt, ich war auf einer Kreuzfahrt, aber das war geschäftlich.«

Wildhain lachte auf. »Das heißt, du wirst die Reise von der Steuer absetzen.« Wieder wanderte sein Blick zu dem Riesen neben dem Schreibtisch. Der Mann mit dem gewaltigen Oberkörper grinste breit.

»Wenn ich eine Kreuzfahrt mache, dann nenne ich das Urlaub, wenn mein Freund Sascha hier« – Wildhains Hand berührte den Mann an der Schulter – »eine Kreuzfahrt macht, dann nennt er das ebenfalls Urlaub. Aber wenn du eine Kreuzfahrt machst, dann ist das natürlich geschäftlich. Wieso ist das wohl so?«

Ohne Vorwarnung schlug Wildhain Bernd ins Gesicht. Es war eine saftige Ohrfeige, die ein lautes Klatschen verursachte und wesentlich demütigender war als ein kräftiger Faustschlag.

»Lüg mich nicht an«, erklärte Wildhain scharf. »Also, was hast du dort *Geschäftliches* gemacht? Die Kabinen geputzt, das Gemüse in der Bordküche gewaschen? Was für einen Job sollte es für einen Versager wie dich auf einem Kreuzfahrtschiff geben?«

»Ich will mir ein Geschäft aufbauen«, versuchte Bernd den anderen zu beschwichtigen.

»Sag bloß, du willst in die Reederei einsteigen. Hältst dich wohl für den *Onassis*, was?«

Bernd sah den Klubbesitzer verdutzt an.

»Schon klar, du weißt nicht, wer das war, lassen wir das.« Wildhain setzte sich hinter seinen Schreibtisch, streckte auffordernd die Arme aus und sagte: »Bitte erkläre mir deinen geschäftlichen Grund für die Kreuzfahrt.«

Bernds Blick wanderte unsicher zwischen dem Riesen und dem sitzenden Wildhain hin und her. Er hoffte darauf, ein Gespräch unter vier Augen führen zu können, aber

Wildhain sagte ungeduldig: »Sascha wird uns Gesellschaft leisten. Ich hoffe doch, das stört dich nicht?«

Natürlich war das eine rhetorische Frage, und so begann Bernd zu sprechen. »Ich habe einen Plan, ich will mir etwas aufbauen. Die Frau, mit der ich unterwegs war, soll für mich arbeiten. Diese Reise war lediglich so etwas wie ein Bonus, um sie zu motivieren«, erklärte Bernd nun mit überheblichem Grinsen.

Wildhain wirkte erst verwirrt, dann ungläubig, schließlich amüsiert. »Du willst den Zuhälter mimen?«

»Eben nicht«, verteidigte sich Bernd. »Ich werde einen Escort-Service aufbauen. Nur die feinsten Bräute, jung, aber volljährig. Etwas richtig Nobles, und ich manage das Ganze.«

»Womit du zu einem Scheißzuhälter wirst«, warf ihm Wildhain nicht ohne Spott an den Kopf.

»Ich bin der Manager …«, begehrte Bernd auf, aber als er das Räuspern des Riesen hörte, verbesserte er sich und erwiderte: »Ja, sicher, am Ende wäre ich der Zuhälter der Frauen.«

Wildhain schloss die Augen und kratzte sich übertrieben am Hinterkopf, bevor er sagte: »Zwei Dinge. Erstens: Ist dir eigentlich klar, dass der Markt in den Händen gewisser Leute ist, die sich von dir bestimmt nicht die Butter vom Brot nehmen lassen? Und zweitens befürchte ich, dass eine Kreuzfahrt eine zu hohe Investition ist, um eine Nutte zu ködern.«

»Sie wird es wert sein«, entgegnete Bernd entschlossen.

»Das hoffe ich für dich, denn ich will mein Geld. Lass die Gute schleunigst anschaffen gehen, sonst kannst du die Frist nicht halten.« Der Klubbesitzer grinste. »Soll dir Sascha vielleicht eine verpassen? Dann kannst du deiner Kleinen glaubhafter machen, wie dringend sie die Beine für dich breitmachen muss.«

Wie ein Feigling hatte er sich verhöhnen lassen, quasi um

Gnade gefleht, um dem Schlag zu entgehen, und musste nun all sein schauspielerisches Talent, von dem er zugegebenermaßen einiges besaß, zusammennehmen, um Olivia in die richtigen Bahnen zu lenken.

Sie hatte die Anprobe eben beendet und ihn mit ihrer schrillen Lache aus seinen Gedanken gerissen.

»Ist das nicht witzig! Sie stand einfach so am Straßenrand.«

»Wer?«, fragte Bernd automatisch nach.

»Konstanze, deine Nichte«, erwiderte Olivia verwundert darüber, dass ihm das nach ihren Ausführungen nicht klar war. »Ich dachte, ich treffe mich später mit ihr. Sie schien so traurig, als sie uns besucht hat.«

»Wann hat sie uns denn besucht?«, schnappte er ungeduldig.

»Na, an dem Tag vor der Kreuzfahrt. Ich kam gerade vom Einkaufen zurück und du hast sie mir vorgestellt, sie war bereits am Gehen. Und wie gesagt, sie wirkte so unglücklich.«

»Konstanze wirkt immer unglücklich, sie war schon als Kind so.«

»Siehst du, deshalb dachte ich auch, wir sollten uns um sie kümmern. Schließlich ist sie die einzige Familie, die du noch hast. Ich könnte mich mit ihr anfreunden, sie ist ja nur ein paar Jahre älter. Außerdem kenne ich niemanden in Tübingen.«

Bernd war es alles andere als recht, ständig Konstanze in der Nähe zu haben. Deshalb erklärte er: »Wäre es nicht weitaus angenehmer, wenn du jemanden zur Freundin hättest, der deine Interessen teilt, der an den gleichen Dingen Spaß hat wie du? Eine Frau, die sich zu kleiden weiß und unterhaltsam ist«, schmeichelte er ihr nicht ohne Hintergedanken.

Schließlich brauchte er für seine Geschäftsidee noch weitere Frauen. Naive Frauen, die sich leicht beeinflussen ließen, so wie Olivia. Er hatte sie ganz altmodisch in einem Klub in Köln angesprochen. Für solche Mädchen hatte er einen Riecher. Übles Elternhaus, wenig im Kopf, aber passables Aussehen. Ihnen die große Liebe vorzuheucheln und das Glück vom trauten Heim zu versprechen, war einfach. Olivia hatte sich sofort von seiner Großzügigkeit beeindrucken lassen, seine Liebesschwüre, das Heiratsversprechen, die Kreuzfahrt und fünfhundert Euro zum Einkaufen hatten gereicht.

»Wir sollten Konstanze nicht in unser Leben lassen«, fuhr er fort. »Sie ist seltsam, war sie immer schon.«

»Sie ist im Heim aufgewachsen«, warf Olivia mitfühlend ein.

»Sie war vierzehn, als sie dorthin kam, fast schon erwachsen. Glaub mir, sie war auch davor bereits komisch. Außerdem habe ich momentan einiges um die Ohren.« Er ließ sich erschöpft aufs Sofa fallen. Vielleicht war es Zeit für die erste Stufe.

»Was ist los?«, fragte sie fast schon mütterlich besorgt.

»Ich will so unbedingt mit dir eine Familie gründen«, antwortete er zärtlich.

Sie strahlte und kuschelte sich an ihn. »Ich bin so glücklich mit dir.«

»Deshalb tut es mir ja auch so leid«, erwiderte Bernd unglücklich und ließ den Kopf in die Hände sinken, so als würde ihn nun eine große Trauer überkommen. »Ich fürchte«, fuhr er jämmerlich fort, »ich kann dir deinen Wunsch noch nicht erfüllen.«

»Oh Gott«, rief sie sofort verzweifelt. »Liegt das an mir?

Habe ich etwas falsch gemacht? Du glaubst, dass ich unreif bin, stimmt's?«

»Nein, nein«, beschwichtigte er sie, riss sich dann scheinbar zusammen. »Es gibt ein wenig Ärger geschäftlicher Natur. Ich will dich doch gar nicht mit diesen Dingen belasten. Ich werde das schon irgendwie klären, damit wir pünktlich Hochzeit feiern können. Mach du dir keine Gedanken, ich bekomme das hin.«

Sie reagierte, wie er gehofft hatte. »Kann ich denn irgendetwas tun? Ich will nicht mehr nach Köln zurück, ich will hierbleiben bei dir. So wie wir es uns erträumt haben.«

»Ich regle das«, entgegnete er nun streng.

»Aber du sagst mir, wenn ich dir helfen kann, versprich es«, ließ sie nicht locker.

»Also gut, wenn ich deine Hilfe brauche, werde ich es sagen, versprochen.«

Sie küsste ihn leidenschaftlich und Bernd klopfte sich gedanklich auf die Schulter. Das nächste Mal würde er sie bitten, einem Essen mit einem Geschäftspartner beizuwohnen. Dann würde er sie drängen, freundlich zu dem Mann zu sein, und zur Auflockerung gäbe es ein paar Drogen.

Von Olivias Eltern brauchte er nichts zu befürchten. Der Vater war Alkoholiker, die Mutter mit weiteren fünf jüngeren Kindern vollauf beschäftigt. Olivia würde sich schon bald rentieren und ihm außerdem dabei helfen, weitere Frauen zu rekrutieren – und dann würde Wildhain sein Geld bekommen und sich nicht mehr über ihn lustig machen.

* * *

Bernd hatte jedoch nicht damit gerechnet, dass Olivia so versessen auf ein idyllisches Familienleben war, dass sie seine Bitte bezüglich Konstanze in den Wind schlug. Jetzt würde sie sich erst recht mit der Nichte unterhalten. Die könnte nämlich wissen, was Bernd so zusetzte.

Olivia fühlte sich verpflichtet, alles zu tun, um Bernd vor Schaden zu bewahren, dazu gehörte auch das Gespräch mit einer womöglich merkwürdigen Verwandten. Also traf sie zum vereinbarten Treffpunkt auf dem Tübinger Marktplatz ein und entdeckte Konstanze vor dem Schaufenster eines Klamottenladens.

»Du solltest dir etwas in Grün kaufen«, meinte Olivia, »das würde dir gut stehen.«

Konstanze erwiderte nichts. Ihr stand nie irgendetwas, während Olivia vermutlich auch in einem alten Kartoffelsack hervorragend aussehen würde.

»Lass uns etwas trinken«, schlug die Neunzehnjährige vor und lotste Konstanze zu einem Lokal mit Tischen im Freien. »Wie wäre es mit einem Cocktail?«, fragte sie liebenswürdig.

»Wasser«, antwortete Konstanze, und ihr Gegenüber schob dieses bockige Verhalten auf die angeborene Merkwürdigkeit, von der Bernd gesprochen hatte. Aber das musste man nun eben durchstehen, immerhin ging es um einen guten Zweck, denn Olivia wollte ihr Glück retten.

»Weißt du, als wir uns vor drei Wochen kennengelernt haben, war ja nicht viel Zeit. Ich musste für die Kreuzfahrt packen«, begann Olivia das Gespräch.

»Ja, die Kreuzfahrt«, murmelte Konstanze und nahm ohne ein Danke das Mineralwasser entgegen, das ihr die Bedienung reichte.

»Du schienst interessiert, da dachte ich, wir sollten uns Zeit nehmen, damit ich dir davon erzählen kann.«

Im Grunde fand es Konstanze angenehm, nicht selbst sprechen zu müssen, allerdings hätte sie diesen Luxus auch zu Hause gehabt, denn da lebte sie schließlich allein.

Olivia plapperte drauflos, erzählte von den Mittelmeerstränden, den Buffets an Bord, der Karaoke-

Nacht, den Pools, und Konstanze erinnerte sich daran, wie sie Olivia das erste Mal getroffen hatte.

Bernd hatte sie an diesem Tag schlecht gelaunt empfangen und sie schnell loswerden wollen. Das hatte Konstanze gleich bemerkt.

»Ich weiß, dir geht es nicht gut, weil deine Oma gestorben ist«, erinnerte sie sich noch an seinen Versuch, Mitgefühl zu zeigen. Immerhin wusste er genau, wie sehr Konstanze die Großmutter geliebt hatte. Aber wie immer klang er dabei ungeduldig.

Sicher, die Oma war bereits alt und krank gewesen, aber deshalb trauerte sie trotzdem. Natürlich war ihr in dem Moment nicht klar gewesen, dass er sich eine so viel jüngere Freundin angelacht hatte. Immerhin war ihr Onkel schon fünfunddreißig, die Kreuzfahrt hatte er auch nicht erwähnt. Eigentlich war sie nur zufällig auf die neue Frau in Bernds Leben getroffen, die gerade die Wohnung betreten wollte, als Konstanze hinauskomplimentiert worden war. Olivia hatte sich regelrecht auf Bernd gestürzt, so als hätte sie ihn seit Jahren nicht mehr gesehen, und er hatte sie lässig von sich geschoben und lediglich gesagt: »Mein Engel, das ist Konstanze, meine Nichte.«

»… und die griechischen Inseln waren ein Traum«, drang Olivias Stimme wieder zu ihr durch, und Konstanze schob die Erinnerung an den letzten Besuch bei ihrem Onkel zur Seite.

»Leider ist die Zeit gerast und schon waren wir zurück in Tübingen.«

»Hm«, brummte Konstanze, und Olivia fragte sich, ob ihr Gegenüber wirklich interessiert war. »Wenn du Bilder sehen willst«, fügte sie an und zückte ihr Handy.

Konstanze betrachtete pflichtschuldig die angeblichen

Schnappschüsse, die jedoch alle sehr gestellt wirkten, und kommentierte das Material mit einem schlichten »Schön«.

»Nicht wahr?«, schwelgte Olivia in ihrem Rückblick, sagte dann jedoch: »Ich hätte mir gewünscht, wir hätten an dem Tag, als du uns besucht hast, mehr Zeit für dich gehabt.«

»Kein Problem«, erwiderte Konstanze und fügte an: »Ich war sowieso nicht gut drauf, meine Oma ist vor Kurzem gestorben.«

Beinahe wäre Olivia herausgerutscht, dass Bernd das gar nicht erwähnt hatte, da fiel ihr ein, dass das wie Desinteresse des Onkels wirken könnte. »Ich vermisse meine Oma auch ganz schrecklich«, log sie stattdessen. Die einzige Großmutter, die Olivia kannte, war so versoffen wie ihr Vater und genauso unberechenbar. Als Kind hatte sie Angst vor ihr gehabt, und als Jugendliche die alte Hexe gemieden.

Das erste Mal schien Konstanze Olivia wirklich anzusehen. Es war ein dankbarer Blick.

»Erzähl mir von ihr«, forderte Olivia sie nun auf und setzte schnell die Worte »Natürlich nur, wenn du willst« hintan.

»Da gibt es nicht viel zu erzählen«, taute die Fünfundzwanzigjährige ein wenig auf. »Mit der Mutter meiner Mutter hatte ich nie viel zu schaffen, die sah ich selten. Mittlerweile ist die längst tot. Bernd wird dir da mehr erzählen können, war ja schließlich auch seine Mutter. Ich glaube, die mochte mich nicht.«

Olivia nickte verständnisvoll.

»Aber meine andere Oma, die Mutter meines Vaters, die war wunderbar.« Konstanze spielte mit ihrem Wasserglas, seufzte dann und erklärte: »Leider war sie immer schon kränklich. Dazu kam, dass mein Großvater Pflege brauchte, und als ich dann Waise wurde, fand das Amt, dass ich im Heim besser aufgehoben wäre als bei ihr. Aber wir haben uns oft gesehen. Und später, da lebte sie in einem Altenwohnstift und ich habe sie eigentlich jeden Tag besucht. Bis sie dann starb, meine einzige Familie …«, führte sie noch traurig an.

»Aber Bernd ist dein Onkel, damit ist er auch Familie, und wenn wir bald heiraten, dann gehöre ich ebenfalls dazu. Dann bin ich ja quasi deine Tante.« Olivia kicherte vergnügt. »Wir könnten uns öfter sehen, wenn du willst.«

»Er will dich *heiraten?*«, reagierte Konstanze überrascht; etwas, das Olivia verunsicherte.

»Wieso, spricht etwas dagegen?«, hakte sie deshalb irritiert nach.

»Nein«, kam die knappe Antwort.

»Du sagst das aber so, als wäre das …« Sie suchte nach Worten, entschied sich dann, den Begriff »falsch« zu verwenden.

Konstanze erwiderte nichts, und ihr Gegenüber sah sich genötigt, eindringlicher nachzuhaken. »Findest du es falsch, wenn ich deinen Onkel heirate?«

»Nein«, blieb Konstanze einsilbig.

»Du wirst natürlich dabei sein«, sprach Olivia weiter und schob Konstanzes Reaktion auf deren Charakter.

»Wenn ich nicht arbeiten muss«, entgegnete die ohne Euphorie.

»Dein Chef gibt dir sicher frei und außerdem wird die Feier an einem Samstag stattfinden. Vielleicht hast du Lust, mit mir das Brautkleid auszusuchen?«

Konstanze fühlte sich wieder einmal in die Enge gedrängt. Sie wollte keinen Einkaufsbummel mit Olivia machen, sie mochte die junge Frau nicht, und ganz sicher hatte sie wenig Interesse an der Hochzeit ihres Onkels.

»Bin nicht gut in Modesachen«, wich sie einer Antwort aus.

»Das wird schon, und für dich kaufen wir auch etwas Schönes«, ließ sich Olivia nicht beirren. »Ich will, dass alles perfekt wird. Für die Fahrt zur Kirche werde ich eine Kutsche mieten und abends gibt es ein Feuerwerk. Bernd lässt mir völlig freie Hand, er ist so großzügig.«

»Ihr heiratet in einer Kirche?«, schien Konstanze nun doch neugierig geworden zu sein.

»Natürlich, das gehört doch dazu«, erwiderte Olivia eifrig, die sich freute, endlich mit ihrem Gegenüber ins Gespräch zu kommen.

»Wusste gar nicht, dass Onkel Bernd gläubig ist«, warf Konstanze nicht ohne Sarkasmus ein.

»Nun«, gestand die Neunzehnjährige, »das mit der Kirche macht er nur mir zuliebe. Es sei denn, er gilt auch als gläubig, wenn er unter bestimmten Umständen *Halleluja* ruft.« Sie ließ ein anzügliches Grinsen und die Worte »Du verstehst« folgen.

Bernds Nichte verstand und hätte sich gewünscht, von solchen Dingen nichts zu erfahren. Gleichwohl zwang sie sich zu einem Grinsen, zum Zeichen, dass sie den Witz kapiert hatte. Auch wenn ihr Olivia wenig sympathisch war, wollte sie dennoch nicht riskieren, dass die sie für dämlich hielt.

»Du und Bernd, ihr seid nicht weit auseinander, ich meine, altersmäßig«, tastete sich Olivia langsam vor.

»Er ist der jüngere Bruder meiner Mutter, und meine Mutter war selbst ziemlich jung, als ich zur Welt kam, noch nicht einmal volljährig.«

»Bernd hat gesagt, deine Eltern wären bei einem Unfall gestorben.«

Konstanze brummte zustimmend, senkte jedoch den Kopf und stierte auf die Kohlesäureblasen in ihrem Glas.

»Jedenfalls dachte ich, du kennst Bernd besser als ich und kannst mir helfen.«

Mit einem finsteren Blick sah die so Angesprochene auf.

Olivia, die glaubte, die Mimik der anderen richtig zu

deuten, machte eine abwehrende Handbewegung. »Keine Sorge, ich will nicht, dass du eine Rede bei der Hochzeit hältst oder ein Geschenk für ihn aussuchst.«

»Was dann?«, fragte Konstanze, ohne wirklich erleichtert zu wirken.

»Es ist mir ein bisschen unangenehm, aber ich habe das Gefühl, dass Bernd etwas bedrückt.«

Daraufhin veränderte sich Konstanzes Gesichtsausdruck, sie vermittelte den Eindruck, besorgt zu sein, und erwiderte: »Wirklich?«

Olivia fühlte sich verstanden und holte aus: »Ich glaube, er steckt in Schwierigkeiten, womöglich hat er mit jemandem Ärger. Eventuell mit diesem Alex Wildhain. Er sagt, er müsse erst noch einige Dinge regeln, sonst können wir nicht heiraten.«

Für einen Augenblick glaubte Olivia, keine Antwort zu bekommen, dann begann Konstanze doch noch zu sprechen: »Ich hatte zu Bernd lange keinen Kontakt. Ich war im Heim und er ist damals nach München gegangen. Ich wusste nicht einmal, dass er wieder in Tübingen ist. Mehr oder weniger sind wir uns erst vor Kurzem wieder über den Weg gelaufen. Ich kann dir also nicht sagen, was bei ihm so los ist.«

Olivia stieß geräuschvoll die Luft aus und zog damit den Blick eines gut aussehenden Mannes in schicken Klamotten auf sich. Konstanze entging das nicht und sie spürte etwas Eifersucht. Olivia schien überhaupt nicht zu bemerken, wie viel Aufmerksamkeit man ihr schenkte, denn offenbar gehörte ihre Liebe ganz und gar Bernd.

Konstanze überlegte, ob sie vielleicht eine Warnung aussprechen sollte, entschied sich dann aber dagegen. Was sollte sie auch sagen? Olivia würde ihr nicht glauben und Onkel Bernd wäre sauer. Für Konstanze brächte das jedenfalls nur Nachteile. Deshalb entschied sie sich, zu sagen: »Wenn er sagt, er regelt das, dann tut er das bestimmt auch.«

Olivia strahlte. »Wenn du auch dieser Meinung bist, dann sollte ich vermutlich ein wenig Vertrauen haben.«

»Genau«, stimmte ihr Konstanze zu und nutzte die Gelegenheit, gehetzt auf die Uhr zu sehen. »Oh, ich muss los«, stammelte sie hektisch und legte mehrere Euro-Münzen auf den Tisch. Keinesfalls wollte sie Olivia etwas schuldig sein.

»Ich fahr dich«, bot die ihr an.

»Nicht nötig, ich muss noch einkaufen.«

»Dann lass uns demnächst telefonieren«, schlug Olivia vor, die der abrupte Aufbruch irritierte.

»Sicher«, antwortete ihr Konstanze und wünschte der anderen einen schönen Abend, bevor sie mit schnellen Schritten in eine der Seitenstraßen huschte, um aus Olivias Sichtbereich zu verschwinden.

Als sie sich unbeobachtet fühlte, blieb sie stehen, atmete durch und fragte sich, was die Zukunft noch für Überraschungen für sie bereithielt.

8

Am Abend, Dienststelle in Tübingen

Hauptkommissar Jens Stutter wappnete sich für das Verhör. In Gedanken ging er alles noch einmal durch.

Am Morgen waren sie wegen eines Leichenfunds gerufen worden: Jennifer Lahke, fünfundzwanzig, Tänzerin, keine Vorstrafen.

Um sich das Bild der Toten ins Gedächtnis zu rufen, brauchte der Hauptkommissar kein Fotomaterial aus der Gerichtsmedizin. Der fast schon absurde Anblick hatte sich ihm regelrecht ins Gedächtnis gebrannt.

»Die schöne und die hässliche Seite eines Menschen«, waren Jasmin Naus Worte gewesen und er hatte ihr zugestimmt, indem er sagte: »Scheint so, als wäre der Täter tatsächlich darauf bedacht, nur die linke Seite seiner Opfer zu entstellen.«

»Wir gehen also davon aus, dass der Mörder von Ronja Schneider ein zweites Mal zugeschlagen hat?«, fragte Jasmin, obwohl sie die Antwort bereits kannte.

»Eindeutig«, erwiderte Stutter. »Die abgetrennten Zehen,

die Verletzungen der linken Gesichtshälfte und das Verschonen der rechten Seite – das sieht mir nach einem Ritual aus.«

»Nur die Tötungsart ist dieses Mal anders. Bei Ronja war es der Kristallaschenbecher, bei dieser Frau wurde laut Gerichtsmediziner ein Messer benutzt. Wir haben die Tatwaffe noch nicht gefunden, womöglich hat er oder sie das Messer mitgenommen.«

»Offensichtlich geht es nicht darum, die Opfer zu quälen. Das Ritual wurde erst nach dem Mord durchgeführt.«

»Die Frauen haben optisch wenig Gemeinsamkeiten. Unter dreißig, hübsch, momentan ist da noch kein sehr spezifisches Opferprofil zu erkennen«, sprach Jasmin weiter.

Es folgte ein letzter Blick auf die verbrannte Haut, das verklebte linke Auge und das rechte, weit aufgerissene, das wirkte, als würde es angstvoll in den Himmel starren.

Die Oberkommissarin wandte sich ab, begann die Wohnung zu inspizieren, und Stutter folgte ihr. Es war nicht dreckig, allerdings herrschte ziemliche Unordnung. Überall lagen aufreizende Kostüme, Zeitschriften und Zigarettenschachteln. Die Betten waren nicht gemacht und ein Stapel ungeöffneter Briefe ruhte auf der Kommode im Flur. Jasmin sah sie durch. »Mahnungen. Jennifer Lahke nahm es nicht sehr genau mit ihren Verpflichtungen. Dafür hat sie viel Geld für Kosmetik und Garderobe ausgegeben.« Die Oberkommissarin spielte damit auf die Unmengen von Schuhen und Kleidern an, die auch in den geräumigen Schränken kaum Platz fanden.

»Sie hat also Geld verdient, aber damit nicht gehaushaltet«, bemerkte Stutter beiläufig. »Was ist mit Drogen?«

»Koks und etwas Gras im Nachttisch.«

»Das Labor soll umgehend prüfen, ob sie Xylazin im Blut hat, vielleicht ist das die Verbindung.«

»Du denkst an einen Dealer?«, fragte Jasmin ungläubig. »Wieso sollte der seine Kundinnen töten? Der verdient schließlich nur an den Lebenden. Wobei«, korrigierte sie sich selbst. »Genau genommen bringt er seine Kunden auch um, allerdings ist seine Tatwaffe die Droge, und das Ganze dauert seine Zeit.«

»Richtig«, stimmte ihr Stutter zu. »Aber wenn er Angst hätte, dass man ihn verrät ...« Er ließ den Satz unbeantwortet und Jasmin verstand.

»Das würde bedeuten, dass er Ronja Schneider als Polizistin entlarvt hat und annahm, Jennifer Lahke wäre ebenfalls eine Gefahr für ihn.«

»Die Tote war Tänzerin in diversen Nachtklubs. Vielleicht stand Ronja mit ihr in Kontakt. Als verdeckte Ermittlerin wird sie versucht haben, an Informationen zu gelangen.«

Jemand von der Kriminaltechnik informierte die Beamten, dass man die Handtasche der Toten und deren Inhalt nun archiviert hatte.

Wenig überraschend war, dass die meisten Dinge, die Jennifer Lahke bei sich getragen hatte, ihrer Schönheitspflege dienten. Cremes, Make-up, Deo, Parfüm und ähnliche Produkte füllten die Beweismitteltüten. Außerdem ein Bündel zerknüllter Geldscheine, die, wie man ihnen erklärte, lose in einem Seitenfach gesteckt hatten. Den nächsten Stapel bildete der Inhalt des Geldbeutels mit Ausweis und Führerschein, Bankkarte und einigen Kassenbelegen. Natürlich fand sich noch ein Handy, das die Techniker der IT untersuchen würden, und interessanterweise steckte in einer der Archivierungstüten eine zerknitterte Visitenkarte, an der die Reste eines Hustenbonbons klebten.

Jasmin versuchte, den Aufdruck zu entziffern. »Hilfe jeder Art, wir sind für dich da!«, las sie laut vor.

»Reklame einer Sekte?«, hakte Stutter interessiert nach.

»Das mag mancher so sehen«, erlaubte sich Jasmin einen Scherz, wurde dann aber wieder ernst und meinte: »Scheint eine kirchliche Beratungsstelle zu sein. Hilfe für Drogensüchtige, aber auch Beratung für Prostituierte oder Frauen, die Gewalt erfahren.«

»Notiere die Adresse, dort werden wir auf alle Fälle vorbeischauen, vielleicht hatte unser Opfer zu denen Kontakt.«

Jasmin gab einen Brummton von sich, der ihre Zweifel ausdrücken sollte. Ergänzend fügte sie noch an: »So wie die Karte aussieht, hat man sie ihr zugesteckt, und sie hat sie in ihrer Handtasche einfach vergessen.«

»Wir sprechen trotzdem mit den Sozialarbeitern, die bekommen einiges mit, denkbar, dass sie uns mit Informationen aushelfen können. Und jetzt sollten wir uns mit der Freundin unterhalten.«

Emily Scharer saß heulend im Wohnzimmer der Nachbarin, eine nette Frau um die siebzig, die in der Nacht nichts gehört hatte, weil sie fast taub war und tagsüber ein Hörgerät trug. Sie schien allerdings vergessen zu haben, es anzuschalten, denn erst nach mehrfacher lautstarker Aufforderung führte sie die Beamten ins Wohnzimmer. Höflich zog sie sich wieder zurück, nachdem sie der weinenden jungen Frau eine Decke über die Beine gelegt und eine heiße Schokolade hingestellt hatte.

Emily Scharer schien zwar ganz offensichtlich in Trauer, dennoch entging der Oberkommissarin nicht, dass die Zeugin Jens Stutter mit einem interessierten Blick abschätzte. Sie schien ihn als würdig für ihren Charme zu befinden und lächelte unschuldig in seine Richtung.

Der Hauptkommissar stellte sich vor und Emily tupfte sich schnell das Gesicht mit dem Taschentuch ab. »Ich muss schrecklich aussehen«, sagte sie verzweifelt, was Jasmin veranlasste zu antworten: »Das macht nichts, wir brauchen keine Fotos, sondern nur Ihre Aussage.«

Emily warf der Beamtin einen vernichtenden Blick zu und richtete ab sofort ihre ganze Aufmerksamkeit nur auf Stutter. Zuvor schob sie sich jedoch noch die Decke von den Beinen und erklärte seufzend: »Frau Lindner meint es gut. Ich stand fürchterlich unter Schock und habe gezittert. Aber jetzt wird mir das doch zu warm. Immerhin haben wir über zwanzig Grad draußen.«

»Ja, sicher. Sollen Ihnen die Kollegen etwas anderes zum Anziehen besorgen? Ihre Wohnung ist leider vorübergehend noch gesperrt«, antwortete Stutter höflich.

»Geht schon«, reagierte Emily gequält und schlug ihre gebräunten nackten Beine übereinander, die in hochhackigen Riemchensandalen steckten. »Ich bin erst heute Morgen nach Hause gekommen. Ich habe bei einem Freund übernachtet, deshalb stecke ich immer noch in diesem fürchterlichen Party-Outfit.« Bevor Stutter widersprechen konnte, erwiderte Jasmin: »Wie gesagt, das macht nichts, es werden keine Fotos von Ihnen geschossen.« Es klang nüchtern und tröstend und doch wusste Emily, dass es nicht so gemeint war.

»Sie kamen also erst heute Morgen nach Hause«, führte Stutter die Zeugin zurück zum Thema. »War das Zufall oder geplant? Wusste irgendwer, dass Sie die Nacht außer Haus verbringen wollten?«

Emily erschrak. »Oh mein Gott, Sie denken, man hätte mich auch getötet, wenn ich da gewesen wäre?«

»Momentan schließe ich das aus, dennoch würde ich Sie bitten, mir die Frage zu beantworten.«

Die Zeugin zögerte und Jasmin übernahm es, deutliche Worte zu finden. »Sie sollten keine Informationen zurückhalten. Hier ist ein grausamer Mord geschehen …«

Weiter kam die Beamtin nicht, denn Emily verlor die

Fassung und schrie: »Meinen Sie, das weiß ich nicht? Ich war schließlich diejenige, die sie gefunden hat.«

»Das tut uns sehr leid«, übernahm Stutter und sagte fürsorglich: »Sie sollten vielleicht vorübergehend zu einer Freundin oder einem Freund ziehen, damit sie nicht allein sein müssen.«

»Ja, sicher«, reagierte die Frau ruhiger. »Diese Wohnung werde ich nie wieder betreten.«

»Sie müssten uns nur mitteilen, wo wir Sie gegebenenfalls erreichen können.«

Sie schnäuzte sich und als sie bemerkte, dass die Beamten immer noch auf eine Antwort warteten, rang sie sich schließlich dazu durch, eine Erklärung abzugeben. »Jennifer bat mich, die Nacht woanders zu verbringen, weil sie ein heißes Date mit dem Barkeeper aus dem *Masters* geplant hatte. Als gute Freundin tat ich ihr den Gefallen. Wir haben das natürlich nicht an die große Glocke gehängt, Sascha wäre ausgeflippt …« Sie stockte und schien sich gerade zu fragen, welche Rolle dieser Sascha beim Tod ihrer Freundin gespielt hatte. Gleichzeitig wurde ihr auch bewusst, dass sie bereits zu viel verraten hatte.

»Wer ist *Sascha?*«, unterbrach Stutter sie sofort.

Emily stockte, war nicht gewillt, diese Information preiszugeben. Ein mahnender Blick des Hauptkommissars beendete ihr Zögern und ließ sie schließlich heiser antworten: »Jennifers Freund.«

»Hat der auch einen Nachnamen?«, hatte sich Jasmin sofort erkundigt.

Wieder war die Zeugin zurückhaltend gewesen. Erst nach einer weiteren Aufforderung hatte sie erwidert: »Sascha Below, aber sagen Sie ihm bitte nicht, dass Sie das von mir haben.«

Hauptkommissar Stutter erinnerte sich genervt an die Befragung von Emily Scharer. Nach einigem Hin und Her hatten sie erfahren, dass Sascha Below für Alex Wildhain arbeitete und dann war Emily mit der Prügelei im *Masters* herausgerückt.

Die Kollegen hatten daraufhin den Barkeeper vernommen, der sich weigerte, gegen Sascha Below auszusagen und Stein und Bein schwor, lediglich ungeschickt gestürzt zu sein. Nachdem sie einiges an Fakten zusammengetragen hatten, waren Hauptkommissar Ehrbeckers Mitarbeiter in die Wohnung von Sascha Below gefahren, um den Mann aufs Revier zu bringen.

Die Tür ging auf und Jasmin unterrichtete ihren Kollegen: »Below sitzt im Vernehmungsraum. Seine Anwältin hat sich mit ihm beraten, jetzt sind die beiden so weit.«

»Dann hoffen wir mal, dass wir überhaupt irgendetwas erfahren.«

Der Anblick von Sascha Below überraschte Stutter. Der Mann hatte eindeutig geweint. Auch wirkte er für einen brutalen Schläger sehr mitgenommen. Die Knöchel seiner rechten Hand wiesen Schrammen auf. Das passte zu der Prügel, die er dem Barkeeper verpasst hatte. Noch mehr jedoch irritierte ihn der Anblick der Anwältin. Die war definitiv niemand, den sich Below ausgesucht hatte. Stutter nahm an, dass der rechtliche Beistand auf Wildhains Konto ging. Das Alter der Frau war schwer zu schätzen, vielleicht war sie Mitte vierzig, womöglich auch bereits Anfang fünfzig. Sie hatte ausgesprochen schönes Haar, das ihr bis zur Schulter reichte. Das Gesicht war gleichmäßig und sehr attraktiv. Besonders beeindruckend waren ihre Augen, die alles mit leichtem Spott zu betrachten schienen. Stutter wusste sofort zwei Dinge: Die Frau gefiel ihm und sie würde ihm das Leben schwer machen.

Er hatte keine ehrgeizige Newcomerin vor sich, die man am Ende an ihrer Arroganz packen und somit zu Fall bringen konnte. Die Anwältin von Sascha Below war alles andere als arrogant. Sie stellte sich höflich als Cordula Reich vor, unterließ jedwede Art von Kritik und setzte sich zunächst mit ausdruckslosem Gesicht neben ihren Mandanten. Sie würde sich weder provozieren noch aus der Reserve locken lassen. Cordula Reich hatte vermutlich Hunderte von Gerichtsverhandlungen hinter sich und mindestens genauso viele polizeiliche Befragungen. Mit kleinen Tricks konnte er hier gewiss nichts ausrichten.

»War gestern eine lange Nacht, was?«, fragte Stutter beinahe freundschaftlich und setzte sich Sascha Below gegenüber.

Der antwortete nicht.

»Na schön«, sagte der Hauptkommissar daraufhin und belehrte den Dreißigjährigen über seine Rechte und Pflichten als Zeuge. »Wo waren Sie gestern Nacht zwischen ein Uhr und vier Uhr morgens?«, fragte Stutter als Erstes nach dem Alibi des Mannes.

»Kann ich zu ihr?«, sagte der plötzlich und sah mit tränenverhangenem Blick zu seiner Anwältin.

»Ich denke, das ist nicht nötig«, antwortete die in ruhigem Tonfall.

»Ich will zu ihr«, wurde Below lauter, und Stutter befürchtete schon, dass der Mann nun einen Wutanfall bekommen würde. Belows Gesicht verzog sich, seine Finger ballten sich zu Fäusten und er brüllte: »Ich will zu ihr, ich will zu ihr!«

Im nächsten Augenblick riss er die Hände in die Höhe und ließ seine Fäuste auf die Tischplatte knallen, als wollte er diese zermalmen. Noch bevor ihn jedoch irgendwer ermahnen konnte, sackte er in sich zusammen und begann bitterlich zu weinen.

Zu diesem Zeitpunkt war es Stutter unmöglich zu sagen, ob das nur Show oder echte Trauer war.

Jasmin, die bisher geschwiegen hatte, schaltete sich ein. »Möchten Sie vielleicht ein Wasser?« Ihre Frage richtete sich mehr an die Anwältin, die dankbar entgegnete: »Das wäre nett, und dann wird sich mein Mandant auch beruhigen. Ich bitte Sie, ihm diesen Ausbruch nachzusehen, aber immerhin war Herr Below mit Frau Lahke so gut wie verlobt.«

»Verstehe«, erwiderte Stutter freundlich. »Möchten Sie unterbrechen?«, fragte er ebenfalls aus Höflichkeit, hoffte darauf, Cordula Reich würde ihm das anrechnen und davon absehen, die Vernehmung aufgrund des Gesundheitszustandes ihres Mandanten unnötig aufzuschieben.

Die Anwältin schüttelte verneinend den Kopf.

Kurz darauf erschien Jasmin mit dem Wasser, und nachdem Sascha sich geschnäuzt hatte, hob er den Kopf und sagte zu Stutter: »Tut mir leid, aber ich kann es einfach nicht glauben.«

Der Hauptkommissar musste zugeben, dass ihm die Gefühle des Mannes echt erschienen, ermahnte sich jedoch, Sascha Below nicht voreilig von der Liste der Verdächtigen zu streichen. Sein Gegenüber war nicht nur ein Angestellter von Alex Wildhain, sondern auch jemand, der sich nicht richtig unter Kontrolle hatte.

»Ich würde Sie nun bitten, mir zu sagen, wo Sie gestern Nacht waren.«

»Zu Hause im Bett«, antwortete Below dieses Mal.

»Zeugen?«, blieb Stutter unnachgiebig.

»Nein«, erwiderte der Befragte, und die Anwältin warf ein: »Es ist kein Verbrechen, die Nacht alleine zu verbringen,

Millionen Menschen machen das und haben alle keine Alibis.«

»Sicher, aber Ihr Mandant hatte kurz vor dem Mord eine Auseinandersetzung mit seiner jetzt toten Freundin oder Verlobten, das zwingt mich natürlich, entsprechende Fragen zu stellen.«

»Ich habe ihr nichts getan, das könnte ich nie«, rief Sascha aufgebracht dazwischen.

Die Anwältin beschwichtigte ihn mit einem Handzeichen. Er gehorchte wie ein gut ausgebildeter Hund.

»Wir fanden das Blut eines anderen Mannes auf der Kleidung von Frau Lahke. Sie haben einen Rivalen brutal verletzt und das in unmittelbarer Nähe Ihrer Verlobten. Wer sagt uns denn, dass Jennifer nicht einfach Glück gehabt hat, nicht den nächsten Schlag abzubekommen? Wer sagt denn, dass Sie es nicht später doch noch zu Ende gebracht haben?«

»Sie müssen darauf nicht antworten«, warf seine Anwältin ein und prompt schwieg Sascha.

Cordula Reich wurde noch deutlicher: »Soweit ich unterrichtet bin, bestätigt der Barkeeper diesen Angriff nicht. Also würde ich Sie bitten, solche Unterstellungen zu lassen.«

Stutter reagierte mit einem spöttischen Lächeln. »Sie denken, wir würden keine Zeugen finden, die uns erzählen, was wirklich vorgefallen ist?« Er grinste. »Einer wird reden.«

»Nun, dann bringen Sie einen Zeugen und wir sehen weiter. Bislang haben Sie jedoch keine Beweise für Ihre Behauptungen«, gab sie lässig zurück.

Sascha Below sah die Frau bewundernd an, wandte sich dann an Stutter und knurrte: »Genau, Sie haben keine Beweise.«

»Ich nehme an, Sie sind darüber informiert, dass erst vor wenigen Tagen eine andere junge Frau starb. Eine Barkeeperin aus dem Nachtklub von Alex Wildhain.«

Sascha blickte erneut zu seiner Anwältin, die ihm mit

einem Nicken zu verstehen gab, dass er die Frage beantworten durfte.

»Hab davon gehört«, entgegnete er knapp.

»Kannten Sie die Frau?«, hakte Stutter nach.

Sascha Below hob entschuldigend die Hände. »Gekannt habe ich sie nicht. Wir haben uns gegrüßt, aber ich war in einer Beziehung«, sagte er nun um Fassung bemüht. »Ich bin treu.«

»Was wissen Sie über die tote Barkeeperin?«, ließ der Hauptkommissar jedoch nicht locker.

»Sie arbeitete erst seit Kurzem im Klub, war wohl nicht die Schnellste.«

»Was heißt das?«

»Das haben die anderen gesagt. Ich nahm an, sie stand das erste Mal hinter der Bar. Am Wochenende ist immer ordentlich was los, da haben die Angestellten nichts zu lachen, ist ein echter Knochenjob.«

»Sonst noch was?«, fragte Stutter geduldig.

»Na ja«, begann Below zögernd, »ich glaube, die war ziemlich unter Stress. Hab sie mal zufällig auf dem Klo erwischt, wie sie gekokst hat.«

»War ihr das unangenehm?«

»Gefreut hat sie sich nicht gerade. Der Alex steht nicht so drauf, wenn seine Angestellten high sind.«

»Haben Sie Herrn Wildhain darüber unterrichtet?«

»Nein, war ja nur ein bisschen Koks«, antwortete er leichthin.

»Dessen Besitz illegal ist«, warf Stutter ruhig ein.

»Hören Sie«, erklärte Sascha, »ich weiß, dass das illegal ist, und wenn Sie wollen, können Sie bei mir gerne einen Drogentest machen. Aber wenn ich jeden anzeigen wollte, der einen durchzieht oder was schnupft, dann würde ich nicht mehr fertig werden.«

Die Anwältin räusperte sich und Sascha stoppte seine Ausführungen.

»Was genau hat die Frau zu Ihnen gesagt, als Sie sie auf der Toilette überrascht haben?«

»Sie hat sich entschuldigt, behauptet, das wäre eine Ausnahme, weil sie unter Stress stehen würde, und mich gebeten, dem Alex nichts zu sagen.«

»Und Ihre Antwort darauf?«, ließ ihn Stutter nicht vom Haken.

Sascha seufzte. »Ich habe sie gewarnt, habe ihr gesagt, dass sie es nicht übertreiben soll.«

»Ihre Freundin hat ebenfalls gekokst«, wechselte Stutter schnell das Thema.

»Und ich war nicht begeistert«, reagierte Sascha sofort.

»Gab es deshalb Streit?«

»Nein«, ließ sich Stutters Gegenüber nicht aus der Reserve locken. »Ich habe Jennifer geliebt, wirklich geliebt. Wir wollten zusammen weggehen, ein anderes Leben beginnen.«

»Warum?«, gab sich der Hauptkommissar naiv.

»Ich wollte etwas Besseres für uns, eine Familie, eine gemeinsame Wohnung oder ein Häuschen.«

»Ein ziemlicher Kontrast zu Ihrem jetzigen Leben.«

»Du kannst nicht ewig an der Tür stehen«, antwortete Sascha und es klang ein wenig wehmütig.

»Und vermutlich kann eine Frau nicht ewig halb nackt Tausende von Männern anheizen«, übertrieb es Stutter.

»So war das nicht«, wurde Sascha wütend. »Sie hatte eine Tanzausbildung, sie war begabt. Das, was sie tat, war Kunst.«

Stutter wusste es besser. Jennifer Lahke hatte allenfalls einige Onlinevideos als Vorlage für ihre Auftritte benutzt. Was auch immer sie Sascha Below erzählt hatte, war gelogen. Sie hatte nie einen Kurs besucht, weder für Ballett noch für modernen Tanz. Die Eltern von Jennifer hatten das den

Beamten bestätigt. Die beiden wohnten in Freiburg, bedauerten es sehr, dass sie seit Jahren keinen Kontakt mehr zur Tochter gehabt hatten. Sie trauerten um ihr verstorbenes Kind, aber es war anders als bei Ronja Schneiders Familie. Während die dem Tod der Tochter völlig fassungslos gegenüberstanden, waren Jennifers Eltern zwar geschockt, aber nicht überrascht gewesen. *Das musste ja so enden*, schien deren Einstellung zu sein, denn ihnen war Jennifer schon vor Jahren entglitten. Vermutlich hätten die sich nichts mehr gewünscht, als ihre Tochter in einem bürgerlichen Umfeld zu wissen.

Bei diesen Überlegungen kam Stutter die Idee, Sascha nach Jennifers Familie zu fragen.

»Die waren schräg, haben sie schlecht behandelt. Sie wollte nichts mehr mit den beiden zu tun haben«, antwortete der.

Der Hauptkommissar nahm an, dass Jennifer in dieser Beziehung ebenfalls nicht ganz ehrlich gewesen war. Der Bruch war von der Tochter verursacht worden, als die ohne ein Wort, dafür aber mit den gesamten Ersparnissen der Eltern, abgehauen war. »Sie hat uns bestohlen und belogen«, hatte der Vater gesagt, »aber sie war dennoch unser kleines Mädchen.«

»Wir haben Grund zu der Annahme, dass der Mörder von Jennifer auch die Barkeeperin umgebracht hat.«

»Was sehen Sie mich so an?«, reagierte Sascha daraufhin hektisch.

Die Anwältin mischte sich ein. »Stellen Sie bitte gezielte Fragen, sonst können wir auch gehen«, ermahnte sie den Hauptkommissar.

»Ich hätte gerne Ihr Alibi.« Stutter nannte das Datum.

»Ich war zu Hause, ich schlafe morgens aus, arbeite schließlich die ganze Nacht. Jennifer war bei mir …« Er brach ab, sah betreten zu Cordula Reich.

»Das ist durchaus plausibel«, wandte die sich an Stutter.

»Hat Jennifer die Barkeeperin gekannt?«, wollte der Beamte wissen.

»Möglich, die Mädchen quatschen ja ständig miteinander«, entgegnete Sascha.

Oberkommissarin Nau fiel auf, dass er sich eine Madonna auf den Oberarm hatte tätowieren lassen. Interessanterweise spannte der Mann bei jeder Antwort seine Muskulatur an, was dazu führte, dass sich das Gesicht der Madonna verzog, fast so als wollte sie sagen: *Du sollst nicht lügen.*

»Hat sich Jennifer Xylazin gespritzt?«, fragte Stutter nun ohne Vorwarnung, und Jasmin konzentrierte sich wieder auf das Verhör.

Das Labor hatte zwar bereits widerlegt, dass Jennifer Xylazin konsumiert hatte, aber der Hauptkommissar wollte auch wissen, ob Below die Substanz kannte.

»Die Zombie-Droge?«, reagierte der fast amüsiert. »Jennifer war klug, so was hätte sie nie getan.«

»Warum sagen Sie *Zombie-Droge?*«, hakte Stutter interessiert nach.

»Hab ich aufgeschnappt, steht so im Internet. Weil die Leute total willenlos werden, wenn sie sich diesen Scheiß reinhauen«, gab er Auskunft.

»Wie kam es eigentlich, dass sie überhaupt im *Masters* waren? Ihr Arbeitsplatz ist doch die *Wildhain Party Lounge.*«

Wieder antwortete Sascha erst nach einem zustimmenden Nicken seiner Anwältin.

»Alex hat mir freigegeben und ich wollte Jennifer überraschen.«

»Und da hat Sie Herr Wildhain ins *Masters* geschickt?«, bohrte Stutter nach.

»Nein, wieso denn? Er wusste ja nicht, wo Jennifer auftrat.«

»Hm«, brummte der Hauptkommissar, so als wäre er verwirrt. »Ich dachte, da das *Masters* auch Herrn Wildhain gehört und man gesehen hat, dass es Wildhains Leute waren, die Sie nach dem angeblichen unglücklichen Sturz des Barkeepers nach Hause gebracht haben, dass man Sie vielleicht dorthin geschickt hat … Womöglich um Ihnen die Untreue Ihrer Verlobten vor Augen zu führen.«

Bevor Sascha etwas erwidern konnte, ergriff Cordula Reich das Wort. »Da ich auch Herrn Wildhain vertrete, darf ich an dieser Stelle anmerken, dass er viele Beteiligungen meist stiller Natur hat. Daher ist es unwahrscheinlich, dass er weiß, wann welche Tänzerin in welchem Klub auftritt. Die Frauen wechseln ständig, kommen aus verschiedenen Städten und sind manchmal nur fürs Wochenende in Tübingen.«

Der Beamte hatte den Eindruck, diese Ausführung sei vor allem für Sascha bestimmt, damit der nach Stutters wenig subtiler Provokation nicht auf die Idee kam, Wildhain hätte ihn manipuliert.

»Warum also hätte er ausgerechnet den Aufenthaltsort von Jennifer Lahke kennen sollen?«, setzte die Anwältin nach.

»Keine Ahnung«, blieb Stutter gelassen, »vielleicht, weil er Jennifer für einen so zuverlässigen Angestellten wie Herrn Below überwachen ließ. Womöglich war ihm daran gelegen, zu verhindern, dass der sich ins Unglück stürzt. Aber vielleicht weiß Herr Below das selbst am besten.«

Stutter beobachtete den Mann gegenüber genau und war sich sicher, dass er bei dem zumindest einen leichten Zweifel, was Wildhains Vertrauenswürdigkeit anging, gesät hatte.

Das Verhör war schließlich beendet und man verabschiedete sich.

Below war schon vorgegangen, aber Cordula Reich drehte sich noch einmal um und meinte: »Sehr clever, zu versuchen, Herrn Below gegen seinen Arbeitgeber aufzubringen.«

Sie sagte es sachlich, ohne Sarkasmus in der Stimme.

»Sehr clever von Herrn Wildhain, Sie Herrn Below zur Seite zu stellen«, konterte der Hauptkommissar.

Ein leichtes Lächeln huschte über ihr Gesicht und spitzbübisch sagte sie: »Wir sehen uns, Herr Hauptkommissar. Sie brauchen mich nicht anzurufen. Ich denke, das Schicksal wird uns erneut zusammenführen.«

Stutter lachte auf und erwiderte liebenswürdig: »Das hoffe ich doch.«

* * *

Jasmin, die die Szene beobachtet hatte, meinte amüsiert: »Interessante Wendung: du und die Anwältin unseres Hauptverdächtigen. Muss ich mir Sorgen machen?«

Stutter hatte immer noch ein Grinsen im Gesicht, während er Cordula Reich hinterherblickte. »Ich bin leider zu alt, um mich Hals über Kopf in die falsche Frau zu verlieben und damit einen Fall zu sabotieren.«

»Für so etwas ist man doch nie zu alt«, warf Jasmin amüsiert ein.

In diesem Augenblick erschien Hauptkommissar Hans Ehrbecker und schlug ein Abendessen in einer typischen schwäbischen Kneipe vor.

Jasmin, der bereits der Magen knurrte, stimmte sofort zu. Allerdings entschuldigte sich Stutter, der noch dringend einige Telefonate erledigen wollte.

Kurz darauf hielt Ehrbecker der Kollegin vom BKA höflich die Tür auf und die beiden betraten einen rustikalen Gastraum, in dem es lecker nach frisch Gebratenem duftete.

Interessiert stellte Jasmin fest, dass eine bunte Mischung aller Altersstufen hier zu finden war. Studenten, die Dart spielten, ältere Männer am Stammtisch, Familien mit Kindern, junge Mädchen, die ununterbrochen auf ihre Handys starrten und gelegentlich albern kicherten. Ehrbecker lotste sie zu einem Tisch am Fenster. Es war noch nicht völlig dunkel und so konnte Jasmin durch Butzenscheiben verschwommen die Silhouetten der Nachtschwärmer erkennen.

»Du bist nicht verheiratet«, begann Ehrbecker das Gespräch, nachdem sich jeder eine Portion Zwiebelrostbraten mit Spätzle bestellt hatte.

»Nein«, antwortete Jasmin knapp, ein Thema, über das sie nicht gerne sprach.

»Keine feste Beziehung?«, bohrte der Tübinger Hauptkommissar neugierig weiter.

»Nein«, entgegnete die Oberkommissarin gedehnt und fragte sich, worauf ihr Gegenüber hinauswollte. Sie hatte auf seinem Schreibtisch ein Familienfoto gesehen. Frau, ein Kleinkind, und sogar der Hund war mit abgelichtet worden.

Deshalb sagte sie spontan: »Du scheinst es geschafft zu haben, ein glückliches Familienleben zu führen.«

Er blickte sie lächelnd an, es war ein angenehmes Lächeln, und Jasmin mahnte sich zur Vorsicht.

»Ist nicht immer alles so, wie es scheint«, sagte er schließlich und senkte den Kopf. »Wir sind getrennt«, schob er hinterher.

»Tut mir leid«, erwiderte Jasmin spontan und fragte sich, warum sie deshalb so erleichtert war.

Das Essen kam, und der kurze peinliche Moment war vorbei.

Sie begannen über andere Dinge zu sprechen, und plötzlich waren sie die letzten Gäste in dem Lokal. Als sie schließlich in seinem Wagen saßen, sagte er: »Wenn du noch nicht müde bist, würde ich dir gerne etwas zeigen.«

Es sollte eigentlich eine Fahrt zu irgendeinem Aussichtspunkt werden, aber an einer roten Ampel lehnte sich Ehrbecker zu Jasmin und sagte: »Ich mag dich, sehr sogar.«

Sie drehte den Kopf in seine Richtung, spürte seine Hand an ihrem Nacken und wie er sie vorsichtig an sich zog. Der leidenschaftliche Kuss ließ Jasmin sich entspannen. Sie fühlte sich plötzlich glücklich, frei von allen Sorgen, weit weg von den täglichen Grübeleien.

Am nächsten Parkplatz machten sie halt. Kurz kamen der Oberkommissarin ihre eigenen Worte in den Sinn: *Man ist nie zu alt für Dummheiten.* Aber so empfand sie das in diesem Augenblick nicht.

Ehrbecker verbarg nicht, wie angezogen er sich von ihr fühlte. Er küsste sie erneut, berührte ihre Brüste, und sie öffnete ihm die Hose. Es dauerte in dem engen Wagen einige Augenblicke, bis sie die eigene Jeans und den Schlüpfer ausgezogen hatte, dann rutschte sie auf seinen Schoß. Sie liebten sich leidenschaftlich, erlebten gemeinsam den Höhepunkt und lachten anschließend darüber, dass die Scheiben rundherum beschlagen waren.

Als Ehrbecker Jasmin vor ihrem Hotel absetzte, küsste er sie erneut und flüsterte: »Du bist toll.«

Sie winkte ihm hinterher und ging beschwingt auf ihr Zimmer. »Ja, das bin ich«, sagte sie sich fröhlich und voller Selbstbewusstsein vor dem Spiegel. »Ich bin toll.« Obwohl sie ganz tief in ihrem Inneren bereits ahnte, dass der Sex mit Hauptkommissar Ehrbecker eventuell nicht die klügste Entscheidung ihres Lebens gewesen war.

9

Am nächsten Morgen

Hauptkommissar Stutter bemerkte Jasmins gute Laune und fragte neugierig: »Habe ich irgendetwas verpasst? Du bist so ausgelassen.«

Jasmin spürte, wie ihr die Röte ins Gesicht stieg. Ihrem Kollegen zu sagen, dass sie gestern ein ziemlich gewagtes Sexabenteuer mit Hauptkommissar Ehrbecker gehabt hatte, war ihr irgendwie peinlich. Lügen wollte sie jedoch auch nicht, deshalb benutzte sie eine Ausrede. »Wir haben das Glück, uns einen Weg sparen zu können«, erklärte sie ein wenig zu eifrig. »Die Reinigungskraft, die das Treppenhaus in dem Gebäude putzt, in dem Ronja Schneider gewohnt hat, arbeitet heute auch in der Beratungsstelle. Du weißt schon, die verklebte Visitenkarte, die wir bei Jennifer Lahke gefunden haben.«

»Das ist ja merkwürdig«, warf Stutter ein, »ist uns da irgendetwas entgangen?«

»Eigentlich nicht«, stieg Jasmin sofort darauf ein, froh, nicht weiter zu ihrem Gemütszustand befragt zu werden. »Ich habe mich erkundigt. Die Gebäudereinigung, eine Firma namens *Birkenfeld Cleaning*, ist eine der größten im Umkreis. Die haben fast alle öffentlichen Gebäude und viele Mietshäuser unter Vertrag, tadelloser Ruf.«

»Vielleicht ist Konstanze Anderson als Zeugin noch viel wertvoller, als wir bisher annahmen. Wenn die Frau so herumkommt, dann könnte sie einiges wissen.«

»Hans hatte nicht den Eindruck, als er sie befragt hat. Er meinte sogar, sie wäre vielleicht geistig etwas zurückgeblieben.«

Stutter schüttelte resigniert den Kopf. »Na hoffen wir einmal, dass sich Hauptkommissar Ehrbecker irrt.«

* * *

Zwanzig Minuten später

Konstanze Anderson war im Gegensatz zu Jasmin Nau alles andere als gut gelaunt. Schon wieder musste sie für die krankgemeldete Kollegin einspringen, obwohl es der, das wusste Konstanze aus zuverlässiger Quelle, gestern Nacht noch äußerst gut gegangen war. Anzunehmen, dass sie heute lediglich einen Kater auskurieren musste. Mit mehr Schwung als nötig staubte Konstanze daher wütend das Engelsbild ab und brachte es dadurch gefährlich ins Wanken.

»Oje«, rief plötzlich jemand hinter ihr, »Sie haben heute aber viel Elan.«

Konstanze verzog das Gesicht, als sie Leilas Stimme erkannte, und dachte: *Die schon wieder.*

Gleichzeitig schien es ihr eine günstige Gelegenheit, jedwede Art von Unterhaltung zu unterbinden, indem sie erklärte: »Ich bin in Zeitdruck, muss nachher gleich weiter.«

»Sicher«, reagierte Leila höflich, schlug dann aber vor:

»Ich könnte Sie fahren, ich will rüber nach Reutlingen, ein kleiner Umweg macht mir nichts aus.«

»Nein«, platzte Konstanze heraus. Sie wollte nicht so deutlich sein, verbesserte sich und meinte freundlich: »Nicht nötig, ich komme klar.«

Jeder andere hätte verstanden, dass Konstanze aus welchen Gründen auch immer nicht gefahren werden wollte – anscheinend fiel das der Sozialarbeiterin jedoch nicht auf, denn die fing erneut davon an: »Unsinn, ich mache das gerne, ich …«

In dem Moment erschien Pfarrer Class mit zwei Fremden im Schlepptau. »Die Herrschaften möchten mit uns sprechen, mit uns allen drei«, fügte er noch an und lächelte.

Auch den Pfarrer mochte Konstanze nicht besonders, der hielt jedoch wenigstens Abstand zu ihr und zwang ihr kein Gespräch auf.

Irritiert ließ sie ihren Staubwedel sinken und sah fragend in die Richtung des Geistlichen.

»Polizei«, erklärte der daraufhin und stellte Stutter und Nau vor. »Es geht um die schrecklichen Morde.« Er bekreuzigte sich und murmelte dabei ein kurzes Gebet. »Sie können mein Büro benutzen«, bot er großzügig an. »Ich vermute, Sie werden sich jeden von uns einzeln vorknöpfen«, sagte er verschwörerisch und zwinkerte sogar.

Jasmin fand den Mann nett und auch Stutter mochte den Geistlichen, den er auf etwa fünfzig schätzte.

Der Pfarrer schien Sinn für Humor zu haben. Das bestätigte sich auch, als er sagte: »Ich hoffe, ich brauche keinen Anwalt?«

Stutter grinste und erwiderte im gleichen Tonfall: »Das hoffe ich für Sie ebenfalls.«

Pfarrer Ignaz Class lachte auf. »Der Herr meint es heute gut mit mir«, erwiderte er immer noch amüsiert und bot Kaffee an.

»Unsere gute Seele, Frau Maar, hat das Gerät organisiert.« Er deutete in Leilas Richtung und dann zu Konstanze. »Und das ist Frau Anderson, sie hilft aus, weil die arme Frau Kühn krank ist.«

Jasmin entging nicht, dass sich das Gesicht von Konstanze Anderson leicht verzog, als die fehlende Kollegin erwähnt wurde.

»Wie möchten Sie vorgehen?«, fragte der Pfarrer höflich.

»Bitte«, unterbrach ihn Konstanze, die auch eine Chance witterte, Leilas Fahrangebot zu entkommen. »Ich müsste nachher noch zu einer anderen Putzstelle. Könnten Sie vielleicht mit mir anfangen?«

Der Hauptkommissar hatte keine Einwände und so verschwanden die drei in das Büro des Pfarrers. Ein kläglich eingerichteter Raum mit zusammengewürfeltem Mobiliar. Lediglich der Strauß Wildblumen, den man in einen zur Vase umfunktionierten Gurkentopf aus Porzellan gestopft hatte, lockerte die Atmosphäre auf.

»Sie wurden ja bereits befragt«, begann Stutter freundlich, um der nervös wirkenden Frau die Furcht zu nehmen. »Wir sind von einer anderen Abteilung und möchten uns selbst einen Eindruck verschaffen, deshalb wären wir Ihnen sehr dankbar, wenn Sie sich kurz die Zeit nehmen könnten, um uns einige Fragen zu beantworten, auch wenn meine Kollegen Ihnen die gleichen bereits gestellt haben.«

Konstanze empfand es als geradezu erfrischend, dass der Mann direkt zum Punkt kam, auch wenn er ihr die Abneigung gegen das Ausgefragtwerden noch lange nicht nahm. Sie nickte dennoch zustimmend.

Zunächst zeigte er der Zeugin eine Fotografie von Ronja Schneider. Natürlich keine, die erkennen ließ, dass die Frau Polizistin gewesen war, diese Information wollte er noch für sich behalten. »Sie waren an dem Tag im Haus, als man die Leiche fand«, sagte er nüchtern.

Aus den Akten wussten sie, dass Konstanze entweder kurz nach dem Mord eingetroffen oder sogar bereits währenddessen im Gebäude gewesen war. Der Gerichtsmediziner konnte den Todeszeitpunkt auf eine zweistündige Spanne am Morgen einschränken. Leider hatten weder die Nachbarn noch der Briefträger, der im Stockwerk unter Ronja Schneiders Wohnung einen Brief zugestellt hatte, etwas gehört oder gesehen. Auch Konstanze Anderson hatte keine Angaben machen können.

»Erzählen Sie mit Ihren eigenen Worten, wie dieser Morgen abgelaufen ist«, forderte sie Stutter liebenswürdig auf.

Konstanze blinzelte daraufhin heftig. Jasmin fühlte sich an einen Film erinnert, in dem ein Roboter auf diese Weise seine Datenbanken nach einer bestimmten Information durchsuchte. Vielleicht war der Vergleich gar nicht so verkehrt. Denn irgendwann hörte das Blinzeln auf und Konstanze schien die richtige Erinnerung gefunden zu haben.

Mit monotoner Stimme fasste sie den Morgen zusammen. »Ich kam ins Haus, unten war offen, wie meistens, ich brauchte also keinen Schlüssel. Dann ging ich nach oben, dort ist mein Zeug«, sagte sie und hatte den Eindruck, das genauer ausführen zu müssen. »Im Technikraum stehen der Eimer, die Besen und die Putzmittel und dort ist auch ein Wasseranschluss.«

Da sich Stutter das Gebäude angesehen hatte, wusste er, was die Zeugin meinte.

»Das ist ziemlich praktisch«, fuhr sie fort. »In anderen Häusern muss ich das Wasser im Keller holen und den Eimer dann erst nach oben tragen, aber wenn ich alles im obersten Stock habe, ist es leichter.«

»Kann ich verstehen, aber müssen Sie den Eimer dann

nicht wieder hochtragen, wenn Sie fertig sind, um das Schmutzwasser zu entsorgen?«

Konstanze lief puterrot an. Sie schien mit sich zu ringen und Jasmin fragte sich, was denn nun passiert war.

»Frau Anderson?«, hakte Stutter nach, der seine Bemerkung ohne bestimmtes Ziel geäußert hatte, eigentlich nur Verständnis bekunden wollte. Für einen Moment erinnerte er sich an Hauptkommissars Ehrbeckers Einschätzung und befürchtete, dass der Kollege recht behielt.

Dann jedoch seufzte Konstanze und sagte müde: »Wenn die Frau Tauscher im Erdgeschoss da ist, lässt die mich das Dreckwasser in ihre Toilette schütten. Die Frau ist nett. Aber eigentlich dürfte ich das nicht. Wir sollen die Bewohner nicht belästigen. Bitte«, wandte sie sich an die Beamten, »ich möchte keinen Ärger bekommen. Und die Frau Tauscher hat das von sich aus angeboten, als sie mich mal sah, wie ich das volle Ding nach oben gehievt habe. Sie werden es meinem Chef doch nicht verraten?«

»Nein, da brauchen Sie keine Sorge zu haben«, versicherte ihr der Hauptkommissar.

»Es gab Streit«, sagte sie nun mit gesenktem Kopf, und Stutter glaubte schon, einen brauchbaren Hinweis zu bekommen, aber Konstanze sprach nicht von dem Mordtag. »Es liegt ein Jahr oder so zurück. Eine Mieterin hat sich beschwert, in einem anderen Haus, weil man immer bei ihr das Putzwasser geholt hat. Sie meinte, sie müsste das ja aus ihrer Tasche zahlen, aber alle Mieter würden profitieren. Danach hat der Herr Birkenfeld uns ausdrücklich verboten, die Anwohner um etwas zu bitten, ohne Absprache mit ihm.« Sie zuckte mit den Schultern. »In den meisten Gebäuden gibt es einen allgemeinen Wasseranschluss …«

»Wie gesagt, keine Sorge«, unterbrach sie Stutter, dem das Klischee vom sparsamen Schwaben in den Sinn kam, und lenkte das Gespräch zurück zu dem Mord.

»Sie haben an dem Tag niemanden bemerkt?«, fragte er direkt.

»Nein.«

»Auch nicht den Postboten?«, hakte Jasmin nach. »Der muss doch quasi an ihnen vorbeigekommen sein.«

»Nicht wenn ich ganz oben war oder im Keller. Ich staube auch das Geländer ab und fege den Keller aus. Ich bin nicht die ganze Zeit im Treppenhaus.«

»Es hätte während Ihrer Schicht also jemand ins Haus kommen und auch ohne Ihre Kenntnis wieder gehen können?«, wurde Stutter nun deutlicher.

»Natürlich. Außerdem hätte ich auch kaum gewusst, ob derjenige ein Hausbewohner ist oder nicht. Die meisten, die da wohnen, kenne ich gar nicht. Ständig finden Umzüge statt und außerdem sind die im Allgemeinen eh nicht besonders nett zur Putzfrau. Laufend beschwert sich jemand. Dann heißt es, wir würden zu viel Krach beim Putzen machen, der nächste behauptet, wir wären nicht dort gewesen oder es wäre nicht sauber. Aber wie soll das auch gehen? In manchen Blocks wohnen zwanzig Parteien, aber mehr als einmal im Monat soll dort nicht geputzt werden. Natürlich sieht es da nach zwei Tagen wieder aus wie bei Hempels unterm Sofa«, ereiferte sich Konstanze, verstummte dann und sagte kleinlaut: »Ich nehme an, dass Sie sich nicht für meine Arbeit interessieren.«

»Ich denke«, widersprach Stutter, »dass Dienstleister in Ihrer Branche einiges schultern müssen, und unter uns, meine Mutter hat ebenfalls als Reinigungskraft gearbeitet. Ich weiß, wie hart das ist.«

Jasmin musste zugeben, dass das ein grandioser Schachzug ihres Vorgesetzten war. Eine Lüge, aber eine, die der Zeugin ein Lächeln aufs Gesicht zauberte. Das Vertrauen war hergestellt.

»Ich weiß aber auch«, fuhr Stutter fort, »dass man in Ihrer Position so einiges mitbekommt.«

Er sah ihr entrüstetes Gesicht und ergänzte umgehend: »Natürlich nicht, weil man absichtlich lauscht, sondern weil einen die Menschen übersehen.«

»Stimmt wohl.« Sie nickte resigniert. »Die gehen einfach um mich herum wie um meinen Eimer. Kaum, dass mal jemand grüßt.« Sie richtete sich etwas auf. »Hören Sie, es tut mir leid um die Frau, die man getötet hat. Die war anders, hat gegrüßt.«

»Haben Sie denn auch einmal mit ihr gesprochen?«, wollte der Hauptkommissar wissen und hatte Mühe, seine Ungeduld zu verbergen.

Ganz unbewusst fuhr sich Jasmin durch die Haare, was bei jeder anderen Frau zu einer Verschandelung der eigenen Frisur geführt hätte, bei ihr aber ungewollt ein Ergebnis hinterließ, das aussah, als hätte man die kurzen dunklen Haare absichtlich so chaotisch gestylt.

»Ja, ein- oder zweimal«, antwortete Konstanze.

»Das haben Sie aber bisher nicht ausgesagt«, warf Jasmin ein.

Konstanze strafte die Polizistin mit einem ärgerlichen Blick. »Mich hat das niemand gefragt. Die anderen Polizisten haben mich nur gefragt, ob ich am Morgen etwas gehört oder gesehen habe. Ich hatte nicht den Eindruck, dass die sich länger mit mir unterhalten wollten.«

»Die Kollegen waren im Stress und sicherlich nicht absichtlich unhöflich. Deshalb finden ja auch zweite Befragungen statt«, glättete Stutter die Wogen. »Wissen Sie denn noch, über was Sie mit der Frau gesprochen haben?«

»Sie sagte, sie sei neu in Tübingen und wüsste nicht, was hier so abgehen würde.« Konstanze seufzte. »Ich sagte ihr, dass ich das ebenfalls nicht wüsste. Sie hat mich dann nach meinem Job gefragt, wo ich überall arbeite, weil sie sich eventuell beim Birkenfeld bewerben wolle. Sie war beim Wildhain beschäftigt und suchte etwas anderes.« Konstanze machte ein zweifelndes Gesicht. »Das hat sie zumindest gesagt.«

»Sie haben ihr nicht geglaubt, oder?«, fasste Stutter vorsichtig nach.

»Eine, die so aussieht, geht nicht putzen. Und einige Tage nach unserem Gespräch kam mir dann auch der Wildhain im Haus auf der Treppe entgegen.«

»Aber nicht am Mordtag?«, fasste dieses Mal Jasmin nach.

»Nein, das war eine Woche früher oder so. Ich sah ihn nicht aus ihrer Wohnung kommen, ich nahm es nur an. Vielleicht hat er jemand anderen im Haus besucht.«

»Sie dachten jedoch, er hätte bei der Frau übernachtet?«, wollte es Stutter nun genau wissen.

»Hätten Sie an meiner Stelle auch angenommen. Der Wildhain ist bekannt dafür, dass er hinter den Frauen her ist.«

»Woher kennen Sie Alex Wildhain überhaupt?«

»*Jeder* kennt den«, gab sie lapidar Auskunft, dann senkte sie den Kopf und murmelte: »Meine Eltern haben ihn auch gekannt, die haben sich in seinem Laden kennengelernt, das ist über fünfundzwanzig Jahre her, da hat er den Klub gerade eröffnet.«

»Haben Ihre Eltern heute noch Kontakt zu Alex Wildhain?«, fragte Stutter interessiert nach.

»Das hätten sie vielleicht, wenn sie noch leben würden«, antwortete sie bitter.

»Tut mir leid«, entgegnete Stutter, »ich wollte Ihnen nicht zu nahe treten.«

»Liegt alles lange zurück, war ein Unfall«, fügte sie noch heiser an.

»Welcher Art?«, folgte der Hauptkommissar seiner Intuition. Plötzlich schien es ihm wichtig, das zu wissen.

»Überdosis.« Konstanze sah ihr Gegenüber fast herausfordernd an.

»Scheiße«, reagierte Stutter und erneut hatte sie das Gefühl, jemanden vor sich zu haben, der sie verstehen könnte.

»Danke«, sagte sie deshalb leise. »Danke, dass Sie das Kind beim Namen nennen. Sie sind der Erste, der nicht versucht, eine hanebüchene Umschreibung dafür zu finden, dass meine Eltern Junkies waren.«

»Wie alt waren Sie, als das passiert ist?«

»Vierzehn«, antwortete sie wahrheitsgemäß, »aber das war okay«, fügte sie noch an. »Ich kam ins Heim und dort sagte man mir, dass das zwar tragisch sei, aber dass der Tod meiner Eltern für mich auch die Rettung war. Ansonsten hätte ich vermutlich selbst ins Drogenmilieu abrutschen können.«

»Das hat man Ihnen gesagt?«, empörte sich Jasmin.

Es war das erste Mal, das Konstanze lächelte. Das ehrliche Mitgefühl der Oberkommissarin schien sie zu berühren. »Die haben das natürlich nicht so direkt ausgesprochen, aber ich habe es dennoch verstanden. Außerdem denke ich, dass es der Wahrheit entspricht. Wenn man da erst einmal drinhängt, ist es schwer, wieder rauszukommen.«

»Haben Sie sonst noch Familie?«, wollte Jasmin nun wissen.

»Meine Oma ist vor Kurzem gestorben, nur Onkel Bernd lebt noch.« Sie verzog das Gesicht wie eine Mutter, die über ihr Sorgenkind sprach. »Er ist der jüngere Bruder meiner Mutter und nie erwachsen geworden. Will mit fünfunddreißig eine Neunzehnjährige heiraten«, brach es unerwartet aus ihr heraus. »Soviel ich weiß, arbeitet er für den Wildhain.« Sie ließ keinen Zweifel daran, dass sie das für falsch hielt. Dann setzte sie jedoch wieder ihren reservierten

Gesichtsausdruck auf und meinte: »Aber er muss ja selbst wissen, was gut für ihn ist.«

»Können Sie uns sagen, wo wir Ihren Onkel finden?«, fragte der Hauptkommissar interessiert.

Konstanze zeigte sich plötzlich erschreckt. »Oh Gott, er wird doch jetzt keinen Ärger bekommen? Bitte, das war nicht meine Absicht.« Sie sah ängstlich von einem zum anderen.

»Wir werden alle Angestellten von Herrn Wildhain befragen und«, erwiderte Stutter mit jovialem Ton, »sicher werden wir Ihren Onkel nicht darüber unterrichten, dass wir uns mit Ihnen unterhalten haben.«

Konstanze verstand und entspannte sich. »Er heißt Bernd Loderer.« Sie nannte den Beamten seine Adresse. »Er lebt dort mit meiner zukünftigen Tante«, fügte sie schnippisch an.

»Und welcher Art ist die Tätigkeit, die Ihr Onkel für Herrn Wildhain erledigt?«

Sie zuckte mit den Schultern. »Keine Ahnung.« Sie wurde unsicher und Stutter hielt es für klüger, das Thema zu wechseln. Deshalb zeigte er Konstanze ein Bild von Jennifer Lahke, dem zweiten Mordopfer.

»Kennen Sie zufällig diese Frau?«, fragte der Beamte freundlich.

Konstanze begann wieder schnell hintereinander zu blinzeln. Erneut hörte sie abrupt damit auf und teilte das Ergebnis ihrer gedanklichen Recherche mit: »Irgendwie kommt mir die Frau bekannt vor.« Sie überlegte laut: »Keine Kollegin, dafür ist sie zu hübsch, Bedienung, Kellnerin …« Sie hob den Kopf und erklärte den Polizisten: »Mein Chef bekommt gelegentlich Aufträge von den Klubs. Meistens sind wir dann eine ganze Gruppe, machen so eine Art Großputz, besonders wenn an den Wochenenden viel los war. Es könnte sein, dass ich sie daher kenne. Sie sieht aus wie eine der Frauen, die in den Klubs arbeiten, aber auseinanderhalten könnte ich die jetzt nicht.«

»Ihr Name ist Jennifer Lahke«, wurde der Hauptkommissar deutlicher.

Konstanze verzog den Mund, was sie nicht gerade attraktiver machte. »Kann sein, dass ich sie vom Sehen kenne, aber nicht persönlich, und mein Namensgedächtnis ist sowieso eine Katastrophe.« Sie sah auf die Uhr, blickte dann unruhig zu Stutter. »Ich müsste so langsam los«, sagte sie zögerlich. »Tut mir leid.«

Stutter erhob sich und reichte ihr höflich die Hand. »Herzlichen Dank, wir haben vorerst alles, was wir brauchen.«

»Der Herr Birkenfeld weiß immer, wo ich gerade eingeteilt bin, falls Sie noch etwas wissen möchten«, erwiderte sie hilfsbereit, bevor sie sich verabschiedete.

»Armer Teufel«, murmelte Jasmin, als die beiden Beamten wieder allein waren. »Aufgewachsen bei Junkie-Eltern, dann Vollwaise, jeder erzählt ihr, dass sie allein besser dran sei, und der einzige Verwandte ist ein unreifer Onkel.«

»Allein ist sie vermutlich wirklich besser dran«, entgegnete Stutter. »Allerdings wirkt sie auf mich auch einsam und das ist natürlich tragisch.«

»Vielleicht lebt sie in einer Beziehung, das wissen wir doch gar nicht«, warf Jasmin ein, korrigierte sich dann jedoch. »Allerdings glaube ich eher nicht, sonst hätte sie diesen besonderen Menschen erwähnt, als ich nach weiterer Familie gefragt habe.«

»Mich interessiert momentan vor allem etwas anderes«, entgegnete Stutter angespannt. »Warum war Alex Wildhain in Ronja Schneiders Wohnung? Erinnerst du dich an die Kondome, die man in ihrem Nachttisch gefunden hat?«

»Du denkst, Ronja und der Mann, den sie eigentlich ausspionieren sollte? Würde sie wirklich so weit gehen, um an Informationen zu gelangen?« Jasmin sah geschockt zu ihrem Kollegen.

»Wer sagt denn, dass es darum ging? Womöglich hat sie die Seiten gewechselt, vielleicht war sie in den Mann verknallt. Dieses Leben ohne Regeln, mit Dauerpartys, viel Geld und keinen Verpflichtungen kann die Menschen verführen.«

Die Oberkommissarin widersprach: »Wir wissen noch nicht einmal sicher, ob er an dem Tag aus ihrer Wohnung kam. Und wenn ja, muss das nicht bedeuten, dass die beiden Sex hatten. Womöglich hat er es bei ihr versucht, vielleicht gibt es eine harmlose Erklärung für sein Auftauchen in ihrer Wohnung.«

»Also schön, denkbar, dass er nicht bei ihr war«, gestand ihr Stutter zu. »Aber wenn doch, dann war es nicht harmlos, denn sonst hätte sie das ihrer Kontaktperson berichtet. Was auch immer sich da abgespielt hat, war jedenfalls etwas, das Ronja Schneider verheimlichen wollte.«

Jasmin nickte zögerlich. »Ich hoffe dennoch, dass du dich in diesem Punkt irrst. Falls du recht hast, wäre das für alle Beteiligten äußerst schmerzhaft.«

* * *

Stutter seufzte unzufrieden, öffnete die Tür und bat Pfarrer Class und Leila Maar zu sich.

Man setzte sich, und dieses Mal legte der Hauptkommissar die beiden Fotografien der toten Frauen sofort auf die Tischplatte.

»Ich würde Sie bitten, sich diese Bilder anzusehen und mir zu sagen, ob Sie eine der Frauen oder vielleicht sogar beide kennen.«

Leila Maar schüttelte augenblicklich den Kopf, was Stutter veranlasste zu sagen: »Bitte, lassen Sie sich Zeit.«

»Hierher kommen nicht so viele Menschen, wie Sie womöglich glauben. Die, die ernsthaft Hilfe suchen, die kenne ich«, gab sie selbstbewusst Antwort. »Bei mir war keine der beiden.«

Der Pfarrer zögerte, fragte: »Es hat sich herumgesprochen, dass es einen weiteren Mord gegeben hat. Sind das die Opfer?«

Stutter nickte. »Wir fanden bei dieser Frau, Jennifer Lahke, eine Ihrer Visitenkarten.«

Jasmin zitierte: »Hilfe jeder Art, wir sind für dich da«, woraufhin Leila auflachte.

»Du lieber Himmel, die alten Dinger verteilen wir schon lange nicht mehr. Wie die Karte in die Hände dieser jungen Frau gekommen ist, ist mir jedenfalls nicht bekannt.«

»Und Sie erinnern sich nicht an eine der beiden? Womöglich war es nur ein kurzer Besuch, ein Sich-Umsehen? Sie organisieren hier doch auch eine Selbsthilfegruppe für Suchtkranke.« Stutter deutete auf Ronjas Bild. »Womöglich hat sie sich danach erkundigt?«

Wieder schüttelte Leila vehement den Kopf. Dem Hauptkommissar entging nicht, dass der Pfarrer der Sozialarbeiterin einen verstohlenen Blick zuwarf, was die nicht zu bemerken schien.

Direkt angesprochen auf die Mordopfer erwiderte der Geistliche: »Kaum einer von Frau Maars Schützlingen will mit einem Pfarrer sprechen. Ich bin nur pro forma hier, damit wir uns von den Tübingern den Saal ausleihen können. Ich habe eine Gemeinde bei Stuttgart.«

Leila lächelte milde. »Der Pfarrer übertreibt, es gibt genug Menschen, die sich gerne mit ihm über Gott austauschen.«

»Die meisten brauchen eher praktische Hilfe als meinen Beistand«, gestand er ein. »Und wenn, dann schimpfen sie über Gott, machen ihn für ihr Leid verantwortlich. Ich habe also keinen leichten Stand. Der Pfarrer kommt als Seelsorger immer mehr aus der Mode.«

Jasmin grinste automatisch, und da Ignaz Class sie deshalb überrascht anblickte, erklärte sie schnell: »Ich schmunzle darüber, dass ich diesen Satz auch schon von meinem Vater gehört habe. Er ist evangelischer Pfarrer und stets bemüht, die Kirche attraktiv zu machen, wenn man das sagen kann.«

Class wirkte interessiert. »Eine Pfarrerstochter«, sagte er fröhlich. »Und Sie sind nicht in seine Fußstapfen getreten?«

Jasmin sah keinen Grund dafür, aus ihrem Werdegang ein Geheimnis zu machen. »Ich habe tatsächlich ein Theologiestudium angefangen, aber dann fand ich etwas, das mehr zu mir passt.«

»Polizeiarbeit«, ergänzte der Pfarrer und nickte verständnisvoll. »Es ist auf Dauer frustrierend, immer nur die andere Wange hinzuhalten. Ich gebe zu, ich hadere nach all den Jahren an manchen Tagen mit mir. Es muss eine gewisse Befriedigung sein, die Bösen zu bestrafen.« Sein Blick wanderte zu Leila. »Wir hier versuchen, Verständnis für die Fehler der Menschen aufzubringen, ohne sie zu verurteilen. Wir wollen ihnen die Chance geben, die eigenen Schwächen zu erkennen und auf den rechten Weg zurückzufinden.«

»So verschieden sind unsere Ziele gar nicht«, ließ sich Jasmin auf das kurze philosophische Geplänkel ein. »Allerdings soll bei unserer Methode die Strafe dazu dienen, die gemachten Fehler zu erkennen.«

»Und dennoch hält die Angst vor dem Gefängnis die Menschen nicht davon ab, Verbrechen zu begehen«, warf er ein und sagte schließlich mit Melancholie: »Ich hatte einmal eine Jugendliche in meiner Gemeinde, die ständig auffällig war. Schule schwänzen, Pöbeleien, später auch Sachbeschädigung und Diebstahl. Selbstverständlich nahm ich nicht an, dass ich sie mit gutem Zureden auf den rechten Weg zurückbringen könnte, trotzdem habe ich es probiert. Ich wollte wissen, warum sie das tut. Warum sie bereit war, sich bereits in jungen Jahren ein Strafregister zuzulegen. Ich habe ihr diese Frage direkt gestellt und wissen Sie, was sie geantwortet hat?«

Pflichtschuldig schüttelten die Beamten den Kopf, während Leila schweigsam und unbeweglich zuhörte.

»Ich muss dazu sagen, dass es sich um eine ausgesprochen clevere junge Frau handelte, die es verstand, sich auszudrücken. Sie sagte mir sehr freundlich Folgendes: ›Wenn du respektiert werden willst, sei besser niemands Engel, sondern jedermanns Teufel.‹«

»Lässt Raum für Spekulationen«, warf Leila sofort ein. »Kinder, die nicht genug Aufmerksamkeit bekommen, holen sie sich auf diese Weise. Für manche ist es unerträglich, nicht beachtet zu werden. Das geht sogar so weit, dass sie Strafen und Maßregelungen in Kauf nehmen, um überhaupt irgendeine Art von Zuwendung zu erhalten.«

»Oder es ist eine bequeme Ausrede dafür, dass man einen Weg gewählt hat, der keine Mühe macht. Ein Handy zu stehlen, ist leichter, als für dessen Erwerb monatelang zu kellnern«, warf Stutter schlicht ein.

»So reduziert kann man das nicht sehen«, widersprach Leila, die sichtlich verärgert über Stutters Interpretation war.

Der Pfarrer mischte sich ein: »Ich weiß bis heute nicht, wie ich die Antwort der jungen Frau deuten soll. Vielleicht fühlte sie sich ungeliebt, vielleicht war sie aber einfach nur zu bequem, ein ehrliches Leben zu führen.«

»Im Zweifel für den Angeklagten, so heißt es doch«, warf Leila ein, »und das sollte auch unser Motto sein«, fügte sie mit Nachdruck an.

»Eine äußerst täterfreundliche Haltung, wenn man bedenkt, dass hier Frauen um Hilfe bitten, die vom eigenen Ehemann Gewalt erfahren«, widersprach Jasmin und versuchte, sachlich zu bleiben.

»Ich helfe den Frauen nicht dadurch, dass ich emotional

vorgehe und Zeter und Mordio schreie, wenn sie mir ihr Schicksal erzählen. Sie würden sich wundern, wie viele der armen Seelen die Frage nach dem Warum beantwortet haben möchten. Es ist den Frauen manchmal ein Trost zu wissen, dass der Ehemann gewalttätig ist, weil er nicht anders kann, weil er so geprägt wurde, selbst einmal ein Opfer war.«

Jasmin stieß einen verächtlichen Laut aus und entgegnete voller Sarkasmus: »Schöner Trost für gebrochene Knochen, ausgeschlagene Zähne und Vergewaltigung.«

Leila richtete sich auf, bereit, dagegenzuhalten, aber Stutter kam ihr zuvor und fragte: »Was wissen Sie über einen Nachtklubbesitzer namens Alex Wildhain? Ist er einem von Ihnen persönlich bekannt? Was erzählen die Menschen, die hierherkommen, über ihn?«

Der Pfarrer, der ebenfalls ein Streitgespräch zwischen der Oberkommissarin und Leila Maar vermeiden wollte, antwortete spontan: »Ab und an fällt sein Name, meist nur im Zusammenhang mit seinem Etablissement. Die Menschen erzählen, dass sie dort waren, allerdings weiß ich über den Mann selbst nichts.«

Stutter sah fragend zu Leila.

Die hob entschuldigend die Hände. »Er ist ein Klubbesitzer, mehr kann ich Ihnen nicht sagen. Das ist, als würden Sie mich fragen, was ich über den Bäcker an der Ecke berichten könnte.«

»Eigenartig«, ließ Stutter sich nicht so leicht abspeisen. »Man hat mir gesagt, Alex Wildhain sei einer der größten Arbeitgeber in der Klubszene. Wenn ich nun überlege, dass jemand, der tagtäglich auf Menschen trifft, die sich viel in dieser Szene bewegen, nichts über den Mann weiß, dann überrascht mich das. Klubs sind doch gelegentlich auch geeignete Plätze für die Drogenbeschaffung und Prostitution.«

»Wir fragen weder, was die Menschen beruflich tun, noch

müssen sie bei uns irgendeine Art von Aussage machen«, hielt Leila dagegen. »Sie wissen, dass sie keine Namen nennen müssen. Wir interessieren uns nämlich nicht für strafrechtliche Details. Natürlich raten wir den Hilfesuchenden auch dazu, Anzeige zu erstatten, vermitteln gegebenenfalls einen Anwalt. Wir führen jedoch keine Verhöre durch«, fügte sie noch schnippisch an.

Ein Rufen aus dem Saal unterbrach ihr Gespräch. Ein Handwerker suchte den Verantwortlichen, und Leila entschuldigte sich, bevor der Pfarrer ihr zuvorkommen konnte.

Als sie das Büro verlassen hatte, sagte der Geistliche: »Die Menschen, die hierherkommen und Hilfe suchen, sind oft nicht nur Opfer, sondern auch selbst Täter. Und jeder zweite überlegt es sich irgendwann anders und geht zurück, zu seinem prügelnden Ehemann, zu den Drogen, zu dem Elend, das ihn heruntergezogen hat. Ein ewiger Kampf gegen Windmühlen«, fügte er desillusioniert an.

Stutter, der immer noch darauf hoffte, auf brauchbare Hinweise zu stoßen, fragte deshalb erneut: »Und Sie sind sicher, dass diese beiden Frauen nie hier waren?«

»Ich bin nicht so häufig vor Ort wie Frau Maar«, wich er aus, was den Hauptkommissar veranlasste zu sagen: »Ich vermisse ein klares Ja oder Nein, das macht mich als Polizist natürlich stutzig.«

Der Pfarrer hielt Stutters Blick stand. Schließlich entgegnete er mit fester Stimme: »Wenn mich einer dieser *Niemandsengel* aufsucht und um Vertraulichkeit bittet, mich sogar an das Beichtgeheimnis erinnert, dann bin ich daran gebunden.«

»Also war doch eine der Frauen hier«, wurde Stutter ungeduldig. »Wir ermitteln wegen Mordes, kommen Sie mir jetzt nicht mit dem Beichtgeheimnis, die Frauen sind beide tot. Und womöglich erfuhr der Mörder etwas, das eine der Frauen Ihnen anvertraut hat und das ihn zu der Tat veranlasst hat.«

»Ich kann Ihnen nur versichern, dass ich niemals etwas weitergeben würde, das man mir anvertraut. Mehr habe ich nicht zu sagen«, reagierte Ignaz Class daraufhin entschlossen.

Stutter wollte noch etwas anfügen, etwas, das wusste Jasmin, das ihm im Nachhinein leidtun würde, deshalb fiel sie ihm ins Wort. »Wir verstehen das natürlich, würden Sie aber dennoch bitten, die ganze Sache zu überdenken. Fragen Sie sich, was die Tote von Ihnen erwartet hätte. Womöglich fällt es Ihnen dann leichter, mit uns zu reden.« Bevor er etwas erwidern konnte, drückte sie ihm ihre Visitenkarte in die Hand. »Am Ende möchten wir sicher alle verhindern, dass noch mehr Menschen sterben.«

Pfarrer Class erwiderte daraufhin nichts mehr, und die Beamten verabschiedeten sich.

Leila Maar nickte den beiden nur beiläufig zu, als sie zum Ausgang gingen, und widmete sich voll und ganz dem Handwerker.

Wieder im Freien rutschte Stutter ein Schwall Schimpfworte heraus. »Meine Güte, ich sollte den Pfarrer wegen Behinderung der Polizeiarbeit verhaften.«

»Er wird sich melden, der braucht nur ein bisschen Zeit«, blieb Jasmin zuversichtlich, »und bis dahin kannst du mich zu einem Eis einladen.«

10

Es war recht spät, eine halbe Stunde vor Mitternacht, als Pfarrer Ignaz Class ein letztes leises Gebet murmelte. Die Schmerzen waren unerträglich – aber hatte er das nicht auch genau so erwartet? Er hatte an vielen Sterbebetten gesessen, das Leiden in den Gesichtern derer gesehen, die hatten gehen müssen. Entweder war der Schmerz körperlicher Natur gewesen, weil die Medikamente ihn nicht mehr unterdrücken konnten, oder seelischer, weil die Angst vor dem Ungewissen, das Gefühl, gleich etwas zu verlieren, die letzten Minuten unerträglich gemacht hatten.

Manche allerdings schienen erleichtert gewesen zu sein, aber das waren die, die ihr Leben gelebt hatten. Und er? Ein Mann Gottes, ein Mann des Glaubens? Er hatte andere Pläne gehabt, Pläne, die sich über mehrere Jahrzehnte hinstrecken sollten. Dennoch würde ihn der Herr heute zu sich nehmen.

Ignaz Class hatte keine Ahnung, wie lange er schon auf dem Boden lag. Er erinnerte sich schwach an das Gesicht, das ihm entgegengeblickt hatte, auch an die Drohungen und Bitten. Dann war der Schlag gefolgt, ohne Vorwarnung. Die schönen Blumen, er hatte sie noch am Morgen selbst gepflückt. Zunächst hatte er das Wasser gespürt, das herausgeschwappt war, dann fühlte es sich jedoch an, als würde etwas sehr Warmes an seiner Wange entlanggleiten. Er ahnte jedoch nicht, dass es sich um sein eigenes Blut handelte. Ein metallener Geruch war ihm in die Nase gekrochen, während er zu Boden gestürzt war, ehe er das Bewusstsein verloren hatte.

Aber nicht nur sein Kopf tat ihm jetzt weh, auch der Rest seines Körpers schmerzte und die Schlaffheit der Muskeln, die bleierne Müdigkeit, die ihn unbeweglich machte, signalisierten ihm, dass es zu Ende ging.

In seinem Zustand war der Pfarrer nicht mehr in der Lage zu erkennen, dass man ihm eine schwere Bauchverletzung zugefügt hatte; der Blutverlust war enorm und vermutlich wäre er auch zu einem früheren Zeitpunkt nicht zu retten gewesen.

Gerne hätte er sich bekreuzigt oder die Finger seiner Hände zum Gebet zusammengeführt, aber das war ihm nicht mehr möglich. Er schloss die Augen, bat den Herrn um Gnade, äußerte demütig den Wunsch, von ihm empfangen zu werden, und nahm den letzten Herzschlag mit einer ungewöhnlichen Klarheit wahr, bevor das lebenswichtige Organ für immer die Arbeit einstellte. Pfarrer Ignaz Class hatte zu lange gezögert und dafür einen hohen Preis bezahlen müssen.

* * *

Zur gleichen Zeit stand Leila Maar am Fenster und blickte in die Nacht. Nathanael war noch nicht zu Hause. Sie hatte es wieder einmal hinbekommen, seinem neuen Auto stand nichts mehr im Weg. Die neunzehntausend Euro hatte sie ihm feierlich übergeben, um den Kauf zu besiegeln. Er war freudestrahlend aufgebrochen und seither unterwegs.

Sie machte sich Sorgen. Morgen musste er zur

Berufsschule, eine Prüfung war angekündigt worden. Sie starrte weiter auf die Lichter der Stadt. Vermutlich hatte einer von Nathanaels nichtsnutzigen Freunden ihren Jungen auf dumme Ideen gebracht. Er war eben gutgläubig, vertraute den falschen Leuten. Sie würde mit ihm sprechen müssen.

Endlich sah sie seine Silhouette, sehr zu ihrem Entsetzen erkannte sie, dass er vor dem Grundstückseingang eine Zigarette wegwarf, dabei hatte er doch versprochen, nicht mehr zu rauchen.

Kurz darauf öffnete sich die Wohnungstür.

»Da bist du ja«, sagte sie und versuchte, nicht vorwurfsvoll zu klingen.

Er sah sie mit glasigen Augen an, offenbar hatte er getrunken. »Mama«, lallte er, »was tust du hier?«, fuhr er fort und bewegte sich in Richtung seines Schlafzimmers.

»Moment«, riss ihr dann doch der Geduldsfaden und sie schnauzte: »Du hast morgen Schule und bist völlig betrunken.«

»Warum auch nicht? Das war schließlich ein beschissener Tag.«

Sie folgte ihm und beobachtete, wie er sich aufs Bett fallen ließ.

»Ich dachte, du wolltest das Auto bezahlen? Hast du dir das quittieren lassen, wie ich es dir gesagt habe?«

»Nö«, brummte er und schien einzuschlafen.

Leila konnte nicht an sich halten und rüttelte heftig an ihrem Sohn. »Was heißt das? Wo ist das Geld?«

»Geld, Geld, alles dreht sich bei dir nur ums Geld«, antwortete er mit geschlossenen Augen auf dem Bauch liegend und kicherte.

»Nathanael, das ist kein Spaß, sag mir sofort, was passiert ist.«

Plötzlich hievte er sich in die Höhe.

»Wenn du es unbedingt wissen willst«, schnauzte er

ungehalten. »Als ich hinkam, um das Auto zu kaufen, da war es schon weg. Ich war zu spät.« Er warf ihr einen anklagenden Blick zu. »Zu spät, weil du nicht schneller die Kohle zusammenbekommen hast. Danach wollte ich unter Leute, ich war frustriert. Ich war in einem Klub, und als ich meine Rechnung zahlen wollte, war das Geld weg. Die zwangen mich, meinen Ausweis dort zu lassen, den musst du morgen abholen und die Rechnung bezahlen.«

Er ließ sich wieder zurück aufs Bett fallen. »Und jetzt muss ich schlafen, ich habe morgen Schule. Mach das Licht aus.«

Leila stand wie gelähmt an der Tür, glaubte, ihren Ohren nicht zu trauen. Das konnte unmöglich sein. Hektisch schnappte sie sich Nathanaels Jacke, durchsuchte die Taschen, fand aber nichts. Sie tastete ihren Sohn ab, der motzte, sie solle ihn in Ruhe lassen.

»Wo ist das Geld?«, schrie sie ihn an.

»Die haben es mir geklaut«, murmelte er.

»Wer?«

»Irgendwelche Typen«

»Hast du die Polizei verständigt?«

»Natürlich nicht, sonst bekommst du noch Ärger«, antwortete er und klang dabei ausgesprochen nüchtern.

»Wieso sollte ich Ärger bekommen?«, fragte sie geschockt.

»Weil die uns nicht glauben würden. Immerhin war ich mit Bargeld unterwegs. Da denken die doch, dass ich Drogen kaufen wollte, mit Geld, das ich von meiner Mutter hatte.«

»Dein Freund mit dem Auto hätte das mit dem Kauf doch bestätigen können«, hielt sie dagegen.

»Kenn keinen Nachnamen, außerdem war das kein Freund, sondern so ein Typ, den mir ein Kumpel vorgestellt hat. Aber der spricht garantiert nicht mit der Polizei. Der ist viel zu cool.«

»Nathanael«, schrie sie plötzlich hysterisch. »Wo ist das Geld?«

Er riss die Augen auf, sah sie herausfordernd an, bequemte sich jedoch nicht, aufzustehen, und meinte genervt: »Weg, aber was regst du dich darüber auf? Ich bin ja schließlich jetzt derjenige, der ohne Auto dasteht. Und jetzt verpiss dich endlich und mach das Licht aus.«

Leila zog sich fassungslos zurück und löschte das Deckenlicht. Zitternd brach sie im Bad zusammen, schluchzte und weinte, während sie sich einen Stapel Handtücher aufs Gesicht drückte, um nicht gehört zu werden.

Es dauerte eine Weile, bis sie zur Ruhe kam. Dann machte sie sich Vorwürfe. Sie hätte den Jungen nicht allein losschicken dürfen. Nathanael war mit solchen Situationen überfordert. Außerdem sollte sie froh sein. Was, wenn er den Diebstahl bemerkt und sich zur Wehr gesetzt hätte? Womöglich wäre sie dann ins Leichenschauhaus gerufen worden – und was hätten ihr dann die neunzehntausend Euro genützt?

Leila straffte die Schultern. Man musste nach vorn sehen, denn an der Vergangenheit konnte man nichts ändern. Sie würde weiter Geld verdienen, niemand musste verhungern und das Wichtigste: Nathanael war wohlauf. Das allein war es doch, was zählte.

* * *

Zur gleichen Zeit verabschiedete sich Konstanze von ihrem Onkel Bernd und seiner Freundin Olivia.

»Du solltest sie fahren, Liebling«, drängte Olivia, aber Konstanze widersprach: »Er hat Alkohol getrunken, wenn ihn die Polizei anhält, dann ist sein Führerschein weg.«

»Denkst du?«, erwiderte Olivia naiv und Konstanze fragte

sich, wie die Neunzehnjährige ernsthaft glauben konnte, dass Bernd noch fahrtüchtig sei.

»Ich komme gut alleine nach Hause«, versicherte Konstanze und bevor sich Olivia noch etwas anderes einfallen lassen konnte, um auszudrücken, wie sehr sie sich eine starke Familienbande wünschte, wandte sich Konstanze zum Gehen.

»Vielen Dank für das Essen, war wirklich ein schöner Abend«, log sie und flüchtete regelrecht hinaus auf die Straße.

»Bis bald«, rief ihr Olivia hinterher, während Bernd in die Küche trottete und sich ein weiteres Bier öffnete.

»Das war doch nett«, meinte seine Freundin und sah ihn tadelnd an. »Aber so viel hättest du wirklich nicht trinken müssen.«

Bernd nutzte den Vorwurf und erwiderte: »Tut mir leid, ehrlich gesagt ist mir das gar nicht aufgefallen, mir geht gerade einiges durch den Kopf.«

Sie machte einen Schritt auf ihn zu und schlang die Arme um seinen Oberkörper. »Was denn?«

»Es geht vor allem um dich. Ich habe Angst, dass ich dich verliere.«

»Das wird niemals geschehen«, antwortete sie aus tiefstem Herzen.

»Auch nicht, wenn ich für lange Zeit ins Gefängnis muss?«

Sie erschrak, löste sich von ihm und sah ihn verzweifelt an. »Das ist ein Witz, oder?«, fragte sie unsicher.

»Leider nein«, erwiderte er ernst und machte ein betretenes Gesicht.

»Das lasse ich aber nicht zu«, rief sie außer sich. »Und was soll das überhaupt heißen, Gefängnis? Du hast doch nichts Schlimmes getan?«

Er schob sie von sich, drehte sich um und senkte den

Kopf. Sie glaubte sogar, er würde schluchzen, etwas, das sie ängstigte. Wenn Bernd ins Gefängnis musste, dann wäre sie ganz allein. Zurück zu ihren Eltern wollte sie auf keinen Fall, aber was sollte sie dann tun? Sie hatte keinen Schulabschluss, keine Ausbildung und kein Geld. Ihr Traum war es doch, mit Bernd eine Familie zu gründen.

»Du darfst das nicht zulassen«, schrie sie jetzt verzweifelt. »Wir könnten einen Anwalt engagieren, die sind für so etwas zuständig.«

»Du verstehst das nicht, ich kann mich aus der Sache nicht herauswinden«, murmelte er resigniert.

Sie ging auf ihn zu, wusste nicht, was sie tun sollte, und fragte schließlich unbeholfen: »Was hast du denn getan?«

Er atmete heftig aus, sie beobachtete, wie sich seine Schultern hoben und senkten. »Ich habe Schulden«, hauchte er und sie verstand ihn kaum.

»Aber alle Menschen haben Schulden. Seit wann muss man dafür ins Gefängnis?«

»Du bist süß«, entgegnete er müde.

»Ich verstehe es nicht«, hakte sie nach und schob auf eine sehr kindliche Art die Unterlippe nach vorn.

»Manchmal muss man für seine Schulden bezahlen, und wenn man das nicht kann, dann wird man verklagt und muss ins Gefängnis«, sprach er jetzt mit ihr, als würde er einem kleinen Mädchen etwas erklären.

»Und wenn du das Geld zurückzahlst?«

»Und von was?«, schnauzte er plötzlich ungehalten. »Es ist alles weg. Ich dachte, ich bekomme einen Auftrag, aber das dauert noch, und jetzt kann ich nicht überbrücken, weil ich meine letzten Reserven aufgebraucht habe.«

Olivia hatte sich nie besonders dafür interessiert, was Bernd beruflich tat. Er hatte ihr erklärt, dass er so etwas wie ein Eventmanager sei, und das hatte ihr gereicht. Abgesehen davon verstand sie nichts von Buchhaltung, Zahlen oder dem

Rechtssystem. Sie konnte nur auf die Erfahrungen zurückgreifen, die sie innerhalb ihrer Familie gemacht hatte. Deshalb schlug sie vor: »Wir könnten einen Kredit bei der Bank aufnehmen.«

»Das habe ich schon versucht, die geben mir nichts, weil ich Unternehmer bin«, log er, »ein zu großes Risiko.«

Olivia sah ihn betreten an. »Könnten wir es nicht von einem deiner Freunde leihen?«, schlug sie nach einer ganzen Weile vor.

Bernd war erleichtert, dass sie endlich in die richtige Richtung dachte.

»Die, die mir etwas geben würden, sind selbst knapp bei Kasse. Die Corona-Krise, du weißt schon.«

Sie nickte, denn das verstand Olivia, schließlich hörte man davon ständig im Radio.

»Und die anderen …«, sprach Bernd weiter, winkte dann jedoch ab und stöhnte: »Ach, vergiss es!«

»Nein, was ist mit den anderen?«

»Ich könnte vielleicht von einem etwas bekommen, aber der erwartet eine Gegenleistung.«

»Und die wäre?«

Bernd presste die Lippen zusammen, wirkte mit einem Mal wütend und blaffte ungehalten: »Der Spinner will mit dir essen gehen, sagt, er würde mir mit ein paar hundert Euro aushelfen, aber nur, wenn er mit meiner bezaubernden Freundin ausgehen dürfte. Ich habe ihm gesagt, dass das nicht infrage kommt, gleichgültig, ob ich damit die erste Rate zahlen kann oder nicht.«

»Moment«, unterbrach ihn Olivia. »Warum weiß ich davon nichts?«

»Weil ich dich da nicht mit hineinziehen will. Ich werde das schon anders regeln.«

»Warum lässt du mich nicht mit ihm essen gehen, wenn er uns dann das Geld gibt …«

»Niemals«, begehrte Bernd auf.

Sie widersprach, beharrte darauf, sich mit dem Mann zu treffen; und Bernd beglückwünschte sich im Stillen. Er hatte sie so weit, der Rest würde ein Kinderspiel sein.

* * *

Konstanze lehnte den Kopf an die Scheibe des Busses. Sie hatte rote Wangen; der Wein, den ihr Olivia aufgedrängt hatte, war schrecklich süß gewesen, fast wie Traubensaft, und ihr sofort in den Kopf gestiegen. Nur ungern hatte sie dieser Abendeinladung nachgegeben, aber manchmal war es besser, die Dinge schnell hinter sich zu bringen. Für die nächste Zeit würde sicher Ruhe sein. Obwohl Konstanze Zweifel daran hatte, dass Olivia aufgefallen war, wie unwohl sie sich gefühlt hatte.

Onkel Bernd hatte abwechselnd auf den Fernseher, sein Bier und die aufgebackene Fertigpizza gestarrt, während Olivia pausenlos gequasselt hatte. Konstanzes einziger Beitrag zu dem Gespräch waren einige »Hm« und »Ja«, ein Lob bezüglich der Pizza und gelegentliches Kopfnicken gewesen.

Als Olivia in der Küche die Kartons aufgerissen und die Pizzas in den Ofen geschoben hatte, war es Bernd gewesen, der wenig freundlich gefragt hatte: »Warum hast du ihr nicht einfach abgesagt?«

»Weil sie damit gedroht hat, sonst bei mir auf der Matte zu stehen und mich abzuholen. Sag du ihr doch, dass wir kein Interesse an Familienzusammenführung haben«, hatte sie ihn giftig angeknurrt.

»Denkst du, die hört auf mich?«, hatte er darauf erwidert und war mit einem unhöflichen »Muss kacken« in der Toilette verschwunden.

Konstanze winkelte die Beine an, als sich ihr gegenüber auf dem Sitz ein älterer Mann niederließ.

»He Kleine, einsam heute Nacht, was?«, meckerte der und grinste sie listig an. Sie roch seinen Schweiß und die Alkoholfahne. Zu allem Überfluss fasste er sich jetzt noch an sein Glied und schnarrte: »Ich kenne noch jemanden, der einsam ist.«

Sie sprang auf und er lachte heiser.

Den Rest der Fahrt blieb Konstanze an der Tür stehen und sah sich nicht mehr um, während ihr der Typ irgendwelche Schweinereien zurief. Die wenigen Fahrgäste, die sonst noch anwesend waren, taten wie auch Konstanze so, als würden sie das nicht hören.

Erschöpft erreichte sie ihre kleine Wohnung, nicht weit von einem Studentenwohnheim. Sehnsüchtig blickte sie manchmal aus dem Fenster und sah die lachenden Studenten unten vorbeilaufen. An den Wochenenden im Sommer herrschte oft ein buntes Treiben auf den Straßen. Es war angenehm, das zu sehen, ohne sich selbst unter die Leute mischen zu müssen.

Wie immer begann nun das abendliche Ritual. Ein wenig Wasser für den Bogenhanf, der als Einziger ihre botanische Inkompetenz überlebt hatte, dann Zähne putzen, Gesicht waschen, ausziehen, Schlafanzug an und ab ins Bett. Zum Relaxen eine der Zeitschriften, die ihr immer die nette Angestellte aus der Arztpraxis, in der sie freitags putzte, schenkte. Fast acht Euro kostete das Heft im Handel. Konstanze hätte sich das nie gekauft. Daher spielte es auch keine Rolle, dass es sich stets um ein Exemplar des vergangenen Monats handelte. Nichts, was darin beschrieben oder beworben wurde, hätte sich die Fünfundzwanzigjährige jemals leisten können. Zum Abschalten allerdings taugten die Artikel über die angesagtesten Urlaubsziele, die neue Mode und Parfüms hervorragend.

Konstanze nickte ein und träumte davon, wie sie in einem wallenden pastellfarbenen Hosenanzug und High

Heels mit spitzen Absätzen über das Deck eines Kreuzfahrtschiffes stolzierte, dann änderte sich jedoch alles, die Bilder verschwammen und plötzlich stand Olivia vor ihr. Konstanze trug nicht mehr ihr stylishes Outfit, sondern Arbeitskleidung in Form einer altbackenen Küchenschürze. Onkel Bernd erschien ebenfalls und knurrte: »Wo ist das Klo?«

Konstanze drehte sich zur Seite und sank in einen tiefen Schlaf, vermutlich würde sie diesen Traum am Morgen wieder vergessen haben.

11

Nächster Morgen, Leichenfund von Pfarrer Ignaz Class

Hauptkommissar Stutter versuchte mühsam, seinen Ärger zu unterdrücken. »Wie hat das passieren können?«

Weit mehr als er kämpfte Jasmin mit ihren Gefühlen. »Ich dachte nicht, dass er in Gefahr wäre.«

»Niemand von uns dachte das«, redete ihr der Hauptkommissar gut zu.

»Wenn ich das geahnt hätte«, stammelte Jasmin, die sich schwere Vorwürfe machte. Immerhin hatte sie Stutter geraten, dem Pfarrer Zeit zu lassen. »Wir hatten also recht, Pfarrer Class wusste etwas«, fügte sie bitter an.

»Ja, aber anstatt es uns zu sagen, hat er gewartet, bis jemand aufgetaucht ist, der einen weiteren Kontakt mit uns unbedingt verhindern wollte.«

»Er kannte den Mörder der Frauen«, murmelte Jasmin.

»So scheint es zumindest«, stimmte ihr der Hauptkommissar zu. »Ich weiß, dass das Beichtgeheimnis ein heiliges Sakrament ist, aber war es das wirklich wert?«

Der Gerichtsmediziner gab ihnen ein Zeichen, und die

Beamten, die sich die Schutzanzüge übergestreift hatten, traten näher.

»Er starb nach dem Angriff nicht sofort, deshalb ist es schwierig, zu sagen, wann genau die eigentliche Tat stattfand. Den Todeszeitpunkt würde ich zwischen zwanzig Uhr gestern Abend und Mitternacht festlegen. Vermutlich hat er versucht, über den Boden zu rutschen, dafür sprechen die Blutspuren. Aber offenbar war er zu schwach, um Hilfe zu rufen. Er hat schwere Verletzungen. Genaueres nach der Autopsie.«

»Was denken Sie, was hier passiert ist?«, fragte Stutter nun müde, während er sich im Büro des Pfarrers umsah.

Ein Stück von der Leiche entfernt lag der Strauß Wildblumen zwischen Porzellanscherben. Auf dem Boden entdeckte Stutter eine Blutspur, die direkt zum Körper des Pfarrers führte. In dessen Unterleib steckte noch die Tatwaffe – ein altmodischer Brieföffner, der am Griff bereits abgenutzt war. Die linke Wange des Geistlichen hatte man schwarz bemalt.

»Ich denke, man hat ihn zunächst mit dem Gärtopf niedergeschlagen.« Der Gerichtsmediziner bemerkte das verständnislose Gesicht von Jasmin und erklärte: »Ton- oder Porzellantöpfe, in denen man Sauerkraut macht, Gurken einlegt und so weiter.«

»Ich sah diesen Topf, er hatte ihn als Vase verwendet«, warf die Oberkommissarin ein.

»Damit hat man ihn niedergeschlagen, danach wurden ihm mit dem Brieföffner mehrere Stiche im Unterleib zugefügt, was zu einem hohen Blutverlust geführt hat. Ich nehme an, dass einige der inneren Organe dabei schwer verletzt wurden. Es war jedenfalls kein schneller Tod.«

Stutter schüttelte traurig den Kopf. »Was ist mit seinem Gesicht?«

»Ich tippe auf einen Filzstift, einen dicken Marker«, antwortete der Arzt.

Der Hauptkommissar trat vorsichtig näher an die Leiche heran. »Irgendwelche Verbrennungen?«

»Bisher konnte ich keine entdecken. Aber man hat seine gesamte linke Gesichtshälfte schwarz angemalt, vielleicht werde ich unter der Farbe noch Verletzungen finden. Sieht allerdings für mich nicht so aus.«

Stutters Blick wanderte zum linken Fuß des Opfers. Der Pfarrer trug immer noch seine Schuhe. »Keine Amputation der Zehen?«, fragte der Beamte sicherheitshalber, obwohl er davon nicht ausgehen konnte.

Der Gerichtsmediziner schüttelte den Kopf. »Das kann ich verneinen.« Dann fiel ihm noch etwas ein. »Übrigens haben wir die hier in seiner Hand gefunden.« Der Arzt deutete auf eine der Archivierungstüten, in der Jasmins Visitenkarte steckte. »Lässt mich vermuten, dass er Sie hatte anrufen wollen.«

Leila Maar saß zitternd im Gemeindesaal. Jasmin hatte ihr ein Glas Wasser gereicht und sie um die ersten Daten gebeten.

Die Sozialarbeiterin weinte. Die Oberkommissarin nahm an, dass es nicht nur der Anblick des Toten war, der sie so mitnahm, sondern auch der Gedanke, dass jemand, der so viel Engagement aufbrachte, anderen zu helfen, auf diese Weise sterben musste. Vielleicht fragte sie sich auch, ob ihr ein ähnliches Schicksal drohte. Schließlich war man in dieser Beratungsstelle jedem gegenüber aufgeschlossen. Gerade Leila, die eine Verfechterin der vorurteilslosen Behandlung der Menschen war, die hierherkamen, musste jetzt natürlich befürchten, künftig von Misstrauen und Angst beherrscht zu werden.

»Es tut mir so leid«, schluchzte sie und Jasmin sagte tröstend: »Er war ein netter Mann.«

Leila nickte und schnäuzte sich geräuschvoll.

Auch Hauptkommissar Stutter sprach der Frau sein Beileid aus. »Vielleicht sollten wir uns draußen unterhalten, wenn Ihnen das leichter fällt«, schlug er vor.

Die Sozialarbeiterin schüttelte den Kopf. »Nein, es wird schon gehen. Für neugierige Nachbarn habe ich jetzt auch keinen Nerv.«

Um zu verhindern, dass Leila zusehen musste, wie man die Leiche abtransportieren würde, schlug er vor, sich zu einem kleinen Tisch in einer Nische zu begeben.

Als sie sich gesetzt hatten, entschuldigte sich Leila. »Ich bin normalerweise geübt darin, Krisensituationen zu meistern, aber …«

»Das ist doch verständlich«, redete ihr Jasmin gut zu. »Und wir bedauern, dass wir Ihnen einige Fragen stellen müssen.«

Die Sozialarbeiterin nickte. »Natürlich helfe ich Ihnen. Fragen Sie, ich werde mein Bestes geben.«

»Mich würde interessieren, wann genau, Sie die Beratungsstelle gestern Abend verlassen haben«, begann Stutter die Vernehmung.

»Irgendwann zwischen neunzehn Uhr und neunzehn Uhr dreißig. Ich hatte aufgeräumt, die Läden geschlossen und bin dann noch zum Pfarrer ins Büro, das war so gegen neunzehn Uhr. Kurz haben wir gesprochen.« Sie stockte und erneut liefen ihr Tränen über die Wangen. »Er sagte, er habe noch etwas zu tun, was ich nicht ungewöhnlich fand. Pfarrer Class ist ja nur sporadisch hier, da bleibt immer irgendetwas liegen, das er dann abends aufarbeitet. Er hatte ja auch eine eigene Gemeinde bei Stuttgart.«

»Er besaß einen Schlüssel?«

»Ja, natürlich.«

»Schlossen Sie ab, als Sie gingen?«

»Nein, das macht …« Sie verbesserte sich: »Er machte das dann für gewöhnlich. Wenn er da war, ließ er offen, falls noch ein Notfall eintreffen würde.«

»Das heißt, jeder hätte den Gemeindesaal betreten können?«, hakte Jasmin nach, wunderte sich und drückte das auch aus. »Ist das nicht leichtsinnig? Wenn der Pfarrer in seinem Büro war, dann würde er einen Unbefugten doch gar nicht bemerken.«

Ein sanftes Lächeln huschte über Leilas Gesicht. »Die offene Tür ist doch Sinn und Zweck von so einer Einrichtung. Wir arbeiten nicht mit telefonischen Voranmeldungen. Und was sollten wir befürchten …« Leila brach ab, starrte geistesabwesend auf die Wand. Als wäre es ihr jetzt erst in den Sinn gekommen, sagte sie: »Nehmen Sie tatsächlich an, dass das einer von unseren Besuchern war?«

»Halten Sie es für ausgeschlossen?«, reagierte Stutter mit einer Gegenfrage.

»Ja«, entgegnete sie prompt, machte dann jedoch ein zweifelndes Gesicht. »Bis gestern hätte ich Ihre Frage auf jeden Fall mit *Ja* beantwortet. Hier gibt es nichts zu holen. Kein Bargeld, keine Drogen, meistens haben wir nicht einmal eine Packung Kekse hier.«

»Vielleicht wollte jemand den Pfarrer überfallen und er hat versucht, den Dieb davon abzuhalten«, schlug Stutter vor, obwohl er davon ausging, dass der Tod des Geistlichen kein missglückter Raubüberfall war, denn dessen Handy und Geldbeutel hatten sie auf dem Schreibtisch gefunden. Dem Hauptkommissar ging es momentan einfach nur darum, Informationen zu sammeln.

»Wohl kaum«, seufzte Leila, »der Pfarrer hätte nicht gezögert und die Sachen herausgegeben. Er war besonnen, hätte deshalb nicht sein Leben riskiert.«

»Was denken Sie, was gestern hier passiert ist?«, fragte Stutter nun ohne Vorwarnung.

Leila zuckte zunächst mit den Schultern. »Keine Ahnung, aber womöglich hatte es etwas mit seiner Gemeinde bei Stuttgart zu tun. Darüber weiß ich natürlich nichts.«

»Pfarrer Class hat gestern, als wir ihn allein sprachen, angedeutet, dass er eine der beiden Frauen doch gekannt hat.«

»Wirklich?« Leila schien überrascht.

»Und Sie sind sicher, dass Sie davon nichts wussten?«, bohrte der Hauptkommissar nach.

»Ich wusste nichts davon«, reagierte sie nachdenklich, meinte dann jedoch: »Wie ich bereits gesagt habe, ist er an den Tagen, an denen er in der Beratungsstelle aushilft, häufig länger da als ich.« Entschuldigend erklärte sie: »Ich bin alleinerziehende Mutter, da hat man zu Hause einige Pflichten.«

»Wie alt ist Ihr Kind denn?«, fragte Jasmin freundlich, um das Gespräch vorübergehend aufzulockern.

»Neunzehn«, antwortete Leila herausfordernd, sich wohl bewusst, dass zumindest Hauptkommissar Stutter irritiert die Stirn runzelte. »In dem Alter brauchen viele Jugendliche immer noch den familiären Halt. Ein Alter, in dem man sich schnell beeinflussen lässt, wenn es niemanden gibt, der aufpasst.«

»Sicher, das ist nicht einfach«, erwiderte Jasmin, weil ihr nichts Besseres einfiel.

»Sie könnten sich also vorstellen«, führte Stutter das Gespräch wieder zurück zu dem Toten, »dass der Pfarrer eine der ermordeten Frauen gekannt, mit ihr gesprochen, sie vielleicht sogar betreut hat, Sie aber darüber im Unklaren ließ.«

»Natürlich, das ist sogar aus vielerlei Gründen denkbar.«

Die auffordernde Miene des Hauptkommissars ließ sie

sagen: »Erstens, die Frau hat ihn um Stillschweigen gebeten, zweitens, es war nicht nötig, um ihr zu helfen, einen Arzt, Anwalt oder die Polizei einzuschalten, damit brauchte er sich nicht mit mir auszutauschen, und drittens, wenn er ihr die Beichte abgenommen hat, würde er nie etwas erzählen.«

»Auch nicht, wenn der Beichtende tot ist, brutal ermordet wurde?«, fasste Jasmin nach.

»Dann vielleicht, aber er hat Ihnen nichts gesagt, oder?«, fragte sie in einem Ton, der bedeutete: Damit bestätigt sich meine Einschätzung doch.

»Womöglich hatte er das aber vor und musste deshalb sterben«, blieb Stutter ruhig. »Wer hätte von der Verbindung des Pfarrers zu einer der Frauen wissen können?« Er ließ das »außer Ihnen« weg und dennoch reagierte Leila so, als hätte er es gesagt.

»Wenn ich etwas wüsste, würde ich es gewiss nicht für mich behalten. Der Pfarrer ist tot, mir liegt nicht daran, wegen des Geheimnisses eines anderen ebenfalls zu sterben. Haben Sie vielleicht schon einmal daran gedacht, dass diese Frau, die den Pfarrer angeblich aufsuchte, jemanden über ihr Treffen informiert hat?« Sie bemerkte ihren schroffen Ton und entschuldigte sich: »Tut mir leid, aber ich fühle mich nicht gut, das ist alles ein ziemlicher Schock für mich.«

»Führen Sie denn irgendeine Art Kartei über die Menschen, die bei Ihnen um Hilfe bitten?«, fragte Stutter und gab ihr mit einem wohlwollenden Nicken zu verstehen, dass er Verständnis für sie hatte.

»Erst, wenn Behörden eingeschaltet werden, brauchen wir den echten Namen. Die meisten kommen nur zum Reden, informieren sich über Möglichkeiten und wir drängen niemanden. Damit will ich sagen, wir haben keine Kundendatei.«

Der Hauptkommissar wusste, dass er vorerst nicht mehr

erfahren würde, und sagte freundlich: »Wir werden die Räumlichkeiten so schnell wie möglich wieder freigeben.«

Leila nickte. »Ich würde ungern diejenigen vor den Kopf stoßen, die sich auf mich verlassen.«

»Wie wird es denn nun weitergehen?«, fragte Jasmin mitfühlend.

»Vielleicht bekomme ich einen neuen Pfarrer zugeteilt, womöglich springt jemand von der hiesigen Gemeinde ein, irgendeine Lösung findet sich immer«, entgegnete sie mit fester Stimme.

Jasmin fragte sich jedoch, ob die Frau die Beamten oder eher sich selbst überzeugen wollte.

* * *

Etwas später

Sascha Below fühlte sich unwohl. Sein Chef, Alex Wildhain, hatte ihn gebeten, Platz zu nehmen. Er hätte lieber gestanden, sich im Hintergrund gehalten und gelegentlich zustimmend genickt. Sascha war schon oft dabei gewesen, wenn Wildhain jemanden in sein Büro zitiert hatte. Derjenige hatte dann so wie Sascha gerade angespannt auf dem Stuhl gesessen. Alex blieb zunächst stets freundlich, aber meistens kam dann irgendwann das dicke Ende und er überführte diejenigen, die sich ihm gegenüber nicht loyal verhalten hatten.

Der Dreißigjährige fragte sich, warum er nun hier saß, und befürchtete, dass man ihn gleich irgendeines Vergehens beschuldigen würde.

»Mein Freund«, begann Wildhain kumpelhaft, was Sascha allerdings nicht entspannen ließ. »Ich wollte wissen, wie es dir geht«, fuhr der Nachtklubbesitzer fort.

»Bin etwas neben der Spur«, antwortete Sascha ehrlich. »Jennifer …« Er schluckte.

Wildhain hob die Hand zum Zeichen, dass es nicht nötig war, mehr zu erklären, und erwiderte verständnisvoll: »Ist sicher nicht einfach.«

Sascha gab einen schmerzlichen Laut von sich, der eine Art Zustimmung sein sollte.

»Willst du Urlaub?«, fragte sein Chef.

Er widersprach sofort: »Nein, bitte, bloß nicht. Zu Hause fällt mir die Decke auf den Kopf.« Geknickt fügte er an: »Ich weiß, dass ich im *Masters* Scheiße gebaut hab. Und ich weiß, dass ich es nur den Jungs zu verdanken hab, dass ich den Kerl hinter der Bar nicht totgeschlagen hab. Ich schwör dir, das kommt nicht wieder vor.«

»Nun mal langsam«, beruhigte ihn Alex. »Der Kerl hat immerhin dein Mädchen begrapscht, den Schlag hatte er verdient, mach dir deshalb keine Sorgen.« Er sprach mit einem väterlichen Tonfall und fragte nun beiläufig: »Wie war es denn bei der Polizei?«

»Deine Anwältin ist klasse, hat mich sauber durchgeführt.«

»Das freut mich. Gibt es sonst noch etwas, das du mir sagen willst? Fragen, auf die du eine Antwort erwartest?«

Sascha druckste herum, es lag ihm tatsächlich etwas auf der Seele, etwas, das der Polizist gesagt hatte.

»Nur heraus damit«, redete ihm Alex gut zu, der natürlich längst von Cordula Reich erfahren hatte, dass ein Hauptkommissar namens Jens Stutter einige Bemerkungen gemacht hatte, um Sascha gegen den Nachtklubbesitzer aufzuhetzen.

»Na ja«, begann der Dreißigjährige vorsichtig. »Ist etwas, das der Bulle erwähnt hat. Hast du gewusst, dass Jennifer mit dem Typen aus dem *Masters* rummacht? Hast du mich extra dahin geschickt, damit ich es erfahre?«

Der Türsteher blickte unsicher zu seinem Chef. Er wusste, dass er ihn damit aufforderte, sich zu rechtfertigen, etwas, das man von jemandem wie Wildhain nicht verlangte.

Aber entgegen seinen Erwartungen blieb sein Gegenüber völlig gelassen. Wildhain lehnte sich sogar zurück und warf seinem Mitarbeiter einen freundschaftlichen Blick zu. »Du kennst mich, ich mische mich nicht in die Privatangelegenheiten anderer Leute ein. Ich bin ein viel beschäftigter Mann. Auch wenn mir das Wohl meiner Mitarbeiter sehr am Herzen liegt, geht das doch nicht so weit, dass ich die Treue der jeweiligen Partner überprüfe.« Wildhain leugnete glaubhaft, auch wenn er in Wahrheit sehr viel Wert darauf legte, über eben auch solche Dinge im Bilde zu sein. Gerade Menschen, die so viel vom Geschäft mitbekamen wie Sascha, waren ein beliebtes Ziel für Spitzel. Das jedoch erzählte er seinem Türsteher nicht. Stattdessen fügte er noch an: »Ich war immer ehrlich zu dir und das bin ich auch jetzt. Ich finde es tragisch, dass die Kleine tot ist, aber sie hat dich beschissen, das macht sie nicht zu meiner Freundin. Ich kann durchaus verstehen, wenn du rotgesehen hast und sie …«

»Ich war das nicht!«, widersprach Sascha sofort vehement.

Wildhain hob beschwichtigend die Hände. »Ich würde dich dafür gewiss nicht verurteilen«, warf er mit einem verständnisvollen Lächeln ein.

»Boss, ich hatte damit nichts zu tun«, ereiferte sich Sascha.

»Natürlich nicht«, entgegnete Wildhain auf eine Art, die deutlich machte, dass er genau das Gegenteil annahm. »Und meine Anwältin wird dir immer zur Seite stehen, wenn dir irgendwer etwas anhängen will.«

»Danke, Boss«, erwiderte Sascha.

»Wir hatten uns geeinigt und ich stehe zu meinem Wort.

Deine Abfindung wartet auf dich und wenn du sofort aussteigen willst, werde ich dich nicht zwingen zu bleiben.«

»Nein!«, rief der Türsteher verzweifelt. »Nicht jetzt«, setzte er bitter nach. »Ich brauche den Job, sonst geht mir zu viel in der Birne rum, ich würde am liebsten gar nicht mehr nach Hause.«

Wildhain war mehr als zufrieden. Genau das hatte er hören wollen. »Ja, wenn das so ist, dann kannst du mich bei meiner nächsten Reise begleiten. Ich habe geschäftlich einiges im Ausland zu erledigen und einen guten Mann kann ich immer gebrauchen.«

»Bin dabei«, antwortete Sascha wie aus der Pistole geschossen.

»Dann ist ja alles geklärt«, beendete Wildhain das Gespräch und verabschiedete Sascha mit einem wohlwollenden Nicken.

»Und sorry, Boss, dass ich im *Masters* ausgeflippt bin. Wird nicht wieder vorkommen.«

Wildhain winkte ab und sah dem Angestellten hinterher. Sascha Below war ein guter Kerl, aber dieser Hauptkommissar hielt sich offenbar für besonders schlau. Cordula Reich hatte ihn vor dem Beamten gewarnt und er war nun gespannt, wann er das erste Mal auf den Mann treffen würde.

12

Nach der Befragung durch die Polizei konnte Leila nach Hause gehen. Sie hatte mit ihren Vorgesetzten telefoniert und die hatten sich entschieden, die Beratungsstelle für einige Tage zu schließen, um dem toten Pfarrer Respekt zu zollen.

Leila hatte vehement widersprochen, woraufhin man ihr drei Tage bezahlten Sonderurlaub anbot. Nicht das, was sie eigentlich wollte, denn im Moment war nichts schlimmer, als zu Hause herumzusitzen, aber sie hatte keine Wahl.

Wie befürchtet hatte sich Nathanael trotz seiner gestrigen Beteuerungen am Morgen nicht auf den Weg zur Berufsschule gemacht. Als sie nach Hause kam, saß er im Wohnzimmer vor dem Fernseher, hatte sein Smartphone auf dem Schoß und die Füße auf dem Tisch, direkt neben den Resten seines Frühstücks.

»Warum bist du nicht in der Schule?«, fragte sie müde.

»Mir war schlecht«, sagte er ohne Schuldgefühle und fügte gut gelaunt an: »Keine Sorge, ich habe angerufen und mich ordentlich abgemeldet, wie es sich gehört.« Wie gewöhnlich tat er so, als hätte er damit seiner Mutter einen gewaltigen Gefallen getan und völlig selbstlos gehandelt.

Leila sah das positiv, hielt es für ein Zeichen, dass er

endlich verstand, worauf es ankam, und lobte ihn. »Das ist gut, sehr gut.«

Nathanael hörte ihr nicht zu, sondern hatte sich bereits in das Fernsehprogramm vertieft.

Sie räumte sein Geschirr weg und schrubbte mit einem Lappen die eingetrockneten Milchreste von der Tischplatte.

»Muss das jetzt sein?«, meckerte er, weil sie ihm dabei die Sicht auf den Bildschirm verdeckte.

»Bin gleich weg«, reagierte sie entschuldigend und duckte sich sogar, damit er besser sehen konnte.

»Was machst du überhaupt schon hier?«, fragte er desinteressiert.

»Der Pfarrer ist tot«, erklärte sie tonlos und plötzlich überkamen sie wieder all die Gefühle wie am Morgen, als sie die Leiche im Büro anstarrte. Sie fühlte sich schuldig in vielerlei Hinsicht und seit dem Tod von Ignaz Class hatte sich diese Empfindung verstärkt.

Nathanael bemerkte nicht, was in ihr vorging. Sein einziger Kommentar lautete: »Der Typ war eh alt.«

Wieder unterließ sie es, ihren Sohn zu tadeln. Vielleicht war es sogar besser, solche Dinge wie Nathanael zu sehen. Denn was half es, Ereignisse zu beklagen, die man nicht mehr ändern konnte?

Sie war gerade auf dem Weg zur Küche, als ihr Sohn ihr eröffnete: »Ich werde übrigens nicht mehr dorthin gehen.«

Natürlich verstand Leila sofort, dennoch bewegte sie ein letzter Hoffnungsschimmer zu fragen: »Wohin?«

»Na, zu meiner Ausbildungsfirma. Ich hab genug von dem Laden.«

Dem ersten Impuls, laut und entsetzt aufzuschreien, widerstand die Vierzigjährige. Ganz wie es sich für eine verständnisvolle Mutter gehörte, blieb sie ruhig und setzte sich neben ihren Sohn. Der starrte weiter auf den Fernseher.

»Lass uns darüber reden«, forderte sie ihn geduldig auf.

»Gibt nix zu reden«, knurrte der Neunzehnjährige bockig.

»Du kennst doch unsere Regel: Bei Problemen sprechen wir miteinander, um eine Lösung zu finden.«

»Und wenn es keine Lösung gibt?«, begehrte er auf. »Ich kann da nicht mehr hin.«

»Ist denn etwas vorgefallen?«, fragte Leila einfühlsam.

Kurz druckste Nathanael herum, dann rückte er mit der Sprache heraus. »Mein Meister, er hat mich beschimpft, vor allen anderen«, brachte er atemlos hervor.

»Wie bitte?«, empörte sich Leila. »Das geht doch nicht.«

»Er hat es aber getan und jetzt mobben die mich«, rief er verzweifelt.

»Was genau hat dein Meister denn gesagt?«

Nathanael sträubte sich zunächst, erklärte dann jedoch wütend: »Er hat behauptet, dass ich unmotiviert wäre, dass ich die anderen mit meinen Kaspereien aufhalten und stören und mich wie ein Kleinkind verhalten würde. Seither nennen mich die anderen den kleinen Nathanael.«

»Und gab es einen Grund, warum dich dein Meister so niedergemacht hat?«, fragte Leila vorsichtig.

»Nein, nur dass der Typ mich nicht leiden kann. Angeblich«, fügte er dann in einem Ton an, als wäre das unmöglich, »angeblich hätten die von der Berufsschule angerufen und sich über mein Betragen beklagt.« Er zog eine Schnute und blaffte: »Ich geh dort nicht mehr hin.«

»Wir könnten dir eine andere Lehrstelle suchen«, schlug seine Mutter vor. »Es ist nicht ungewöhnlich, dass Auszubildende ihren Betrieb oder sogar die Branche wechseln, wenn sie merken, dass es für sie nicht passt.«

Nathanael reagierte auf das Ploppen seines Handys, das ihm eine empfangene Nachricht ankündigte, und gab seiner Mutter keine Antwort.

»Was meinst du? Ich könnte meine Fühler ausstrecken, sehen, was es für Angebote gibt.«

»Nicht nötig«, entgegnete ihr Sohn. »Ich habe mich entschieden, keine Ausbildung zu machen.«

»Aber das geht doch nicht, du brauchst eine Ausbildung«, erwiderte Leila entsetzt, die sich nun doch nicht mehr bremsen konnte.

»Wozu?« Sein Kopf hob sich nicht, während er irgendetwas in sein Handy tippte.

»Damit du später Geld verdienen, dich versorgen, deine Familie ernähren kannst«, sagte sie und kam sich wie eine alte Frau vor.

»Du hast eine Ausbildung und einen Job und du kannst uns auch nicht versorgen«, gab er schroff zurück.

»Ich versorge uns«, stammelte sie perplex. »Ich versorge uns seit fast zwanzig Jahren und ich bekam keine Unterstützung von deinem Vater.«

»Vermutlich, weil du ihn mit deinen ständigen Vorschriften vergrault hast«, erwiderte Nathanael schnippisch.

»Er ist gegangen, weil er die Verantwortung nicht übernehmen wollte, und er hat nie einen Cent bezahlt.«

»Lag vielleicht daran, dass du ihn nicht gelassen hast. Er hat mir erzählt, dass er helfen wollte, du das aber ausgeschlagen hättest.«

»Ihr habt Kontakt?«, rief sie nun alarmiert.

»Wir chatten gelegentlich. Hab ihn im Internet gefunden. Er lebt in Thailand, vielleicht ziehe ich zu ihm.«

Leila geriet in Panik. Niemals würde sie das zulassen. Nathanaels Vater taugte nichts, das hatte er noch nie. Er war ein Lügner, ein Betrüger, ein Fremdgeher ohne jedwedes Verantwortungsgefühl. Er würde dem Jungen nur schaden, ihn ausnutzen. Außerdem konnte sich Leila ein Leben ohne ihren Sohn nicht vorstellen. Sie durfte nicht zulassen, ihn zu verlieren, nicht nach allem, was sie für ihn getan hatte.

»Hat er dich eingeladen?«

»Ja, na ja …« Nathanael kam ins Stocken. »Er baut sich gerade ein Geschäft auf und hat momentan zu viel um die Ohren für Besuch. Aber er meint, vielleicht klappt es über Weihnachten.«

Leila entspannte etwas, das hörte sich so an, als hätte sich ihr Ex nicht verändert. Leere Versprechungen und keinerlei ernsthaftes Interesse an seinem Sohn.

»Aber ich dachte, wenn ich Ende des Jahres zu ihm fliege, dann könnte ich eine Zeit lang dortbleiben und vielleicht mit ihm zusammenarbeiten.«

Wieder verkrampfte sich Leilas Magen. Die Vorstellung, Nathanael könnte sie verlassen, und das, um mit seinem Versager von Vater zusammenzuleben, raubte ihr fast den Verstand. Nicht auszudenken, was das am Ende für eine Enttäuschung für ihren Sohn wäre.

Plötzlich kehrte ihr Kampfgeist zurück. Ja, man hatte Nathanael die neunzehntausend Euro gestohlen, weil er leichtsinnig gewesen war. Und ja, dieses Geld war ihre Rücklage gewesen, aber was nützte ihr eine Rücklage, wenn es niemanden gab, für den sich diese Rücklage lohnte? Ihr kam eine Idee. »Ich hätte einen Vorschlag für dich.«

»Bin ganz Ohr«, erwiderte ihr Sohn gelangweilt.

»Wenn du bereit bist, dich zu überwinden und die Ausbildung zu beenden …« Sie beobachtete, wie er ablehnend das Gesicht verzog, und sprach schnell weiter. »Dann kaufe ich dir ein Auto deiner Wahl, allerdings nur von einem Autohaus und in meinem Beisein.«

Abrupt hob er den Kopf, starrte sie an und mit einem Mal sah sie es wieder. Dieses weiche, zärtliche Lächeln, mit dem er sie immer als Kind angelächelt hatte. Das Gefühl, seine größte Heldin zu sein, kehrte zurück und hüllte sie ein wie eine warme Decke. Das war das, was sie spüren wollte, seine Liebe, und dafür wäre sie stets bereit, alles zu tun.

»Auch einen Allrad?«, fragte er fast andächtig.

»Auch einen Allrad«, antwortete sie amüsiert und breitete die Arme aus.

Nathanael stürzte auf sie zu und drückte sie fest.

»Aber die Ausbildung bringst du zu Ende, versprochen?«, flüsterte sie ihm ins Ohr, während sie durch seine Haare wuschelte.

»Klar, Mama, das tue ich nur für dich.«

Erleichtert genoss sie diesen Augenblick und redete sich selbst gut zu. Sie würde eben auf Raten kaufen, so wie alle anderen Menschen auch. Das war keine große Sache, und wenn sie ein paar Einsparungen vornahm … Ihre Haare konnte ihr eine Freundin färben und im Discounter gab es auch gutes Gemüse. Auf Klamotten legte sie sowieso nicht viel Wert, und Tübingen und Umgebung boten so viel, da musste man gewiss keinen teuren Urlaub buchen. Für einen wunderbaren Moment lang war Leilas Welt wieder in Ordnung.

* * *

Dienststelle in Tübingen, zwei Tage später

Die Kollegen stellten Nachforschungen über Pfarrer Ignaz Class an, durchsuchten seine Wohnung, befragten Nachbarn, Gemeindemitglieder, seine Vorgesetzten und Mitarbeiter. Die Untersuchungen ließen Stutter zu dem Schluss kommen, dass es in dem Leben des Mannes nichts gab, was einen Mord erklären würde.

»Es sieht danach aus, dass der Tod des Pfarrers direkt mit den anderen beiden Morden zusammenhängt. Er muss etwas gewusst haben. Oder zumindest hat jemand geglaubt, dass er etwas weiß.«

»Davon gehe ich ebenfalls aus«, warf Jasmin ein. »Ich habe den Background der Opfer weiter überprüft. Ronja wurde christlich erzogen, wohingegen Jennifer Lahke kaum mit Religion in Berührung gekommen ist. Laut der Mitbewohnerin Emily Scharer steckte sie auch in keiner wie auch immer gearteten Gefühlskrise. Ich denke nicht, dass sie den Pfarrer aufgesucht hat. Allerdings war Sascha Belows Verhalten – seine Eifersucht und Anhänglichkeit – laut Emily ein Problem. Vielleicht ist er deswegen beim Pfarrer gewesen. Er hat eine riesige Madonna auf den Oberarm tätowiert, das bedeutet doch etwas. Er kann dem Pfarrer von Jennifer erzählt haben, hat ihm sicher ein Bild gezeigt. Vielleicht hat er von seiner Wut auf die Frau erzählt oder Schlimmeres.«

»Du denkst, er hat ihm den Mord gestanden?«, fragte Stutter ungläubig. »Wäre der Pfarrer dann wirklich bereit gewesen, darüber zu schweigen?«

»Das werden wir wohl nie erfahren. Aber was, wenn er dachte, es wäre klug, dem Mörder die Möglichkeit zu geben, sich selbst zu stellen. Folgendes Szenario: Ignaz Class nimmt mit Sascha Below Kontakt auf, bestellt ihn ein. Er sagt ihm, dass die Polizei bereits ermittelt und er nicht länger schweigen kann. Das erklärt, warum er, als man ihn fand, meine Visitenkarte in der Hand hielt. Er wollte sich bei mir melden. Allerdings will er Below zuvor die Chance geben, Buße zu tun und ein Geständnis abzulegen.«

»Daraufhin zertrümmert Below diesen Gärkrug auf dem Kopf des Pfarrers und sticht mehrmals mit dem Brieföffner zu. Eine Tat im Affekt, das wäre denkbar und würde auch das nur teilweise ausgeführte Ritual erklären«, übernahm es Stutter, weiter zu spekulieren. »Aber warum hat Sascha Below Ronja Schneider umgebracht?«, ergänzte er und sah seine Kollegin fragend an.

»Entweder, weil er ein durchgedrehter Spinner ist und sie einfach zufällig sein erstes Opfer war, oder weil ihm jemand wie Wildhain den Auftrag dazu gegeben hat. Möglich, dass das Ritual dann nur eine Ablenkung war. Da es bei Ronja funktioniert hat, wiederholt er es einfach bei seiner untreuen Freundin, danach muss er sich nur noch des Pfarrers entledigen.«

»Ich halte Below nicht für besonders gerissen«, warf Stutter ein. »Das Töten traue ich ihm zu, aber ein Ritual, um uns auf Irrwege zu schicken?« Der Hauptkommissar blieb unschlüssig. »Warum hat man dem Pfarrer nicht die Zehen amputiert?«

»Vielleicht etwas, das mit den Frauen zu tun hat, eine sexuelle Neigung, es gibt zahlreiche Fußfetischisten.«

»Und die Verbrennungen bei Ronja und Jennifer?«, überlegte Stutter laut.

»Vielleicht sollte die Haut nicht verbrannt werden, sondern nur entsprechend aussehen. Beim Pfarrer hat der Täter dann einen einfachen Weg gewählt. Die Kriminaltechnik hat den Stift gefunden, er war für den Mörder verfügbar. So wie bei Ronja die Zigaretten und bei Jennifer das Bügeleisen.«

»Hm.« Ihr Vorgesetzter schien nicht überzeugt. »Oder aber das Verbrennen war das eigentliche Ziel und beim Pfarrer fehlte die Zeit dazu. Ihm wurden auch nicht die Haare geschnitten oder die Zehen amputiert. Wurde das ebenfalls aus Zeitmangel unterlassen?« Er seufzte. »Wir müssen noch mehr über Ronja herausfinden. Ich weiß, dass ihre Eltern nicht mit uns sprechen möchten, aber ich will mir ein besseres Bild von der Toten machen.«

»Fahren wir einfach vorbei«, schlug Jasmin vor.

»Ich denke, das wäre das Beste, und danach will ich mit Alex Wildhain sprechen.«

»Du hast das lange hinausgezögert«, entgegnete Jasmin.

Es sollte keine Kritik sein, auch wenn sie selbst anders vorgegangen wäre.

Der Hauptkommissar grinste. »Verstehe schon, du denkst, ich hätte in der Richtung mehr Druck machen müssen?«

»Irgendwie schon«, gab sie ehrlich zu.

Stutter war nicht eingeschnappt, sondern erklärte ruhig: »Du kannst mir glauben: Dass wir ihn bislang noch nicht aufgesucht haben, erzeugt bei dem Mann sicher mehr Druck, als wenn wir ihn jeden Tag beehrt hätten. Er wird sich fragen, was wir in der Zeit gegen ihn sammeln. Ich bin überzeugt, dass er es kaum erwarten kann, uns zu empfangen.«

* * *

Auf dem Flur traf Jasmin auf ihren Kollegen Ehrbecker. Er grinste anzüglich, so wie er es seit ihrem leidenschaftlichen Abenteuer immer tat, wenn niemand in der Nähe war.

»Du fehlst mir«, flüsterte er ihr zu und schob sich sehr dicht an sie heran.

Sie grinste, trat aber einen Schritt zurück. »Hör auf damit. Wenn uns jemand sieht …«, erwiderte Jasmin halb verärgert, halb belustigt.

»Dann sind wir eben zwei Kollegen, die geheime Informationen austauschen. Immerhin bist du die Mitarbeiterin des berühmten Jens Stutters.«

Sie prustete. »Welche geheimen Dinge sollten das denn sein?«

»Zum Beispiel, dass du das Heißeste bist, was das BKA zu bieten hat, und dass ich dich jetzt am liebsten in die Toilette am Ende des Flurs schleifen und bis zur Besinnungslosigkeit vögeln würde.«

Sehr zu ihrem Ärger lief Jasmin rot an. »Jetzt reicht es

aber«, sagte sie tadelnd. »Das nächste Mal, wenn es denn ein nächstes Mal gibt«, erwiderte sie und warf ihm einen vielsagenden Blick zu, »will ich auf einem kühlen weißen Laken liegen und nicht befürchten müssen, dass mich das Ordnungsamt wegen Erregung öffentlichen Ärgernisses verwarnt.«

Er lachte herzhaft.

In diesem Moment öffnete sich eine Tür, und Stutter trat zu ihnen auf den Flur. Er sah von einem zum anderen, aber da ihm augenscheinlich keiner der beiden erzählen wollte, was denn so lustig war, grüßte er Ehrbecker lediglich freundlich und sagte an Jasmin gewandt: »Können wir?«

Sie nickte und Ehrbecker murmelte: »Ich muss auch los, Wäsche kaufen.«

Auf dem Weg nach draußen ging Jasmin zwar an Stutters Seite, vermied aber, ihn anzusehen.

Als der schließlich fragte: »Wer fährt?«, war sie erleichtert, dass er offenbar nichts bemerkt hatte.

13

Die Beamten vom BKA erreichten das Haus der Familie Schneider am späten Vormittag. Auf der Fahrt hatten sie über den Fall gesprochen, und so waren, zu Jasmins Erleichterung, keine Fragen bezüglich Hauptkommissar Ehrbecker von Stutter gestellt worden.

»Hier muss es sein«, sagte die Oberkommissarin schließlich und parkte den Wagen vor dem Einfamilienhaus.

»Soviel ich weiß, lebte Ronja in der Einliegerwohnung«, erklärte Stutter, der sich entsprechend informiert hatte.

»Hoffen wir, dass jemand da ist«, entgegnete Jasmin, die das Haus mit gerunzelter Stirn betrachtete. »Aus irgendeinem Grund kommt es mir so vor, als könnte ich dem Gebäude ansehen, dass sich hier eine Tragödie ereignet hat«, fügte sie an und meinte dann: »Ich habe vermutlich zu viel Fantasie.«

Ihr Kollege widersprach: »Nein, du hast eine gute Beobachtungsgabe.« Er deutete mit dem Kopf zu dem Rasenstück. »Man sieht, dass der Vorgarten mit viel Sorgfalt angelegt wurde, akkurate Beete, gestutzte Hecken. Ich nehme an, dass der Rasen für gewöhnlich so kurz ist wie das Gras auf einem Fußballfeld, dass die Rosen nicht die Köpfe hängen lassen, weil man vergessen hat, sie zu gießen, und dass die Eigentümer die leere Plastikflasche, die jemand über den Zaun geworfen hat, sicher weggeräumt hätten. Die Mülltonnen stehen nicht an ihrem üblichen Platz, sondern schief, und Werbeprospekte liegen vor der Haustür. Alles Dinge, die für die Eltern der Verstorbenen momentan keine Rolle mehr spielen.« Er sah nun zu Jasmin und sagte traurig: »Du hast recht, man sieht, dass hier etwas vorgefallen ist, das den Alltag der Bewohner verändert hat.« Er deutete zum geparkten Wagen vor der Garage. Auf der Kühlerhaube konnte man weiße Flecken erkennen, die Hinterlassenschaften der Amseln, die sich auf dem Baum darüber eingenistet hatten. »So wie das Auto aussieht, hat man es noch bis vor Kurzem regelmäßig auf Hochglanz poliert, doch momentan interessiert es den Besitzer nicht, ob der Lack verätzt. Wenn man jemanden verliert, den man liebt, wird alles andere unwichtig.«

Jasmin nickte. »Gerade frage ich mich, ob wir nicht schon zu oft Teil dieser Tragödien wurden. Manchmal ist das schwer auszuhalten.«

»Du musst dir vor Augen führen, dass wir versuchen, Gerechtigkeit für die Opfer zu schaffen. Das kann für die Hinterbliebenen ein nicht zu unterschätzender Trost sein. Aber wenn es dir lieber ist, kannst du auch im Wagen warten.«

»Nein, so habe ich das nicht gemeint. Ich hatte nur gehofft, dass ich mich eines Tages daran gewöhnen würde.«

»Besser nicht«, redete ihr Stutter gut zu. »Abzustumpfen, mag Vorteile für dein Seelenheil haben, aber es macht dich als Polizistin auch unaufmerksam.«

Sie blickten immer noch zum Haus und registrierten, dass sich einer der Vorhänge bewegte.

»Es wird Zeit, dass wir uns vorstellen«, sagte der Hauptkommissar daraufhin und schob das hüfthohe Gartentor auf.

Sie klingelten und ihnen wurde von Frau Schneider geöffnet.

Die Mutter von Ronja sah hager aus, abgehärmt, krank. Ihre Augen, rot unterlaufen vom Weinen, blickten die Beamten feindselig an. »Was wollen Sie?«, zischte sie genervt. »Was schleichen Sie vor unserem Haus herum?«

Sie war voller Zorn, und jede Gelegenheit, den zum Ausdruck zu bringen, schien ihr willkommen.

Freundlich stellte Stutter sich und seine Kollegin vor, zückte den Ausweis und erklärte, dass man ihn hinzugezogen hatte.

Frau Schneider stand aufrecht wie eine Soldatin, verzog keine Miene, sondern presste die Lippen fest aufeinander und blinzelte nicht einmal.

»Wir würden uns gerne mit Ihnen über Ronja unterhalten und uns natürlich auch in der Wohnung Ihrer Tochter umsehen.«

»Wenn Sie den, der das getan hat, erschossen haben, dann können Sie wiederkommen und sich unterhalten. Aber solange ist keiner von euch hier erwünscht. Verschwinden Sie und machen Sie Ihre Arbeit.« Ihre Wut steigerte sich und Jasmin bewunderte, wie geduldig sich Stutter als Prellbock zur Verfügung stellte. »Sie sind vom BKA? Na, fantastisch. Wie viele von euch kommen denn noch, um mir wieder und wieder die gleichen Fragen zu stellen? Wie oft wollt ihr noch in der Wohnung meines Kindes herumtrampeln und ihre Schubladen durchsuchen, in ihrer Wäsche kramen wie verfluchte Perverse? Glaubt die Polizei denn, dass sich der Mörder meiner Tochter unter ihrem Bett versteckt? Zum Teufel mit euch!«, meckerte sie und nun gelang es ihr nicht mehr, die Tränen zurückzuhalten. Sie weinte und beschimpfte Stutter und jedes Mal, wenn sie das Wort an ihn richtete, war es, als würde sie ein noch größeres Geschütz auffahren und abfeuern. Am Ende hielt sie sich zitternd am Türrahmen fest und es war jener Polizist, den sie eben noch so fürchterlich beschimpft hatte, der sie sachte in den Arm nahm und an sich drückte, während sich ihre Tränen auf seinem Hemd ausbreiteten. Jasmin rang selbst mit den Tränen, denn der Schmerz der Mutter war fast körperlich zu spüren.

Dennoch entging ihr nicht, wie Stutter sehr leise sagte: »Ich verspreche Ihnen, ich werde alles in meiner Macht Stehende tun, um den Verantwortlichen zu finden.«

Sie schluchzte, konnte nichts entgegnen, denn dazu fehlte Ronjas Mutter die Kraft. Plötzlich tauchte jemand aus dem hinteren Bereich auf. Das musste der Vater sein. Auch er war gezeichnet von Trauer.

Dieses Mal übernahm es Jasmin, sich zu erklären.

Er nickte. »Natürlich, ich werde Ihnen die Wohnung zeigen, ich möchte nur erst meine Frau nach oben bringen.«

Als der Hauptkommissar Frieda Schneider sanft von sich schob, schluchzte sie schwer und murmelte: »Mein Mann wird Ihnen aufschließen.« Dann ließ sie sich die Treppe hinaufführen.

Die Beamten traten unaufgefordert in den Hausflur und schlossen die Tür hinter sich. Sie nahmen an, dass es im Sinne der Familie war, die Blicke der Nachbarn nicht auf sich zu ziehen.

Es waren lange, unangenehme zehn Minuten, die Stutter und Nau warten mussten.

Als Herr Schneider wieder auftauchte, bat er sie, ihm zu folgen. »Sie weigert sich, die Medikamente zu nehmen«, begann er zu erklären. »Sie sagt, sie will bei klarem Verstand um ihr Kind trauern. Sie hätte keine Medikamente bei der Geburt gebraucht, also würde sie auch bei ihrem Tod darauf verzichten. Sie …« Er schluckte, brach ab und deutete mit der Hand auf die Tür, die in Ronjas Wohnung führte.

»Ich mache Ihnen einen Kaffee«, sagte er, nachdem er die Beamten hineingebeten hatte.

Stutter wollte widersprechen, aber Herr Schneider bestand darauf. »Lassen Sie mich das tun, das hilft mir. Sehen Sie sich hier um, ich bin gleich zurück.«

Als er die Wohnung verlassen hatte, war es für Jasmin, als hätte sie die ganze Zeit über die Luft angehalten. Sie atmete laut ein und aus.

»Ich wünschte, ich könnte etwas für die beiden tun«, sagte sie verzweifelt.

»Tun wir unsere Arbeit, damit werden wir am meisten helfen.«

Jasmin versuchte, all die eben erlebten Emotionen wegzuschieben, und betrachtete aufmerksam die Räume. Es war ein schönes Appartement. Im Wohnzimmer gab es eine große Terrassentür, die zum hinteren Gartengrundstück führte und den Raum sehr hell und freundlich machte. Die Einrichtung war schick, allerdings fehlte die persönliche Note. Die Küche hatte alles, was man brauchte, und darüber hinaus. Schnickschnack, wie Jasmin fand, die selbst keine große Köchin war, und plötzlich fiel ihr etwas auf. »Ich glaube nicht, dass Ronja sich hier wohlgefühlt hat.«

Stutter, der ihr gefolgt war, sah sie fragend an.

»Das ist kein Zuhause, in das man sich zurückzieht, sich wohlfühlt. Das ist kein Nest, das ist allenfalls eine Art Wartezimmer.«

»Du denkst, Ronja hatte kein Privatleben?«

»Bisher haben wir darüber nichts erfahren. Familie, Freunde, Kollegen, alle sagen das Gleiche. Ronja hat für ihren Job gelebt.«

Stutter dachte über die Worte seiner Kollegin nach, während er im Schlafzimmer die Schränke öffnete. »Keine ausgefallene Freizeitgarderobe«, stellte er nüchtern fest.

»Genau das meine ich«, erklärte Jasmin eifrig. »Ronja war eine gut aussehende Frau, aber nichts deutet auf einen Partner, auf heiße Dates oder etwas in der Art hin. Ihre Kleidung ist praktisch, langweilig. Mein Gott, sie war doch erst achtundzwanzig. Nirgendwo hängen Urlaubsbilder, laut der Akte war in ihrer Wohnung nichts, das auf ein Privatleben hinweist. Als hätte sie befürchtet, dass eines Tages jemand kommt, alles durchsucht und ihre Geheimnisse lüften könnte.«

Der Hauptkommissar gab Jasmin recht. »Vielleicht hatte sie noch einen anderen Rückzugsort, außerhalb dieses Hauses. Womöglich wollte sie nicht, dass die Eltern etwas erfahren.«

»Meinst du, dass die beiden in ihrer Wohnung herumgeschnüffelt haben?«, fragte Jasmin überrascht.

»Ich nehme nicht an, dass die das bewusst getan haben. Aber in so einer Wohnkonstellation gehe ich davon aus, dass die Eltern zumindest einen Schlüssel besaßen, und vermutlich hat die Mutter der Tochter die Wäsche gewaschen, der Vater die Terrasse gereinigt, solche Dinge eben.«

Stutter betrat wieder das lichtdurchflutete Wohnzimmer und da fiel ihm etwas unter dem Schreibtisch auf. Die Kacheln wirkten abgenutzt, ein Umstand, der ihnen einen besonderen Charme verlieh und Absicht war. Man hatte sie bereits so gekauft. Deshalb war es auch Zufall, dass er den Kratzer unter dem Schreibtisch entdeckte. Man konnte ihn nur bemerken, wenn das Licht entsprechend auf die Stelle traf. Er ging in die Knie.

»Sieh dir das an«, sagte er, woraufhin Jasmin erwiderte: »Ein Kratzer? Den erkennt man ja kaum. Vermutlich wurde das Möbelstück ungeschickt verrückt.«

»Das ist ein leichter Schreibtisch. Um eine Spur zu hinterlassen, muss der schon öfter verrückt worden sein.«

Und noch ehe die Oberkommissarin etwas erwidern konnte, schob Stutter den Tisch zur Seite.

»Was haben wir denn da?«, rief er triumphierend und hob die lose Kachel an.

Jasmin trat zu ihm und entgegnete: »Ein Versteck. Das wurde im Bericht nicht erwähnt.«

»Weil es die Kriminaltechnik nicht gefunden hat, allerdings kann man ihnen daraus keinen Vorwurf machen. Das ist wirklich ein hervorragendes Geheimfach«, erwiderte Stutter und fasste in die Öffnung. »Leider leer.« Er fluchte bedauernd.

»Vielleicht war nie etwas darin«, warf Jasmin ein.

»Oder jemand anderes hat davon gewusst und alles entfernt«, entgegnete Stutter verärgert.

* * *

Sie waren bereits fertig, als Ronjas Vater mit einem Tablett zurückkam. Mit zitternder Hand stellte er die Tassen auf den zierlichen Esstisch im Wohnzimmer. Er hatte sogar einen Teller mit Schokoladenkuchen dabei. Die akkurat quadratisch geschnittenen kleinen Stücke dufteten verführerisch.

»Bedienen Sie sich«, forderte er freundlich auf. »Der Kuchen ist von der Nachbarin. Sie meint es gut und bringt uns ständig Essen. Frieda rührt kaum etwas an.« Er brach ab, räusperte sich und sagte erneut: »Bitte, greifen Sie zu. Man nennt ihn Teufelskuchen, Ronja hat diesen Schokoladenkuchen geliebt.« Nur schwer konnte er die Tränen zurückhalten. »Sie war ein gutes Mädchen«, sagte er nun sehr leise.

»Daran habe ich keinen Zweifel«, erwiderte Stutter. Er schämte sich nicht dafür, dass das nicht ganz seiner wirklichen Meinung entsprach. Seine Zustimmung galt vor allem dem Verhältnis zwischen Vater und Tochter, und da bezweifelte er tatsächlich nicht, dass sich die beiden gut verstanden hatten. Ansonsten wäre die Tochter sicher auch ausgezogen.

»Sie war als Kind völlig unproblematisch. Immer darauf aus, uns Freude zu bereiten. Ich denke, deshalb hat sie auch diesen Beruf gewählt.«

Die Beamten sahen den Mann irritiert an, bevor Jasmin direkt fragte: »Sie wollten, dass Ihre Tochter in den Polizeidienst eintritt?«

»Nein.« Er winkte schnell ab. »So war das nicht. Aber am Ende, denke ich, tat Ronja das, weil sie glaubte, mir damit eine Freude zu machen.«

»Und stimmte das?«, forderte ihn die Oberkommissarin auf, weiterzusprechen.

»In der Tat, ja.« Er holte schwerfällig Luft. »Ich wollte früher selbst zur Polizei, aber meine schlechten Augen« – er deutete automatisch mit dem Zeigefinger auf seine Brille – »machten das unmöglich. Ich befürchte, dass ich ihr zu viel davon vorgeschwärmt habe und schließlich wuchs so ihre Begeisterung. Ich war natürlich mächtig stolz, als sie die Aufnahmetests mit Bravour bestanden hatte. Meine Frau übrigens auch. Wir haben immer mit ihr angegeben. Unsere Tochter, die Polizistin.« Er lachte auf, nur um sofort wieder in sich zusammenzusinken. »Dabei hätte ich es bemerken müssen.«

»Was?«, hakte dieses Mal Stutter nach und man merkte ihm an, wie angespannt er plötzlich war.

»Dass es ein Fehler gewesen war, ihr dazu zu raten.« Er schwieg und zunächst schien es, als würde er nichts weiter sagen, dann jedoch ergossen sich seine Worte wie ein gewaltiger Sturzbach über den Beamten. »Es war zu viel für sie. Sie wollte es richtig machen, setzte sich zu sehr unter Druck. Ich habe es ihr angesehen. Aber wenn ich sie gefragt habe, lenkte sie immer ab. Sprach davon, dass sie müde wäre, dass sie an einem komplizierten Fall arbeiten müsste. Sie wollte eines Tages Kommissariatsleiterin werden und sie arbeitete fleißig daran. Aber ich glaube, sie hat sich dabei übernommen. Bevor sie sich verabschiedete, sagte sie mir, dass sie nach diesem Einsatz aufsteigen könnte. Ich habe ihr gesagt, wie stolz ich auf sie bin, weil ich dachte, das sei richtig. Aber mir ist erst jetzt bewusst geworden, dass ich mein Kind hätte bremsen müssen. Am Ende glaubte sie womöglich, Erfolg wäre der Preis für unsere Liebe.« Er blickte auf und suchte in Stutters Gesicht eine Antwort.

Dem Hauptkommissar schien es angebracht, dem Mann zu widersprechen. »Womöglich hat Ihre Tochter den Anspruch gehabt, die eigenen Eltern stolz zu machen. Aber ihren Beruf hat sie sich selbst ausgesucht und auch die Art und Weise, wie sie ihn ausüben wollte. Ich selbst habe einige Dienstjahre auf dem Buckel und kenne zahlreiche altgediente Kollegen. Deshalb weiß ich, dass man diesen Job nicht nur ausübt, weil man elterliche Erwartungen erfüllen will. Im Normalfall spielt die Berufung selbst eine große Rolle. Polizisten gehen jeden Tag sehr bewusst ein großes Risiko ein. Das geht nur mit einer gewissen Überzeugung.«

»Im Nachhinein befürchte ich dennoch, dass es nicht das Richtige für sie war«, schluchzte der Vater.

»Ihr wäre die Möglichkeit geblieben, zu gehen«, hielt es Stutter für angebracht, das klarzustellen.

»Sie möchten mich trösten, und das ist sehr freundlich von Ihnen, aber wem mache ich etwas vor? Ronja hätte nie aufgegeben, das wäre ihr wie Versagen vorgekommen, und dass sie so empfunden hat, war meine Schuld. Ihr Tod war meine Schuld.«

»In erster Linie war es die Schuld des Täters«, warf Jasmin ein und Herr Schneider nickte gequält.

»Werden Sie denjenigen denn jemals verhaften?« Er

blickte von einem zum anderen. »Ich weiß, dass Sie das versuchen werden. Mir ist schon klar, dass man dem Fall meiner Tochter eine besondere Aufmerksamkeit schenkt. Erst die ganzen Leute von der Spurensicherung und die Befragungen von Hauptkommissar Oberbichl, dann tauchen Sie auf, davor eine Kollegin von Ronja. Ich sehe, dass Sie alle Hebel in Bewegung setzen, aber gibt es denn eine reelle Chance auf Gerechtigkeit?«

Stutter übernahm das Antworten. »Ich bin hier, um diesen Fall aufzuklären, und ja, meiner Meinung nach besteht eine reelle Chance. Daher« – er sah nun eindringlich zu seinem Gegenüber – »möchte ich Ihnen noch ein paar Fragen stellen. Womöglich ist die ein oder andere unangenehm, allerdings würde mir die aufrichtige Beantwortung weiterhelfen.«

»Fragen Sie«, sagte Herr Schneider tapfer. »Was es auch ist, ich versuche zu antworten.«

Wieder machte er eine auffordernde Geste in Richtung des Kuchens, und um ihm einen Gefallen zu tun, griff sich Jasmin ein Stück und biss hinein.

Ihr Gastgeber schien zufrieden und schlürfte seinen Kaffee.

»Hatte Ihre Tochter jemals Probleme mit Drogen?«, fragte Stutter ganz direkt.

Obwohl er mit einer vehementen Zurückweisung gerechnet hatte, schwieg der Vater, wich dem Blick des Beamten aus.

»Man hätte sie entlassen, wenn das der Fall gewesen wäre«, entgegnete er umständlich.

Der Hauptkommissar gab sich damit nicht zufrieden. »Herr Schneider, das ist wirklich eine wichtige Information für uns.«

»Hat sie denn Drogen genommen?«, fragte der Vater, statt darauf zu antworten.

»Würde es Sie überraschen?«, blieb Stutter hartnäckig.

Endlich reagierte Herr Schneider, murmelte: »Es gab eine Zeit, da hat sie mehr getrunken, als gut für sie war, aber dabei handelte es sich nur um eine Phase.«

»Eine Phase, als Jugendliche?«, wollte es Jasmin genau wissen. »Hat sie viel gefeiert, Partys besucht?«

»Nein«, sprach der Vater unglücklich weiter. »So war sie nie. Wir haben immer darauf geachtet, dass sie in einem ordentlichen Umfeld aufwächst.«

»Warum dann?«, bohrte Stutter weiter.

»Es ist etwas vorgefallen, während ihres ersten Jahres im Einsatz. Ein Kollege wurde verletzt und sie gab sich die Schuld.«

Stutter sah zu Jasmin, die schüttelte kaum merklich den Kopf, zum Zeichen, dass sie davon nichts wusste.

»Ronja war eine Weile beurlaubt, aber die Sache klärte sich und man gab ihr keine Schuld. Sie selbst jedoch ging hart mit sich ins Gericht.«

»Sie hat ihren Kummer ertränkt«, half Jasmin nach.

»So könnte man es nennen. Aber sie riss sich zusammen und rappelte sich auf, so wie sie es immer tat. Wir haben sie stets dazu angehalten, nicht aufzugeben und nicht wegzulaufen. Das habe ich ihr damals auch gesagt.« Plötzlich schlug er die Hände vors Gesicht. »Ich hätte sie nicht drängen dürfen, weiterzumachen.«

»Wenn ich richtig rechne, liegt dieser Vorfall Jahre zurück«, warf der Hauptkommissar ein. »Ist Ihnen in jüngster Zeit aufgefallen, dass Ihre Tochter unverhältnismäßig viel Alkohol konsumiert hat?«

Er schüttelte schluchzend den Kopf. »Nach dieser Sache war sie sehr diszipliniert.«

Der Hauptkommissar hatte noch eine weitere Frage. »Wie sah es mit Beziehungen aus?«

Gequält lachte Herr Schneider auf. »Ronja hatte gar

keine Zeit für Beziehungen. Wir haben sie nicht streng erzogen, was das angeht. Aber offenbar hat sie einige unserer Ratschläge beherzt.«

»Die da waren?«, hakte dieses Mal Jasmin nach.

»Verschwende nicht deine Zeit mit Menschen, die es nicht wert sind«, antwortete der Mann wie aus der Pistole geschossen. »Ronja sah das schließlich genauso und entschloss sich, auf den Richtigen zu warten.«

»Jungfräulich in die Ehe?«, rutschte Jasmin die Frage sarkastischer heraus, als sie eigentlich geplant hatte.

Ihr Gegenüber schien die unterschwellige Kritik nicht zu bemerken und antwortete gelassen. »Meine Frau und ich versuchten unsere Tochter vor Enttäuschungen zu bewahren. Wir haben ihr ein gesundes Moralempfinden mit auf den Weg gegeben und sie im christlichen Glauben erzogen. Man kann ein moderner Mensch sein und trotzdem Grenzen setzen. Und Ronja war da ganz unserer Meinung. Sie konzentrierte sich lieber auf ihren Beruf, das hat sie uns immer versichert.«

Stutter warf seiner Kollegin einen auffordernden Blick zu, sie waren hier fertig und erhoben sich.

»Jetzt haben Sie ja gar keinen Kuchen gegessen«, wandte sich der Vater vorwurfsvoll an Stutter.

Der wusste nicht, wie er darauf reagieren sollte, denn der Mann schien darüber so betrübt, dass er das dringende Bedürfnis hatte, sein Versäumnis wiedergutzumachen.

Jasmin sprang ein und erklärte kurzerhand: »Ich werde ein Stück einpacken, wenn es recht ist.«

Herr Schneider lächelte. »Sicher, das ist eine gute Idee.«

Er brachte sie zum Gartentor, und beim Verabschieden fiel dem Hauptkommissar noch etwas ein. »Sie sagten vorhin, es wäre eine Kollegin von Ronja bei Ihnen gewesen, wann genau war das?«

»Vor ein paar Tagen, sie wollte noch einmal die Wohnung inspizieren.«

»Und?«, fragte Stutter. »Haben Sie sie hineingelassen?«

»Sicher.« Der Mann wirkte verdutzt.

»Waren Sie oder Ihre Frau dabei?«

»Nein, Frieda hat seit Ronjas Tod keinen Fuß mehr in die Räume gesetzt und ich bin bei ihr geblieben. Wir gaben der jungen Frau den Schlüssel. War das falsch?«

»Nein, nein«, winkte Stutter ab. »Ich bräuchte nur den Namen der Kollegin, dann kann ich mich mit ihr absprechen«, erwiderte der Hauptkommissar leichthin. »An diesen Ermittlungen sind so viele Beamte beteiligt, da verliert man schnell den Überblick.«

Herr Schneider nickte verständnisvoll. Ohnehin war anzunehmen, dass er aufgrund seiner Trauer gar nicht in der Lage war, die Begründung zu hinterfragen. Deshalb antwortete er ohne Misstrauen: »Die Frau hieß Wagner, den Vornamen habe ich leider vergessen.«

* * *

Als die Beamten wieder im Wagen saßen, stieß Jasmin einen langen Seufzer aus. »Ich nehme an, dass der Vater nicht bewusst diesen Eindruck vermitteln wollte, aber inzwischen glaube ich, dass Ronja Schneider regelrecht in der Falle saß.«

Stutter auf dem Beifahrersitz nickte und betrachtete das in ein Papiertaschentuch eingewickelte Stück Kuchen, das er auf seinem Schoß balancierte.

»Sieht so aus, als wäre die Tote bis ins Erwachsenenalter darauf bedacht gewesen, ihren Eltern alles recht zu machen«, merkte er an.

»Deshalb ist auch die Wohnung so unpersönlich. Ich nehme an, die Eltern haben die Einrichtung mit ausgesucht. Als würde man einer Puppe ein Haus einrichten.«

»Fassen wir also zusammen. Ronja Schneider wurde von den Eltern geliebt und wohl behütet.«

»Zu wohl behütet«, warf Jasmin ein. »Ich würde sagen, die war unter deren Kontrolle. Wählte einen Job, den sich der Vater für sich selbst erträumt hatte, machte ihn stolz. Die Mutter gab mit ihr an. Man redete ihr ein, dass man sich immer durchwursteln muss, nie aufgeben darf, alle Männer eine Gefahr bedeuten, sie sich auf ihren Beruf konzentrieren und Beziehungen am besten vergessen soll. So blieb sie in ihrem Puppenhaus sitzen und die beiden hatten weiter Kontrolle über das Kind.«

Jasmin hatte sich in Rage geredet, und Stutter sah sich genötigt, Einspruch einzulegen. »Ich denke nicht, dass das Absicht war. Aber vermutlich hat es dazu geführt, dass Ronja anfälliger war für eine in ihren Augen faszinierende Welt der Nachtschwärmer, Bars und Klubs. Sie hat zum Alkohol gegriffen, als sie vor Jahren unter Druck stand. Wie groß war der Druck bei diesem verdeckten Einsatz? Womöglich deshalb die Drogen. Vielleicht gelang es einem Mann wie Alex Wildhain, sie zu beeindrucken, das muss sie zerrissen haben. Umso interessanter wird für mich die Frage«, sagte Stutter nun mit Nachdruck, »warum Oberkommissarin Nelly Wagner es nicht für nötig gehalten hat, uns über ihre Nachforschungen in der Wohnung des Opfers zu unterrichten. Ich bin sehr gespannt, wie sie das erklären wird.«

»Denkst du, sie hat sich an dem geheimen Fach im Fußboden zu schaffen gemacht?«

»Ich hoffe es. Denn wenn sie es war, stehen die Chancen weitaus besser zu erfahren, was drin war. Ihr kann ich mit disziplinarischen Maßnahmen drohen. Sollten die Eltern es geleert haben, beißen wir auf Granit. Wenn die nicht möchten, dass wir erfahren, was drin war, werden die uns das auch nicht sagen.«

14

Stutter saß in seinem provisorischen Büro, um sich auf den Termin mit Nelly Wagner vorzubereiten. Er hatte sie für den Nachmittag nach Tübingen bestellt unter dem Vorwand, einige Dinge mit ihr durchgehen zu wollen. Ihm schien es eine gute Idee, sie sozusagen nicht in ihrem eigenen Haus in die Enge zu treiben. Womöglich war sie auch außerhalb ihres gewohnten Umfelds gesprächiger. Noch hatte Stutter darauf verzichtet, Nelly Wagners Vorgesetzten hinzuzuziehen.

Jasmin hingegen war gerade bei einem Kollegen in einem anderen Stockwerk. Es ging um die Überprüfung von Bernd Loderer. Die Reinigungskraft Konstanze Anderson hatte behauptet, ihr Onkel Bernd würde für Alex Wildhain arbeiten. Bei der routinemäßigen Überprüfung hatten sie jedoch festgestellt, dass Loderer nicht offiziell zu Wildhains Angestellten gehörte. Das ließ die Beamten vermuten, dass Konstanze ihnen versehentlich eine nicht legale Geschäftsbeziehung verraten hatte, und so wurde Loderer genauer durchleuchtet.

In Gedanken versunken nahm der Hauptkommissar den Tumult, der gerade auf dem Flur begann, zunächst nicht wahr. Dann plötzlich hörte er jedoch den Namen »Jasmin« und laute Stimmen.

Alarmiert sprang er auf und eilte zur Tür. Als er sie kurz darauf öffnete, bot sich ihm ein merkwürdiger Anblick.

»Ich will wissen, wo sie ist!«, schrie eine dem Hauptkommissar fremde Frau wütend.

Stutter schätzte sie auf etwa dreißig. Sie war außer Atem und strich sich die ganze Zeit über den Bauch. Sie musste am Ende einer Schwangerschaft sein, vermutlich bereits im neunten Monat.

Um sie herum wuselten Kollegen, die sie baten, sich nicht aufzuregen, und sie zu einem Stuhl drängten. Stutter verstand die Hektik. Niemand wollte eine aufgebrachte schwangere Frau kurz vor der Entbindung in seinem Büro.

»Setzen Sie sich doch bitte«, sagte einer der Kollegen verzweifelt und deutete erneut auf den Stuhl, auf den jetzt noch jemand ein Sitzkissen gelegt hatte.

»Ich will mich nicht setzen«, blaffte sie ungehalten. »Ich will wissen, wo diese verdammte Ehebrecherin ist! Wo ist die Schlampe aus Wiesbaden?«

Stutter schloss für eine Sekunde die Augen, er hatte also doch alles richtig gedeutet. Die Blicke, das Erröten, das Ausweichen seiner Fragen. Die Worte »Nicht auch noch das« schossen ihm durch den Kopf. Außerdem entging es ihm nicht, dass einige der Anwesenden bereits mit hämischem Grinsen auf die Vorwürfe der Schwangeren reagierten.

Einer der Kollegen sagte: »Ihr Mann ist im Einsatz.«

Woraufhin sie zornig rief: »Ich will nicht zu ihm, ich will zu ihr! Also, wo ist diese Oberkommissarin Nau?«

Stutter sah keine andere Möglichkeit, als sich einzumischen. Er trat auf die Frau zu, die er für Hauptkommissar Ehrbeckers Angetraute hielt, und sagte mit kräftiger Stimme: »Ich denke, wir beide sollten uns unterhalten.«

Sie blickte ihn misstrauisch an, aber sein autoritäres Auftreten schüchterte sie ein. Weniger aggressiv wiederholte sie: »Ich möchte mit der Oberkommissarin sprechen.«

»Bitte, reden wir in meinem Büro«, sagte er mit Nachdruck und strafte die grinsenden Kollegen mit einem mahnenden Blick.

Der Tumult löste sich augenblicklich auf. Diejenigen, die Frau Ehrbecker hatten beruhigen wollen, waren froh, aus der Verantwortung zu sein, und die, die den Auftritt der Schwangeren belustigt zur Kenntnis genommen hatten, beeilten sich, die Köpfe zu senken, um Stutter nicht als unkollegial und schadenfroh im Gedächtnis zu bleiben.

Ehrbeckers Frau watschelte aufgebracht in das Büro des Hauptkommissars. Er schloss die Tür und sie begann erneut mit ihrer Schimpftirade.

»Setzen Sie sich, bitte.« Sie wollte nicht nachgeben, aber er drohte ihr damit, einen Arzt zu rufen, da er sich Sorgen über ihren Gesundheitszustand machte.

Was Frau Ehrbecker in diesem Moment auf keinen Fall wollte, war von einem Rettungsdienst abgeholt zu werden, deshalb ließ sie sich auf dem angebotenen Stuhl nieder.

»Sie wollen mich mundtot machen«, schnauzte sie, »ich sehe schon, worauf das hinausläuft. Ich habe Sie hier noch nie gesehen, also gehe ich davon aus, dass Sie der Chef dieser Schlam…« Sie verkniff sich das Schimpfwort, ersetzte es durch: »Dieser Frau sind.«

»Wenn Sie Oberkommissarin Nau meinen, dann liegen Sie richtig.«

»Sie hat eine Affäre mit meinem Mann.« Plötzlich begann sie zu weinen. »Ich bin hochschwanger und Ihre Kollegin kommt hierher und stiehlt mir meinen Mann.«

»Vielleicht wäre es angebracht, das als Erstes mit Ihrem Mann zu besprechen. Ich gehe doch davon aus, dass er sich dazu geäußert hat?«

Sie blitzte Stutter wütend an und er hielt ihrem Blick stand. Die Frau von Hauptkommissar Ehrbecker war ausgesprochen hübsch, die Schwangerschaft stand ihr gut und sie schien eine der werdenden Mütter zu sein, die regelrecht aufblühten, während sie ein Kind unter dem Herzen trugen. Stutter wusste auch, dass diese Phase Menschen verändern konnte, dass die Hormone die Emotionen verrücktspielen ließen und dass das zu starken Gefühlsausbrüchen führen konnte. Allerdings schloss er aus, dass es sich gerade um unbegründete Eifersucht handelte. Deshalb sagte er weniger hart: »Vielleicht sollten Sie nach Hause gehen und zunächst wirklich mit Ihrem Mann sprechen.«

Sie schüttelte den Kopf, weinte immer noch, und er reichte ihr ein Taschentuch. »Er ist leicht beeinflussbar, das war er immer schon. Die Frauen verdrehen ihm den Kopf und er macht Dummheiten.«

»Und Sie sind sicher, dass er diese *Dummheiten* mit meiner Kollegin gemacht hat?«, versuchte Stutter zu erfahren, was eigentlich vorgefallen war.

Sie schnäuzte sich. »Ich habe sein Handy kontrolliert, heute Morgen, als er im Bad war. Das, was er geschrieben hat, ist eindeutig.« Ehrbeckers Frau gab einen gequälten Laut von sich. »Er simste dieser Jasmin, dass er Laken besorgt, und sie schickt ihm als Antwort: ›Dann wird es sicher bequemer als das letzte Mal in deinem Auto.‹« Mühsam riss sie sich zusammen und fügte an: »Es gab noch mehr und es war eindeutig.«

»Aber Sie haben ihn nicht darauf angesprochen?«, bohrte Stutter weiter und fragte sich, was er da eigentlich gerade tat. Schließlich ermittelte er ja nicht in einem Fall von Ehebruch.

Zumindest schien sein Gegenüber sich etwas zu beruhigen und dankbar fürs Zuhören zu sein. »Nein, natürlich nicht. So läuft das nicht zwischen uns. Ich kann ihn doch nicht festbinden, er ist eben so«, fügte sie kleinlaut an. »Ich würde ihn verärgern, er hasst meine Eifersucht. Was, wenn er mich am Ende verlässt?«

»Er hat Sie schon öfter betrogen?«, fragte Stutter bemüht, sein Unverständnis zu verbergen. Auch die Frage, warum sie denn dann überhaupt noch bei ihm war, verkniff er sich.

»Ihm bedeutet es nichts, das weiß ich. Er plant das nicht, es passiert einfach.«

Der Hauptkommissar war versucht zu erklären, dass ein Ehebruch nicht einfach so *passierte*. Aber auch das ließ er ungesagt. Stattdessen lauschte er ihren Ausführungen.

»Wenn ich etwas bemerke, dann sorge ich auf meine Weise dafür, dass es endet«, ergänzte Ehrbeckers Frau zornig.

»Indem Sie mit den Affären Ihres Mannes reden«, warf Stutter ein.

Sie zuckte mit den Schultern, es war eine trotzige Reaktion, die bedeuten sollte: »Warum denn nicht?«

Bevor er noch mehr sagen konnte, hatte sie sich gefasst und fügte giftig an: »Es funktioniert. Ich lasse nicht zu, dass sich eine andere Frau in unsere Ehe drängt.«

Stutter wusste eigentlich nicht, was er sagen sollte. Einem ersten Impuls folgend, hatte er die Frau in sein Büro gebeten, um eine Eskalation zu vermeiden. Jetzt überlegte er fieberhaft, wie er sie schleunigst dazu bewegen konnte zu gehen.

»Ich werde mit Oberkommissarin Nau sprechen. Wir sind hier nur vorübergehend, sodass …« Weiter kam er nicht, denn in diesem Augenblick ging die Tür auf und Jasmin trat mit einem Stapel Akten unter dem Arm ein.

Sie hatte sich gewundert, warum einige der Tübinger Kollegen sie auf dem Weg hierher angegrinst hatten, deshalb sagte sie: »Stimmt heute irgendetwas nicht mit meinen Haaren? Ich habe das Gefühl, die starren mich alle an. Ich …« Sie unterbrach sich, sagte entschuldigend: »Ich wusste nicht, dass du Besuch hast, ich komme später wieder.« Sie nickte der Frau auf dem Stuhl zu und war bereits im Begriff zu gehen, als ihr Kollege rief: »Jasmin, warte, das ist die Frau von Hauptkommissar Ehrbecker.«

Die Oberkommissarin wusste sofort, dass sie einen gewaltigen Fehler begangen hatte, und erstarrte.

»Sie sind das also«, schnauzte Frau Ehrbecker und erhob sich umständlich. »Normalerweise steht er nicht auf kurze Haare. Sie müssen ja einiges an Qualitäten mitbringen, wenn er Sie gevögelt hat. Auf weißen Laken …«, fügte sie noch schnippisch an.

Jasmin konnte nicht umhin, auf den kugelrunden Bauch der Frau zu blicken. »Er sagte mir, Sie seien getrennt«, antwortete sie ehrlich, denn Leugnen schien ihr zwecklos.

»Das hat er niemals gesagt, das glaube ich nicht«, ereiferte sich Jasmins Gegenüber. Vermutlich hatte sie sich auf ein Streitgespräch vorbereitet, auf Leugnen und schlechte Lügen. Aber Jasmin bot mit ihrem Eingeständnis keine Angriffsfläche mehr. »Sie Miststück wollen sich in meine Familie drängen. Ich bin schwanger, erwarte unser Baby.«

Die Oberkommissarin nickte. Sie wusste genau, wie sich die andere fühlte, und spürte echtes Bedauern, aber auch grenzenlose Wut. Wie hatte sie sich nur so ausnutzen lassen können?

»Ich bedauere, dass ich davon ausgehen musste, Sie und Hans seien getrennt. Auch die Schwangerschaft war mir nicht bekannt. Wäre das der Fall gewesen, hätte es zwischen mir und Ihrem Mann niemals eine intime Beziehung gegeben. Sie können aber versichert sein, dass es keinen weiteren Kontakt geben wird«, erklärte Jasmin, bemüht, Haltung zu bewahren.

»Ich werde dafür *sorgen*, dass es keinen weiteren Kontakt gibt«, schnauzte Ehrbeckers Frau, während Jasmin schwieg.

Was hätte sie auch sagen können? Ihr Gegenüber hatte

sich bereits entschieden, die Schuld auf Jasmin zu schieben. Jetzt blieb nur zu hoffen, dass das Gespräch bald enden würde.

Stutter mischte sich ein, trat zwischen die beiden und berührte Frau Ehrbecker leicht am Arm. »Ich bringe Sie nach unten«, sagte er freundlich, aber bestimmt.

Ein letzter böser Blick traf Jasmin, dann ließ sie sich aus dem Raum geleiten. Bei den Aufzügen zischte sie: »Ich kenne den Weg. Sorgen Sie gefälligst dafür, dass Ihre Kollegin ihr Versprechen hält.«

Jasmin saß wie ein Häufchen Elend im Büro ihres Vorgesetzten und wartete auf dessen Rückkehr.

Der jedoch trat zu einer der Sachbearbeiterinnen, nachdem Frau Ehrbecker das Haus verlassen hatte, und fragte: »Wo ist Hauptkommissar Ehrbecker?«

Die junge Frau hinter dem Schreibtisch schien kein Interesse daran zu haben, den Tübinger Hauptkommissar zu decken, denn mit einem verschwörerischen Blick murmelte sie: »Versuchen Sie es auf der Herrentoilette, da versteckt er sich immer, wenn es brenzlig wird.« Sie zwinkerte sogar noch und Stutter bedankte sich verdutzt.

Auf seinem Weg zum Waschraum versuchte der Hauptkommissar, seinen Zorn zu unterdrücken, aber der Ausstoß von Testosteron und Adrenalin hatte bereits eingesetzt und ließ den Beamten voranstürmen, als wollte er seinen Gegner überrennen.

Ehrbecker war tatsächlich in der Toilette, betrachtete sich gerade im Spiegel und schreckte zusammen, als Stutter eintrat. Sofort gab er sich gut gelaunt und grüßte, als wüsste er nicht, dass seine Frau eben eine Szene gemacht hatte. Er kannte sie, es war nicht das erste Mal, dass sie einen seiner Seitensprünge entdeckte und die Frau zur Rede stellte. Im

Normalfall sprach sie ihn nie darauf an und er hütete sich, etwas zu gestehen. Als der Empfang sie heute angemeldet hatte, da war ihm klar, dass etwas nicht stimmte, und sicherheitshalber hatte er die Kollegen gebeten, ihn gegebenenfalls zu decken. Er hatte das Geschrei gehört und nahm an, dass Stutter ihm mitteilen wollte, dass es vorbei sei. Aber da sollte sich Ehrbecker täuschen.

Mit einer ungeahnten Kraft stürzte sich Stutter nämlich auf Ehrbecker und presste den gegen die Wand. So schnell konnte der Tübinger nicht reagieren und auch die Gegenwehr war ihm unmöglich, denn noch dazu drückte ihm Stutter den Unterarm direkt auf den Kehlkopf. »Du nimmst Urlaub, sofort. Komm mir bloß nicht mehr unter die Augen.«

Der Griff lockerte sich etwas und Ehrbecker keuchte: »Mann, was soll das? Bist du etwa eifersüchtig? Ich wusste nicht, dass du Anspruch auf Jasmin erhebst.«

Wütend verstärkte Stutter seinen Griff wieder. »Ich erhebe auf keine Frau irgendeinen Anspruch. Und ich belüge sie auch nicht. Du bist ein elender Versager, ein Feigling, und ich kann nur hoffen, dass deine Ehefrau das eines Tages selbst erkennt.« Der Versuchung, dem anderen ins Gesicht zu schlagen, gab Stutter nur schweren Herzens nicht nach. »Urlaub, sofort, du blödes Arschloch«, schnauzte er noch einmal und verließ dann mit schnellen Schritten den Waschraum.

Als er an den Kollegen vorbeiging, warfen die neugierige Blicke auf den Hauptkommissar aus Wiesbaden. Vermutlich hatte auch irgendwer an der Tür gelauscht, aber keiner wagte, etwas zu sagen.

Stutter betrat sein Büro und stöhnte geräuschvoll, als er Jasmin mit hängenden Schultern auf dem Stuhl sitzen sah.

»Schickst du mich nach Hause?«, fragte sie leise.

»Und diesem …« Er beherrschte sich. »Wir werden diesen Fall klären und dann gehen wir. Du ziehst das durch, egal wie unangenehm das wird. Keinesfalls wirst du abreisen.«

»Ich werde diesen Mistkerl zerlegen«, stieß sie kämpferisch hervor.

»Du wirst an dem Fall arbeiten und sonst gar nichts«, bremste Stutter seine Kollegin. »Ich habe mich bereits darum gekümmert.«

Sie sah ihn mit großen Augen an, sagte dann: »Ich schwöre dir, ich dachte, er ist Single. Ich habe ihm geglaubt. Ich weiß doch nur zu gut, wie es ist, betrogen zu werden. Ich hätte das seiner Frau niemals angetan.«

»Es ist nicht deine Schuld«, entgegnete Stutter und es war ehrlich gemeint.

»Womöglich werde ich jetzt dafür bestraft, dass ich den Richtigen habe gehen lassen«, fügte sie traurig an und bezog sich damit auf ihre letzte Beziehung. »Ich werde diesen Raum wohl nie wieder verlassen können«, versuchte sie einen Scherz zu machen. »Die halten mich jetzt alle für eine miese Ehebrecherin.«

Stutter seufzte. »Wir wissen beide, dass das nicht stimmt«, sagte er fürsorglich, »und eine Weile können wir es hier drin noch aushalten.« Er kramte in seinem Schreibtisch und legte ein Päckchen auf den Tisch. »Zu essen haben wir auch.« Er wickelte das Stück Teufelskuchen aus, das von dem Besuch bei Ronjas Eltern stammte.

Jasmin lächelte und sagte dankbar: »Ohne dich wäre ich verloren.«

15

Oberkommissarin Nelly Wagner wurde ihnen angekündigt, und kurz darauf trat die Kollegin von Ronja Schneider durch die Tür. Sie sah mürrisch zu den Beamten aus Wiesbaden, sagte dann statt einer Begrüßung: »Sie haben gerufen, hier bin ich.« Man merkte ihr an, dass sie sich darüber geärgert hatte, nach Tübingen zitiert worden zu sein.

»Das ist sehr freundlich von Ihnen«, erwiderte Stutter gelassen und bat sie, Platz zu nehmen.

Ihr Blick fiel auf das Kuchenstück und sie verzog missbilligend den Mund, als würde sie das Taschentuch als Tellerersatz stören.

»Also«, sagte sie gelangweilt, »was ist so wichtig, dass wir es nicht am Telefon oder per Videokonferenz hätten klären können?«

Stutter hatte sich eigentlich vorgenommen gehabt, die junge Frau nicht zu schroff anzugehen, aber deren genervte Art ließ ihn seine Taktik ändern. Er fragte direkt: »Warum steht in den Akten nicht, dass Sie allein in der Wohnung von Ronja Schneider waren? Und ja«, fügte er nun entschuldigend an, »Sie haben recht, diese Frage wäre auch per Videoschalte möglich gewesen, ich denke, das sollten wir nachholen. Nehmen wir doch auch Ihren Vorgesetzten Hauptkommissar Oberbichl dazu.« Er griff zum Hörer, entschlossen, den Mann zu verständigen.

Wie er gehofft hatte, bat ihn Nelly Wagner sofort vehement, den Anruf nicht zu tätigen: »Halt, nein, warten Sie!«, rief sie und ihre gelangweilte, überhebliche Art war umgehend verschwunden.

Stutter legte auf und sah die Oberkommissarin herausfordernd an, bevor er erklärte: »Ich werde jede Frage nur ein Mal stellen und wenn mir die Antwort nicht gefällt, dann greife ich zum Telefon. Also? Warum dieser Besuch?«

»Nennen Sie es eine Art Verabschiedung«, begann sie stockend zu erklären. »Ronja war eine Kollegin, eine Freundin und ich war ihre Kontaktperson bei diesem gottverdammten Einsatz. Ich dachte, in ihrer Wohnung zu sein, würde mich ihr ein letztes Mal nahebringen.« Die Oberkommissarin senkte den Kopf, kämpfte gegen Tränen an.

»Standen Sie denn auch privat mit Ronja Schneider in Kontakt?«, hakte Stutter nach.

Es folgte zunächst keine Antwort, was den Beamten stutzig machte. Sein Blick wanderte zu Jasmin, die leicht mit den Schultern zuckte, zum Zeichen, dass auch sie das Zögern bei einer so einfach zu beantwortenden Frage nicht verstand.

Stutter deutete an, zum Hörer greifen zu wollen, woraufhin Nelly erneut reagierte. »Bitte nicht«, sagte sie leise und hob den Kopf. Dieses Mal hielt sie die Tränen nicht zurück. »Ja«, brachte sie heiser hervor. »Wir waren auch außerhalb des Dienstes in Kontakt.«

»Das zuzugeben, scheint Ihnen schwerzufallen, warum?«

Nelly schluckte, dann straffte sie die Schultern und murmelte: »Es war mehr als nur Freundschaft.« Geräuschvoll stieß sie den Atem aus.

»Sie hatten eine *Beziehung* mit Ronja Schneider?«, fragte Stutter irritiert.

»Ist das so unglaublich?«, zischte Nelly wütend. »Wir leben ja nicht mehr im Mittelalter, Homosexualität ist ...«

Der Hauptkommissar hob die Hand. »Bitte, ersparen Sie uns das. Sie wissen doch genau, warum ich so überrascht bin, und auch, dass das nichts mit Ihrer sexuellen Orientierung zu tun hat, sondern nur mit dem Umstand, dass wir bis dato nichts von Ihrer privaten Beziehung zu Ronja Schneider gewusst haben.«

Sie wischte sich über die Augen. »Tut mir leid. Ich weiß, ich mache mich dadurch verdächtig.«

»Gelinde gesagt«, bestätigte der Hauptkommissar. »Sie könnten nach dem, was wir bisher zusammengetragen haben, zu unserer Hauptverdächtigen aufsteigen.«

»Ich hätte Ronja nie etwas getan«, brach es nun aus ihr heraus. »Wissen Sie, wie das für mich war, als ich sie fand? Diese Frau war mein Leben, meine Seelenverwandte, ich wäre für sie gestorben, ich hätte alles für sie getan ...«

»Aber das beruhte nicht auf Gegenseitigkeit«, unterbrach sie Stutter grob.

Ein wütendes Funkeln in Nellys Augen verriet ihm, dass er richtiglag.

»Es war nicht so einfach, nicht für sie«, gab sie zu.

»Ich wäre dankbar, wenn Sie uns das Pingpong ersparen würden. Erzählen Sie uns, was wir wissen müssen. Sie sind Polizistin, Ihnen ist doch klar, auf welche Fragen ich Antworten benötige.«

Nelly räusperte sich, sprach mit rauer Stimme: »Es hat mich sofort erwischt. In dem Moment, in dem ich sie sah, wusste ich, dass ich nie jemand anderes lieben konnte.« Ihr Blick traf den von Stutter. »Ich weiß, was Sie denken«, sagte sie mit einem schwerfälligen Lächeln, »und Sie haben recht. Es beruhte zunächst nicht auf Gegenseitigkeit. Ronja stand auf Männer, zumindest machte es den Eindruck. Dann bemerkte ich jedoch, dass sie sich auf nichts einließ und auch keinen Freund hatte. Jemand, der so aussieht, ist normalerweise nicht allein. Wir begannen, im Dienst Zeit zusammen zu verbringen, aßen in den Pausen gemeinsam und trafen uns auch gelegentlich in unserer Freizeit. Eines Tages, da küssten wir uns. Ihr war es zunächst unangenehm, aber dann ließ sie sich doch darauf ein. Heute befürchte ich, dass sie das aus dem falschen Grund tat.«

»Der da wäre?«, hakte Stutter automatisch nach.

»Pragmatismus«, schleuderte ihm Nelly entgegen.

»Sie war mit Ihnen zusammen, weil es *praktisch* war?«, mischte sich nun auch Jasmin ein. »Das ergibt doch überhaupt keinen Sinn.«

»Aber nur, weil Sie nicht wissen, wie Ronja getickt hat. Für sie machte das durchaus Sinn. Ronja war kompliziert.« Wieder flossen ihr Tränen übers Gesicht. »Sie war gefangen in dieser spießigen Welt ihrer Eltern, stets bemüht, denen alles recht zu machen. Fleißig, brav und bloß nicht den falschen Mann. Da war ich natürlich die perfekte Notlösung. Aber nicht, dass Sie denken, sie hätte zu uns gestanden. Alles lief heimlich ab, angeblich wollte sie ihre Eltern langsam auf uns vorbereiten. Ich glaube allerdings, dass das nie geschehen wäre. Im Nachhinein unterstelle ich ihr, dass sie mich benutzt hat. Sicher nicht auf eine berechnende, absichtliche Weise, aber es tat dennoch weh, als ich das erkannt habe. Ronja genoss die Heimlichtuerei, es war ein Spiel für sie, eines, das sie noch nie gespielt hatte. Sie war wie ein Teenager, der anfängt zu rebellieren. Außerdem gefiel es ihr, jemanden zu haben. Wir trafen uns auch gelegentlich in ihrer Wohnung. Ich musste mich aufs Grundstück schleichen … Ich bin dreißig Jahre alt und habe mich mit fünfzehn geoutet.« Sie schüttelte den Kopf zum Zeichen, dass sie Ronjas Vorgehen für falsch gehalten hatte. »Aber ihr zuliebe ließ ich mich darauf ein. Wenn ich ihr dazu geraten habe, sich von der elterlichen Meinung zu lösen, dann vertröstete sie mich oder brachte Ausreden.«

»Wie endete Ihre Beziehung?«

»Sie hat mit mir Schluss gemacht, das war vor ihrem Einsatz. Sie sagte, sie könne sich nicht auf die Arbeit konzentrieren, wenn sie eine Beziehung hätte, das würde sie ausbremsen. Außerdem wäre das mit uns für sie auch keine Sache von Dauer.«

»Das tat weh«, warf Stutter verständnisvoll ein.

»Behandeln Sie mich nicht wie eine eifersüchtige Tussi, die nicht bemerkt, wie man ihr einen Mord anhängen will.«

»Waren Sie denn eifersüchtig?«, nahm Stutter ihren Kommentar auf.

»Ich war verletzt und traurig, das ist ja wohl zu verstehen.«

»Bei unserer letzten Begegnung habe ich Sie gebeten, mir von Ronja Schneider zu erzählen. Ich habe außerdem nach Ihrer Meinung bezüglich der Drogen gefragt, die das Labor im Blut Ihrer Kollegin festgestellt hat. Sie erinnern sich, es ging unter anderem um Xylazin. Ich gebe Ihnen heute die Chance, Ihre Aussage zu korrigieren und zu ergänzen.«

Nelly nickte. »Was soll ich sagen? Natürlich habe ich gemerkt, dass sie sich verändert hat. Sie blühte richtiggehend auf. Wenn wir uns trafen, war sie viel zu gut gelaunt für jemanden, der sich in einem Milieu aufhalten musste, das er nicht mochte. Sie trug Klamotten, die sie sich vorher unter keinen Umständen gekauft hätte, flirtete mit den Männern, benahm sich völlig ungezwungen. Was hätte ich Ihnen sagen sollen?«, fragte sie herausfordernd: »Ronja Schneider genoss ihre Zeit undercover?«

»Das wäre die Wahrheit gewesen«, antwortete Stutter schlicht. »Und eine wichtige Information«, fügte er noch an.

»Ich weiß nicht, ob das die Wahrheit war. Sie hat mir

stets versichert, sich voll und ganz auf ihren Auftrag zu konzentrieren. Und wem hätte es genützt, sie in so einem Licht dastehen zu lassen? Das wollte ich nicht. Was die Drogen anging, davon hatte ich keine Ahnung. Wenn wir uns trafen, war sie zwar euphorisch, sprach davon, wie leicht sie in Wildhains Nähe gelangt sei, aber vermittelte mir auch den Eindruck, dass sie die Kontrolle hatte. Aus welchen Gründen hätte ich sie abziehen sollen? Sie tat genau das, was man von ihr erwartete.« Nelly begann mit einem abstehenden Faden ihres Ärmels zu spielen. »Ich nahm an, dass sie nur in der Rolle sei, dass sie eben besonders begabt für die verdeckte Ermittlungsarbeit wäre. Aber im Nachhinein glaube ich, dass sie auf diese Weise aus ihrem normalen Leben ausgebrochen ist.«

»Wie weit könnte das gegangen sein?«, fragte Jasmin. Als Nelly sie erschreckt anblickte, präzisierte die Oberkommissarin die Frage noch: »Wäre es möglich, dass Ronja die Polizei verlassen wollte?«

»Niemals«, rief Nelly aufgebracht. »Das hätte sie schon ihren Eltern niemals angetan.«

»Sie sagten doch gerade, dass sich Ronja verändert hatte. Vielleicht war es ihr mittlerweile gleichgültig, was Mama und Papa denken?«, hakte Stutter nach.

»Möglich, aber das glaube ich nicht.«

»Warum nicht?«, bohrte der Hauptkommissar harmlos weiter. »Weil es wirklich ausgeschlossen wäre oder weil Sie den Gedanken nicht ertragen könnten, dass sich Ronja für jemanden wie Wildhain entscheidet, um sich von ihrem alten Leben zu verabschieden, und nicht für Sie?«

Nelly schnappte nach Luft. »Wildhain?« Falls sie irgendetwas von einer möglichen Beziehung zwischen dem Klubbesitzer und dem Opfer wusste, dann gelang es ihr ausgesprochen gut, die Überraschte zu spielen. »Nie im Leben«, blaffte sie.

»Sie schließen das also völlig aus.«

Nelly reagierte nicht sofort und das war Stutter Antwort genug.

»Ich weiß nicht mehr, was ich glauben soll«, rückte sie schließlich mit der Sprache heraus. »Vielleicht war Ronja zwischen zwei Welten hin- und hergerissen. Es gibt Studien darüber, wie Menschen werden, wenn sie dauerhaft unter Druck stehen. Das reicht von Magengeschwüren bis zu Burnout und anderen Krankheiten. Allerdings suchen sich manche auch so etwas wie ein Ventil, um damit klarzukommen. Wir kennen alle das Prinzip des Dampfkochtopfs«, sagte sie sarkastisch. »Wenn der Dampf nicht entweichen kann, dann explodiert das Konstrukt. Möglich, dass Ronja den Einsatz auch dazu verwendet hat, ein wenig Dampf abzulassen. Ich kann und will einfach nicht glauben, dass mehr dahintersteckt. Und ich schwöre bei Gott, ich hatte keine Ahnung von den Drogen oder dass Ronja auf andere Art in Gefahr war, denn dann hätte ich das mit meinem Vorgesetzten besprochen.«

Jasmin warf Stutter einen Seitenblick zu. Beiden war klar, dass ihnen Nelly nichts anderes sagen würde. Jedes Eingeständnis, vom Drogenmissbrauch der Kollegin Kenntnis gehabt zu haben, wäre für Oberkommissarin Wagner das Ende ihrer Karriere. So konnte sie hoffen, mit einem blauen Auge aus der Sache herauszukommen.

Wie um zu bestätigen, dass es der Beamtin gerade um Schadensbegrenzung ging, fügte sie kleinlaut an: »Ich habe in der Wohnung von Ronja etwas entfernt.«

Sie versuchte in Stutters Gesicht zu lesen, aber der zeigte keine Reaktion.

»Ronja hatte ein Versteck unter dem Schreibtisch. Darin hat sie persönliche Dinge aufbewahrt. Dinge, die unsere Beziehung betrafen.« Sie versuchte, gefasst zu klingen, als sie nun sagte: »Sehr persönliche Dinge. Ich wusste nicht, ob sie die Sachen nach unserer Trennung noch aufbewahrt hatte, aber tatsächlich befanden sie sich noch dort.«

»Wo sind diese Sachen jetzt?«, fragte Stutter neutral.

»Ich habe alles vernichtet, daher kann ich Ihnen nur mein Wort geben, dass nichts davon mit dem Mord an Ronja zu tun hatte. In erster Linie waren es kleine Liebesbriefe und eine Speicherkarte mit Bildern.« Sie seufzte. »Wie ich schon sagte, für Ronja war es wie ein Spiel. Kleine Zettel anstatt Handynachrichten, die jemand hätte deuten können, alles geheimnisvoll. Vermutlich hätte ich mich nicht darauf einlassen dürfen, aber ich tat es.« Sie richtete sich ein wenig auf. »Nach dem Mord rechnete ich eigentlich damit, dass man mich auf meine Beziehung anspricht, aber nichts geschah und da dachte ich, es wäre besser, die Dinge zu holen, bevor vielleicht die Eltern darauf stoßen würden. Das hätte sie sicher geschockt, etwas, das Ronja gewiss nicht gewollt hätte …« Schließlich hob sie müde den Blick und fragte: »Was wird denn jetzt?«

»Am Ende hat das Hauptkommissar Oberbichl zu entscheiden und ich würde Ihnen raten, ihm noch heute die Wahrheit mitzuteilen. Mich interessieren vor allem Ihre Alibis für die Morde an Jennifer Lahke und an Pfarrer Ignaz Class.«

Nelly wurde wütend: »Sie denken wirklich, dass ich etwas damit zu tun habe?«

»Würden Sie das an meiner Stelle nicht auch zumindest ausschließen wollen?«, reagierte Stutter mit einer Gegenfrage. »Sie sind Polizistin und wissen, wie Untersuchungen laufen, welche Spuren an einem Tatort festgestellt werden können und wie man sie beseitigt. Sie standen angeblich in einer geheimen Beziehung mit dem ersten Opfer. Uns wird es nicht möglich sein, das zu überprüfen, Sie haben Beweismittel entfernt und vernichtet, auch hier müssen wir auf Ihr Wort vertrauen. Ihr Alibi für den Mord an Ronja

Schneider ist dünn, ein lückenloser Ausschluss nicht möglich. Muss ich noch deutlicher werden?«

»Nein«, hauchte sie unglücklich und als ihr Stutter die Daten für die anderen Morde nannte, bemühte sie sich, zu antworten. Da Jennifer Lahke in der Nacht ermordet worden war, konnte Nelly dafür kein Alibi liefern, allerdings hatte sie für die Zeitspanne, in der der Pfarrer zu Tode gekommen war, Dienst und damit genug Zeugen, die sie als Mörderin ausschlossen.

Es war eine einsilbige Verabschiedung und nachdem die Oberkommissarin das Büro verlassen hatte, sprach Jasmin als Erste. »Gut gerettet«, sagte sie nicht ohne Sarkasmus. »Sie wusste, dass wir das Versteck entdeckt hatten. Ist ihr sicher klar geworden, als du sie auf ihre heimliche Begehung der Wohnung angesprochen hast.«

»Diese junge Frau ist schwer einzuschätzen. Ich dachte zunächst, es hätte eine Art Rivalität zwischen ihr und dem Mordopfer geherrscht, aber dass die beiden eine Beziehung hatten, überrascht mich.«

»Eigentlich passt es aber doch zu dem Bild, das wir von Ronja mittlerweile haben. Nelly Wagner bestätigt es. Die Tote stand erheblich unter Druck. Die Eltern, der Job, der einiges von ihr abverlangte, die verdeckte Ermittlung. So gesehen hat man mit Ronja Schneider das sprichwörtliche Lamm zur Schlachtbank geschickt. Sie tat zwar immer abgebrüht, aber in Wirklichkeit war sie mit ihren achtundzwanzig Jahren doch ziemlich …«

Jasmin suchte nach dem richtigen Wort, und Stutter half aus, indem er sagte: »Naiv, unreif?«

»Ja, sie stand doch völlig unter der Fuchtel der Eltern. Wer verheimlicht denn seine Beziehung? Entweder die Familie akzeptiert einen in dem Alter oder man zieht aus«, erwiderte Jasmin schroff.

»So einfach ist das dann wohl nicht«, warf Stutter mit

einem gutmütigen Grinsen ein. »Menschen werden eben ständig manipuliert. Kinder von ihren Eltern und umgekehrt, meistens geschieht das noch nicht einmal bewusst, sondern in bester Absicht. Du kennst unsere Fälle, wie oft haben wir das nicht schon erlebt?«

»Auch wieder wahr«, stimmte ihm Jasmin zu und meinte dann resigniert: »Und was jetzt? Bringt uns das, was wir heute erfahren haben, denn weiter?«

»Womöglich«, reagierte Stutter nachdenklich.

16

Am späten Nachmittag

Olivia fühlte sich unwohl bei dem Gedanken, gleich auf einen gewissen Charly zu treffen. Eigentlich war sie davon ausgegangen, dass sie an einem Abendessen teilnehmen müsste, aber überraschend hatte Bernd von einer Planänderung gesprochen, und sie waren in das Hotel gefahren. Man schien Bernd dort zu kennen, denn die Frau hinter dem Empfangstresen sah nicht einmal auf. Zumindest nahm Olivia an, dass es sich um die Anmeldung handelte, denn an der Front der Theke hatte man Holzbuchstaben angebracht, die das Wort »Rezeption« bilden sollten – allerdings waren das i und das n bereits abgefallen.

»Wo sind wir hier?«, fragte Olivia, die sich zumindest mit der Aussicht auf ein gutes Essen darüber hinweggetröstet hatte, gleich mit einem Fremden, den sie vermutlich nicht mögen würde, den Abend zu verbringen. »Was machen wir hier?«, fragte sie ihren Freund erneut unsicher und rümpfte die Nase. Der Teppich auf den Stufen zum ersten Stock war abgewetzt und der Gestank, der von ihm ausging, schier unerträglich. »Es riecht nach nassem Hund und Kotze, hier esse ich ganz bestimmt nichts«, machte sie sich Luft.

Plötzlich packte Bernd sie schroff am Arm, so als wollte er sie schütteln. »Stell dich jetzt bloß nicht an, Prinzessin. Wegen dir sitze ich doch in dieser Scheiße.«

Olivia erschrak. Bernd hatte sie noch nie so behandelt. Das machte ihr Angst. Gleichzeitig überkamen sie Schuldgefühle, obwohl sie nicht wusste, was sie getan hatte. »Wovon sprichst du?«, fragte sie deshalb hilflos.

Er ließ sie los, senkte betreten den Kopf. »Tut mir leid«, murmelte er geknickt, »ich hätte das nicht sagen sollen. Ich wollte nicht, dass du davon erfährst.«

»Wovon?«, bohrte sie nach. »Bitte rede mit mir«, fügte sie flehend an.

»Die Dinge, die ich dir gekauft habe, die Kreuzfahrt, das hat mir das Genick gebrochen. Ich dachte, ich bekomme neue Aufträge, aber das war nicht der Fall. Ich wollte dich glücklich machen, wir möchten doch eine Familie gründen. Und jetzt scheint alles den Bach hinunterzugehen. Dieser Typ ist der Einzige, der mir aus dem Gröbsten heraushelfen kann, damit ich wenigstens eine Atempause bekomme und überlegen kann, wie es weitergeht. Ich weiß nicht, was sonst passiert.«

»Was heißt das, du weißt nicht, was sonst passiert?«

»Ich werde bedroht, muss um mein Leben fürchten«, sprach er weiter und war dabei so glaubhaft, dass Olivia vor Angst um ihn zu zittern begann.

»Um Gottes willen, Bernd, wir müssen zur Polizei, die müssen dich beschützen.«

»Sag so etwas nicht«, zischte er bedrohlich. »Wenn das jemand mitbekommt, dann werden sie uns beide kaltmachen.«

»Und was tun wir jetzt?«, fragte sie mit Tränen in den Augen.

»Wenn uns Charly das Geld gibt, dann kann ich erst einmal überbrücken. Sei einfach ein bisschen nett zu ihm.«

»Natürlich bin ich nett, aber ich dachte, wir gehen essen.«

»Später«, erwiderte Bernd ungeduldig. »Erst klären wir das Geschäftliche, das wäre in einem Restaurant nicht angebracht. Wenn einer sieht, dass er mir Geld zusteckt …«

»Sicher, das verstehe ich. Dann lass uns deinen Freund besuchen und ich gehe anschließend mit ihm essen und alles wird gut.«

»Ich liebe dich«, erwiderte Bernd ohne schlechtes Gewissen, und Olivia strahlte.

Auf das Klopfen wurde ihnen sofort geöffnet.

Charly war ein dickbäuchiger Kerl in den Vierzigern, der den Teppichgeruch mit seinem scharfen Aftershave überdeckte.

»Ist sie das?«, fragte er wenig charmant, dennoch riss sich Olivia zusammen und lächelte. »Ich bin Olivia, freut mich«, sagte sie höflich und Charly verzog das Gesicht zu einem breiten Grinsen, bevor er erwiderte: »Und mich erst.«

»Wir sollten vielleicht etwas trinken«, schlug nun Bernd vor, und mit einem Zwinkern in Charlys Richtung fügte er an: »Das wird uns alle ein wenig lockerer machen.«

Ihr Gastgeber zauberte aus dem Minikühlschrank drei Flaschen lauwarmes Bier und öffnete sie mühsam mit einem Feuerzeug.

Olivia murmelte: »Ich trinke eigentlich kein Bier«, aber als Bernd zwar lächelnd, aber in warnendem Tonfall sagte: »Heute macht sie für dich jedoch eine Ausnahme«, nahm sie tapfer einen großen Schluck.

Charly rückte Olivia auf die Pelle, legte einen Arm um sie

und meinte jovial: »Wir beide werden uns schon amüsieren, was?«

Sie lachte gekünstelt und erntete von Bernd einen dankbaren Blick.

»Na dann«, sagte Charly gut gelaunt, »regeln wir das Finanzielle.«

Olivia atmete erleichtert aus, als er von ihr abließ und in den Vorraum verschwand, um seinen Geldbeutel zu holen.

Bernd trat nun auf sie zu. »Du machst das fantastisch, womöglich kannst du uns tatsächlich retten.«

»Natürlich, ich tue alles, damit er dir das Geld gibt«, sagte sie automatisch.

»Das ist gut«, antwortete Bernd atemlos. »Du musst daran denken, dass das für uns ist. Für unsere Familie, unsere Kinder.«

Überrascht blickte sie ihn an. Seine Worte klangen dramatisch, fast flehend, und das nur, weil sie zu einem schmierigen Typen freundlich sein sollte?

»Hier, nimm die«, flüsterte er ihr zu.

»Was ist das?«, fragte sie irritiert, als er ihr eine rosafarbene Pille in die Hand drückte.

»Schluck sie und der Rest geht wie von allein.«

Sie zögerte und er zischte: »Nun mach schon, du wolltest mir doch helfen.«

Erschreckt kam sie seiner Aufforderung nach, steckte sich die kleine Tablette in den Mund und spülte sie mit dem Bier herunter.

»Und jetzt sei weiter freundlich. Lass Charly einfach machen, ich hole dich in einer halben Stunde wieder ab.«

»Aber ich will nicht alleine mit ihm hierbleiben«, begann sie aufzubegehren.

Wieder packte er sie grob am Arm. »Denk daran, was du versprochen hast. Immerhin bin ich wegen dir pleite. Also lass uns alles tun, damit wir unsere Träume doch noch erfüllen können, denk an unsere bevorstehende Hochzeit.«

Olivia hatte Tränen in den Augen, fühlte sich schuldig und verspürte mit einem Mal Angst.

»Lass mich nicht hier«, flüsterte sie, aber irgendwie wollte ihr die eigene Stimme nicht mehr gehorchen. Ihr wurde schwindlig, dennoch fing sie an, sich zu entspannen, und hatte bizarrerweise das Gefühl, in Watte gepackt zu sein. »Mir ist so komisch«, murmelte sie mit schleppender Zunge.

»Dann leg dich am besten hin«, schlug Bernd vor und geleitete sie zum Bett. Ohne Widerworte ließ sie sich von ihm die Schuhe und das Kleid ausziehen. Nur mit Unterwäsche bekleidet rekelte sie sich auf dem schmuddeligen Laken. »Bernd, kommst du auch?«, rief sie jetzt und fühlte sich ausgesprochen beschwingt.

»Ist die high?«, brummte Charly, der nun mit seinem Geldbeutel ins Schlafzimmer trat.

»Sie ist gut drauf«, erwiderte Bernd beschwichtigend.

»Das hoffe ich, denn ich werde nicht dafür bezahlen, eine schlafende Nutte zu ficken.«

»Keine Sorge, sie ist wach und es ist ihr erstes Mal mit einem Freier, das sollte dir einen Extraschein wert sein.«

Charly verzog missbilligend das Gesicht, lenkte dann aber ein. »Na schön, aber eigentlich müsstest du mir etwas dafür bezahlen, dass ich der Kleinen ein paar Dinge beibringe. Und jetzt verzieh dich, ich habe das Zimmer nur für eine Stunde.«

Olivia fühlte sich berauscht, alles war schön, selbst die Stockflecken an der Wand. Sie war glücklich, so glücklich wie noch nie. Ihre Augen waren nur halb geöffnet. Sie spürte Hände auf ihrem Körper und auch, wie man ihr den BH und den Slip auszog, sie anschließend begrapschte, ihren Busen presste, daran saugte. War das Bernd? Sie kicherte vergnügt und gab nach, als sich ein Knie zwischen ihre Beine schob. Sie ließ es zu, dass man in sie eindrang, sich auf sie legte, denn noch nahm sie an, dass es ihr Freund war. Allerdings hielt die Wirkung der Pille nicht lange an.

Plötzlich fühlte sich der Mann auf ihr ungewöhnlich schwer an; noch dazu roch er fremdartig. Sie glaubte zu träumen, flüsterte: »Was für ein schrecklicher Traum.« Dann verschwanden die Farben und aus den bunten Lichtern formte sich das fette Gesicht von Charly.

Sie blinzelte, hörte ihn sagen: »Na los, Kleine, besorg's mir.«

Und mit einem Mal wusste Olivia, dass das kein Traum war. Was tat sie hier? Bernds Worte kamen ihr in den Sinn, sie trug Schuld daran, dass sie keine Familie gründen konnten. Sie musste das wiedergutmachen. Charly grunzte abstoßend, als er zum Höhepunkt kam. Olivia presste die Augen zusammen, hoffte, er würde endlich von ihr herunterkriechen. Am Ende schob sie ihn mit aller Kraft zur Seite, sammelte schnell ihre Kleider auf und wankte ins Bad.

»Ist schwer, geradeaus zu gehen, nach einem Ritt mit dem guten Charly, was?«, blökte er ihr belustigt hinterher.

Olivia verriegelte die Tür, zitterte am ganzen Leib und hatte noch nie zuvor in ihrem Leben eine solche Scham empfunden. Obwohl sie gerade die größte Demütigung überhaupt erfahren hatte, fühlte sie sich schuldig. Was sollte sie denn nun tun? Sie konnte unmöglich jemandem von dem erzählen, was hier gerade vorgefallen war, dafür schämte sie sich viel zu sehr. Nein, das durfte keiner erfahren. Und Bernd? Olivia fühlte sich schrecklich; hatte er gewusst, was in dem Zimmer passieren würde? Aber nein, das konnte nicht sein. Ihre Gedanken überschlugen sich.

Es klopfte an der Tür. »He, mach auf, ich muss pissen.«

In Windeseile schlüpfte Olivia in ihre Kleider. In ihrer

Verzweiflung kramte sie in ihrer Handtasche nach der Nagelfeile und hielt sie mit den Fingern fest umschlossen. Sie war bereit, sie Charly ins Auge zu rammen. Würde sich dieser widerliche Kerl ihr nochmals nähern, dann würde er sein blaues Wunder erleben. Beinahe starr vor Angst riss sie die Tür auf. Charly stand davor, nackt und anzüglich grinsend.

»He, he, langsam«, sagte er, als sie sich an ihm hektisch vorbeidrängte. »Kannst deinem Herrn und Meister sagen, dass ich zufrieden war, werde dich das nächste Mal wieder buchen«, feixte er und verschwand im Bad.

Olivia versuchte, die Zimmertür zu öffnen. In ihrer Nervosität gelang ihr das nicht sofort und sie befürchtete schon, dass man sie eingeschlossen hatte, aber dann ließ sich der Drehknauf doch noch bewegen und die Tür sprang auf.

Der Geruch des versifften Teppichbodens schien ihr nun noch intensiver als bei ihrer Ankunft. Die hohen Schuhe hielt sie in der Hand, so konnte sie im Laufschritt den Flur entlang und die Treppe nach unten. Niemand schenkte ihr Beachtung, als sie regelrecht aus dem Gebäude floh. Auf der Straße traf sie das grelle Sonnenlicht wie ein Schlag. Sie konnte sich kaum orientieren, immerhin lebte sie noch nicht lange in Tübingen. Dennoch marschierte sie los, nur weg von hier. Sie musste nach Hause, duschen, sich den Schmutz dieses ekelhaften Mannes abwaschen, so schnell wie möglich.

Abrupt hielt sie jemand fest, sie wehrte sich, aber dann erkannte sie Bernds Stimme. »Olivia, Liebling, da bist du ja.«

Sie stürzte sich in seine Arme, ohne darüber nachzudenken, welchen Anteil Bernd an dem eben Geschehenen hatte, sondern war einfach froh, nicht mehr allein zu sein. Schluchzend lehnte sie an seiner Schulter. »Er hat mich angefasst, mich vergewaltigt. Es war ekelhaft.«

Da sie sehr laut gesprochen hatte, drehten sich Passanten nach ihnen um.

Eine resolut wirkende Frau trat auf das Pärchen zu und sprach zu Olivia: »Geht es Ihnen gut? Hat man Ihnen etwas getan?«

»Kümmern Sie sich um Ihren eigenen Kram«, fuhr Bernd die Fremde an.

»Die Frau ist in einem desolaten Zustand, das ist kaum zu übersehen. Deshalb mache ich das nun zu meinem Kram«, bekam er eine eisige Antwort.

Ein Mann gesellte sich ebenfalls dazu, bot Hilfe an.

»Meine Frau hat ein Drogenproblem«, log Bernd und machte ein betrübtes Gesicht. »Sie hätte eigentlich zu einer Entgiftung gemusst, ist aber aus der Klinik abgehauen. Ich versuche sie gerade davon zu überzeugen, zurückzugehen. Sie erfindet alle möglichen Ausreden, um sich wieder Drogen besorgen zu können.«

Die Fremde änderte ihre Miene, sah nun verständnisvoll zu Bernd. »Kann ich Ihnen dabei helfen? Jemanden verständigen?«, fragte sie überaus mitfühlend.

»Vielen Dank, aber es geht schon.«

Sie nickte ihm zu und auch der hilfsbereite Mann verabschiedete sich.

»Herrgott, reiß dich zusammen«, zischte Bernd, als sie wieder allein waren. Zügig führte er Olivia weiter Richtung Parkplatz.

»Er hat mich angefasst«, murmelte sie erneut und dieses Mal wurde sein Griff fester.

»Kein Wort mehr, oder ich fahre dich direkt zurück nach Köln, sage deinen Leuten, dass du als Nutte angeschafft hast, und dann wirst du ja sehen, was passiert. Du hast niemanden mehr außer mir, und wenn ich dir sage, dass du den Mund halten sollst, dann tust du das gefälligst.«

Sie hatten den Wagen erreicht und Bernd schob Olivia auf den Sitz.

»Aber Charly …«, begehrte sie ein letztes Mal auf.

»Du warst high und keinesfalls abgeneigt. Oder hast du ihm gesagt, dass er aufhören soll? So was passiert dann eben, wenn man zu gut drauf ist. Aber mach dir deshalb keine Sorgen«, wechselte er nun wieder in einen freundlichen Tonfall, »wir haben von ihm das Geld bekommen. Sieh nur.« Und damit fuchtelte er mit einem Bündel Euroscheine vor Olivias Augen herum. »Bald haben wir alles zusammen, was wir brauchen, du wirst schon sehen, wir erfüllen uns unseren Traum.« Sie reagierte nicht und er ergänzte: »Bald heiraten wir und dann ist alles, was heute geschehen ist, vergessen.«

Er beugte sich zu ihr und drückte ihr einen Kuss auf die Wange. »Na komm schon, lächle für mich. Mein Engel«, bohrte er weiter, und irgendwann gelang es ihm tatsächlich, Olivia zum Lächeln zu bringen.

»Na also«, gab er sich gut gelaunt, »da ist mein Sonnenschein ja wieder. Ich bin stolz auf dich, das hast du toll gemacht.« Er gab ihr noch einen Kuss, meinte dann aber hart: »Du solltest dringend duschen, du riechst nach Charlys billigem Aftershave.«

* * *

Währenddessen sahen Stutter und seine Kollegin die Akten durch. Als es an der Tür klopfte, hob der Hauptkommissar den Kopf. Eine Frau um die vierzig trat ein und stellte sich als Oberkommissarin Johanna Feldweg vor.

»Ich werde vorübergehend für Hauptkommissar Ehrbecker übernehmen«, sagte sie, ohne eine Miene zu verziehen. »Er hat mir den Fall übergeben, da er sich einige Tage Urlaub nimmt, um sich um seine schwangere Frau zu kümmern.« Daraufhin folgte ein vorwurfsvoller Blick in Jasmins Richtung, den diese genauso wie Stutter ignorierte.

»Jedenfalls hatten Sie darum gebeten, dass das Team einige Alibis überprüft sowie eine gewisse Konstanze Anderson und deren Onkel Bernd Loderer.«

Stutter wollte sich bedanken, der Kollegin erklären, warum er diese Daten brauchte, aber die ließ flapsig die Akten auf seinen Schreibtisch fallen und fügte wenig freundlich an: »Hier sind die Abschriften. Ich habe Ihnen außerdem eine E-Mail mit weiteren Informationen gesendet. Wenn Sie wieder etwas brauchen, wenden Sie sich direkt an mich, meine Durchwahl finden Sie in den Unterlagen.« Damit rauschte sie davon.

»Das ist wieder so typisch«, meckerte Jasmin. »Am Ende bin ich die Dumme, und dieses Arschloch Ehrbecker wird auch noch bedauert.«

»Ich bezweifle, dass das alle Kollegen so sehen wie Johanna Feldweg«, erwiderte Stutter gelassen. »Aber konzentrieren wir uns auf die Protokolle.«

»Wieso hast du überhaupt von Konstanze Anderson Material angefordert?«, fragte Jasmin, die nur zu gerne über etwas anderes sprach.

»Konstanze Anderson ist an zwei Tatorten aufgetaucht. Sowohl in dem Mietshaus, in dem Ronja Schneider vorübergehend wohnte, als auch in der Beratungsstelle, in der man den Pfarrer getötet hat. Und«, fügte er noch an, »sie hätte auch die Tänzerin Jennifer Lahke kennen können. Immerhin übernimmt ihr Arbeitgeber die Putzarbeiten in diversen Klubs. Ich dachte, es könnte nicht schaden, mehr über die Frau zu erfahren, vor allem weil sie zumindest indirekt einen Kontakt zu Wildhain hat. Sie erzählte uns, dass ihr Onkel für den Mann arbeiten würde.«

»Denkst du, dass sie irgendetwas mit den Morden zu tun hatte?«

Stutter blätterte die wenigen Seiten durch, die ihm Oberkommissarin Feldweg soeben gebracht hatte. »Hier steht, dass sie am Abend, als der Pfarrer ermordet wurde, bei ihrem Onkel war.«

»Gibt sie ihm damit ein Gefälligkeitsalibi?«, fragte Jasmin sofort.

»Nein, sieht nicht so aus. Es war eine weitere Person anwesend, eine Olivia Meier, außerdem bestätigt ein glaubhafter Nachbar, dass er die drei gehört hat, offenbar ist das Mauerwerk nicht besonders gut isoliert. Dieser Nachbar hat zudem beobachtet, wie Konstanze Anderson das Haus spät in der Nacht verließ. Und die Kollegen fanden einen Busfahrer, der sie bei der Haltestelle in der Nähe von Loderers Wohnung einsteigen und bei ihrer eigenen Adresse aussteigen sah. Schon rein aus Zeitgründen hätte sie den Pfarrer nicht töten können.«

»Und Loderer?«

»Selbst mit dem Auto wäre es knapp geworden. Und der Nachbar bestätigt, dass er das Paar, nachdem Konstanze gegangen war, erneut gehört hätte, und zwar bei sehr eindeutigen Dingen.«

»Wenn man weiß, dass der Mieter nebenan sein Ohr an der Wand hat, kann man das natürlich ausnutzen und eine Aufnahme laufen lassen.«

»Richtig«, stimmte ihr Stutter zu. »Aber das wäre schon sehr ausgeklügelt. Dennoch glaube ich nicht an Zufälle. Konstanze Anderson könnte der Schlüssel sein. Sie hat sich mit Ronja unterhalten. Was, wenn sie irgendwem von ihr erzählt hat?«, spekulierte der Hauptkommissar weiter.

»Du meinst, sie hat von einer Frau erzählt, die sehr nett ist und Fragen stellt?«, entgegnete Jasmin nachdenklich.

»Wäre doch möglich«, antwortete ihr Kollege. »Ronja Schneider hat bestimmt versucht, mit jedem in Kontakt zu treten, der etwas über Wildhain und dessen Machenschaften wissen könnte. Wenn sie eine kluge Polizistin war, und das nehme ich an, hat sie vor allem auch die angesprochen, die überall sind und doch nie auffallen. Auslieferer, Paketzusteller oder eben Reinigungsfachkräfte. Die kommen rum und bekommen meistens mehr mit, als man denkt. Ronja verhielt sich Konstanze gegenüber freundlich, hat mit ihr geplaudert, sie nicht übersehen. Vielleicht ist Konstanze Anderson im Gegenzug etwas herausgerutscht. Sie hat ja auch uns gegenüber ganz unbedarft ihren Onkel erwähnt und ihn so in unseren Fokus gebracht.«

»Du denkst, sie hat Ronja ihrem Onkel gegenüber erwähnt?«

»Warum nicht? Jemand wie Konstanze Anderson scheint wenig Positives zu erfahren. Womöglich hat sie sich über Ronjas Interesse gefreut und ohne böse Absicht davon erzählt. Bernd Loderer hat das vielleicht an Wildhain weitergegeben, nach dem Motto: Da stellt jemand viele Fragen.«

»Und bei dem Pfarrer könnte Konstanze ebenfalls etwas aufgeschnappt und weitergegeben haben, ohne sich über die Konsequenzen klar zu sein. Ronjas Tarnung ist womöglich aufgeflogen. Der Pfarrer wäre dann ein Mitwisser gewesen und Jennifer Lahke …« Der Hauptkommissar überlegte kurz und meinte dann: »Nach allem, was wir bisher über die Frau wissen, könnte es gut sein, dass sie sich durch Illoyalität jemandes Zorn zugezogen hat«, schlug Stutter vor. »Vielleicht irgendwelche eigenen Geschäfte, die Wildhain nicht gepasst haben. Aus den Befragungen wissen wir, dass Jennifer wenig Skrupel hatte, wenn es darum ging, den eigenen Vorteil durchzusetzen. Vielleicht hatte sie Ronja die Drogen besorgt. Und was Loderer angeht, über den gibt es eine interessante Akte«, erklärte er, nachdem er am Bildschirm die E-Mail von Kollegin Feldweg geöffnet hatte. »Der Typ saß zwei Jahre im Gefängnis in München. Dort ist er wegen Dealerei gelandet.

Nach seiner Entlassung ist er noch eine Weile in Bayern geblieben, war immer wieder im Fokus der Ermittler, allerdings konnte man ihm nichts mehr nachweisen.«

»Hat uns Konstanze Anderson nicht erzählt, dass ihre Eltern an einer Überdosis gestorben sind?«, fragte Jasmin nachdenklich.

Stutter nickte.

»Ist ganz schön übel, wenn man überlegt, dass der jüngere Bruder von Konstanzes Mutter das Zeug vertickt hat. Seine Nichte wurde deshalb zur Waise.«

»Als ihre Eltern starben, war Bernd Loderer erst vierundzwanzig. Bis dahin hatte er zumindest noch keine Strafakte. Erst nach deren Tod ist er nach München weitergezogen, während Konstanze in staatliche Obhut kam.«

»Hatte sie sonst keine Verwandten?«

»Eine Großmutter, die allerdings nicht in der Lage war, sich um den Teenager zu kümmern. Die Frau starb vor Kurzem in einem Pflegeheim.«

»Dann ist der Onkel der einzige Verwandte. Kein Wunder«, erwiderte Jasmin daraufhin.

Ihr Kollege sah sie fragend an.

»Na, würdest du mit einem wie Bernd Loderer Zeit verbringen, wenn er nicht der einzige Verwandte wäre, den du noch hättest?«, erklärte ihm die Oberkommissarin. »Vermutlich klammert sie sich an den Gedanken, dass er der letzte Rest Familie ist, den sie noch hat. Sie hat sich uns gegenüber nicht so geäußert, als würde sie Onkel Bernd und seine Heiratspläne besonders mögen, dennoch war sie bei den beiden frisch Verlobten zum Abendessen. Offenbar arrangiert sie sich mit ihm. Denkbar, dass sie sich auch ein wenig ausnutzen lässt.«

»In welchem Sinne?«, wollte Stutter wissen.

»Informationsbeschaffung. Gewiss wird sie es nicht auf einen Streit anlegen, wenn der Onkel etwas über ihre

Putzstellen wissen möchte. Sie erzählt ihm, was sie aufgeschnappt hat. Denkbar, dass sie sich sogar geschmeichelt fühlt, wenn er sich dafür interessiert. Womöglich ist das ja die geheimnisvolle Arbeit, die Bernd Loderer für Alex Wildhain erledigt. Er schnüffelt für ihn herum …«

»… und könnte so auf Ronja Schneiders wahre Identität gestoßen sein«, vollendete der Hauptkommissar nachdenklich den Satz seiner Kollegin.

* * *

Zur gleichen Zeit dachte auch Konstanze Anderson über ihren Onkel Bernd nach. Er hatte sie angerufen und beschimpft.

»Warum steht bei mir Polizei vor der Tür?«, hatte er in den Hörer geblökt.

»Vermutlich wegen meines Alibis«, waren ihre ebenso unfreundlichen Worte gewesen. »An einem der Mordabende war ich bei dir und Olivia, was du übrigens ausschließlich deiner zukünftigen Frau zu verdanken hast.«

»Woher wussten die von meinen Kontakten zu Wildhain?«, fragte er jedoch gereizt, ohne auf ihre Bemerkung einzugehen.

Konstanze ließ unerwähnt, dass sie das den Beamten erzählt hatte, und meinte nur: »Die wissen eben, was läuft. Seit den Morden schnüffeln die sicher überall herum.«

Er brummte ungehalten, aber seine Nichte hatte recht. Das bedeutete nichts. Die Polizei hatte seinen Namen in ihrer Datenbank. Außerdem gab es immer irgendwelche Informanten, die den Behörden was steckten. Er musste sehr vorsichtig sein beim Aufziehen seines Geschäfts.

»Die wollten auch meine Alibis«, ließ er jedoch nicht locker. »Du wirst denen doch nichts erzählt haben?« Bei dieser Frage klang seine Stimme bedrohlich und Konstanze beteuerte umgehend, dass das nicht der Fall gewesen sei.

»Du weißt, dass ich mich nicht gerne unterhalte«, antwortete sie bockig.

»Und übrigens«, hatte er unfreundlich angefügt. »Olivia und ich haben da einiges am Laufen, das heißt, momentan ist keine Zeit für weitere Familienabende.«

»Kommt mir entgegen«, hatte sie knapp geantwortet und aufgelegt.

Obwohl sie eigentlich wusste, dass Bernd kein fürsorglicher Mensch war, dass er log und betrog und jeden Vorteil ausnutzte, der sich ihm bot, fragte sie sich, was sie falsch gemacht hatte. Früher, da waren sie doch eine Familie gewesen, als ihre Eltern noch gelebt hatten, zumindest eine Zeit lang.

Jemand rief ihren Namen, und Konstanze hob den Kopf, um die Anweisungen ihres Chefs entgegenzunehmen.

»Ist nett von dir, dass du heute Abend aushilfst. Der Auftrag kam unerwartet.« Ihr Vorgesetzter lächelte freundlich, aber Konstanze nickte ihm eher mürrisch zu. »Wenn wir fertig sind« – damit meinte er die Reinigung der Hotelzimmer, die kurzfristig übernommen worden war – »dann lade ich alle zu einer Pizza ein. Ich hoffe, du kommst mit«, sagte er erwartungsvoll, aber das entging Konstanze.

Viel zu sehr war sie auf die Vergangenheit konzentriert, auf ihre Jugend und das mittlerweile schlechte Verhältnis zu Bernd. So bemerkte sie auch nicht den enttäuschten Gesichtsausdruck ihres Gegenübers, als sie uncharmant erwiderte: »Nee, ich bin froh, wenn ich heute auf meiner Couch liegen kann.« Im nächsten Augenblick schaltete sie den Staubsauger an und widmete sich dem hochflorigen Teppichboden.

»Da kann man dann wohl nichts machen«, murmelte ihr

Vorgesetzter mit einem Seufzen, aber auch das bekam Konstanze nicht mehr mit.

* * *

In der Nacht

»Ben und Felina forever«, grölte das Paar und schwankte hin und her.

Sie gingen Arm in Arm, lachten und reichten sich gegenseitig die Flasche. Es war spät, fast ein Uhr morgens, und in der kleinen Seitenstraße nicht weit vom Marktplatz hatten die Menschen sich bereits zurückgezogen. Einige Fenster standen jedoch offen, da die Nacht eine sanfte Brise in die Schlafzimmer wehte. Eine Wohltat nach der Hitze des Tages.

Irgendwo bellte ein Hund, und ein genervter Anwohner rief: »Haltet die Schnauze« – etwas, das das angetrunkene Paar dazu anstachelte, noch lauter zu sein.

»Wir sind nur lustig«, kreischte Felina. »Komm und feier mit uns, das Leben ist zu kurz zum Schlafen!«

Ihr letzter Satz löste bei Ben einen Lachkrampf aus, und so zogen sie prustend weiter Richtung Lustnauer Tor. Für die kurze Strecke zu ihrer Wohnung brauchten sie dreißig Minuten, weil Felina sich bei dem Versuch, auf Bens Schultern zu klettern, um ein Halteverbotsschild abzuschrauben, verletzt hatte. Sie war unsanft auf ihre Hüfte geknallt und humpelte nun übertrieben, was das betrunkene Paar zusätzlich amüsierte. Anzunehmen, dass sich am nächsten Tag keiner der beiden mehr an den Sturz erinnern würde.

Ben und Felina waren seit zehn Jahren zusammen. Anfangs hatten sie noch Pläne gehabt, sogar über eine

Familie gesprochen, aber dann hatte sich für die heute Vierzigjährigen alles anders entwickelt. Ben verlor seinen Job, das Geld wurde immer knapper, die Streitereien dafür umso häufiger. Und irgendwann funktionierte das Zusammenleben nur noch, wenn sie beide völlig betrunken waren. Dann gab es keinen Streit, sondern nur Felina und Ben, vereint gegen den Rest der Welt. Eine Welt, in der man richtig Spaß haben konnte.

Mit Mühe fanden sie die richtige Haustür, der Schlüssel fiel Ben aus der Hand, und Felina stöhnte, als sie sich vor Lachen ausschütten wollte, dabei aber ein unangenehmer Schmerz in Höhe ihres linken Beckens aufflammte.

Und plötzlich war da noch jemand. Jemand, der ihnen den Schlüssel aufhob, freundlich aufschloss und fragte, ob man für Felina nicht einen Arzt rufen sollte.

»Ne«, blökte Ben und legte sich den Finger auf den Mund, um »Psst!« zu zischen. »Nicht nötig«, lallte er, »wir haben uns die Medizin schon besorgt.«

Felina kicherte und quietschte vergnügt: »Und die war sogar umsonst.«

Wieder machte Ben »Psst!«, deutete dann jedoch auf seinen Rucksack und erklärte stolz: »Haben wir mitgehen lassen. Die Alte in dem Laden, die checkt doch nix.«

Erneut kicherte Felina. »Seither machen wir Party, aber die Leute sind alle so langweilig«, sprach sie ebenfalls schleppend weiter und machte ein beleidigtes Gesicht. »Keiner will mit uns Spaß haben, aber du …« Sie überlegte, sah dann zu ihrem Partner. »Du könntest mit uns Spaß haben?«

Ben nickte. »Wir haben Schnaps geklaut, gutes Zeug, kostet die Flasche normalerweise sieben Euro.«

»Willst du Spaß?«, war es wieder Felina, die wie ein Kleinkind quengelte. »Bitte, lass uns die Beute mit dir teilen.«

»Warum nicht?«, hörten die beiden ihr Gegenüber sagen und waren sofort euphorisch.

»Dann komm mit«, drängte Felina, die sich begeistert bei ihrem Gast unterhakte.

In der kleinen schmuddeligen Wohnung sollte sich bald darauf der typische metallene Geruch frischen Blutes ausbreiten. Es ging schnell; die Opfer waren gar nicht in der Lage, sich zu wehren. Voller Stolz stellte Ben seine geklauten Schnapsflaschen auf den Tisch und nachdem er einen weiteren Schluck direkt aus der Pulle nahm, kippte er zur Seite und begann kurz darauf, lautstark zu schnarchen.

»Weißt du«, erklärte Felina daraufhin, »ich werde ihn verlassen. Er taugt nichts, ist ein Säufer. Er zieht mich runter.«

Das verständnisvolle »Sicher« ließ sie weitersprechen.

»Ich bin erst vierzig Jahre alt, ich hab noch was vor, will was erleben.« Sie fummelte eine Zigarette aus der Schachtel, die sie sich zwischen die Lippen schob, aber nicht anzündete. Ihre Aussprache wurde mit der Kippe im Mundwinkel noch undeutlicher. Dennoch verstand man, dass sie über verpasste Chancen und den Schuldigen dafür fabulierte. Sie fing an, sich hineinzusteigern und dabei einen ausgesprochen ungesunden Hass auf Ben zu entwickeln.

»Bring ihn doch um«, riet man ihr mit ruhiger Stimme, und Felina erstarrte für einen Augenblick, dann lachte sie. »Du machst einen Witz, stimmt's?«

»Nein«, kam die gelassene Antwort.

Felina warf sich zurück und kicherte. »Vielleicht tue ich das eines Tages«, sagte sie und richtete sich auf der durchgesessenen Couch wieder auf, um nach dem Feuerzeug zu suchen. »Du trinkst ja gar nichts«, schnarrte sie und schob die Flasche über den Tisch zu ihrem Gast.

»Und du bringst ihn ja gar nicht um«, erhielt Felina Antwort, bevor die Flasche auf ihrem Schädel zertrümmert wurde und sie in sich zusammensackte.

Wenige Augenblicke später wurde die Flasche mit Schwung gegen die Tischkante geschlagen. Die Wucht genügte, damit das untere Drittel der Schnapsflasche absprang und der Rest zu einer ungleichmäßig gezackten, gefährlichen Waffe wurde. Ohne zu zögern, rammte man das scharfe Ende in Felinas Kehlkopf. Sie röchelte, machte einige hilflose Versuche, nach Luft zu schnappen, und blutete dabei langsam aus.

Wie durch einen Schleier konnte sie noch erkennen, dass man sie dabei beobachtete, es womöglich genoss, wie das Leben regelrecht aus ihr herausfloss.

Trotz seines Rausches schien Ben zu bemerken, dass etwas nicht stimmte. Er schlug die Augen auf und wirkte unerwartet nüchtern – daher ließ man ihm keine Zeit, völlig zu sich zu kommen. Im nächsten Moment traf auch ihn der abgeschlagene Flaschenhals, der bereits vor Felinas Blut troff.

Während sich Felina an Bens Seite nicht mehr rührte, spürte er den brennenden Schmerz, als sich die scharfen Zacken der Flasche in seinen Hals bohrten. Zentimeter für Zentimeter wurden sie ihm ins Fleisch getrieben. Das langsame Vorgehen war nicht mangelnder Entschlossenheit geschuldet, die den Akt des Tötens verzögerte, sondern dem Wunsch, das Sterben jede Sekunde, die es dauerte, auszukosten.

Blut strömte über Bens dreckiges Hemd, sorgte dafür, dass die alten Flecken überdeckt wurden, so als hätte man das Kleidungsstück in einen Eimer mit Batikfarbe getunkt. Es war ein geradezu meditatives Erlebnis. Am Ende ragten die

Flaschenreste aus seiner Kehle, während sich sein Blick gegen die Decke richtete.

Nach den Morden mussten die Toten präpariert werden. Zwei Leichen, einträchtig auf dem Sofa, aneinandergelehnt zum Zeichen ihrer Zusammengehörigkeit. Schön und entstellt zugleich; und auch die Zehen lagen dieses Mal wieder fein säuberlich amputiert neben den Stümpfen des linken Fußes der Opfer, genau so, wie es eben sein sollte.

17

Am nächsten Morgen

Jasmin traf in dem kleinen Frühstücksraum ihrer Pension auf Hauptkommissar Stutter. Sie wirkte unausgeschlafen.

»Schlechte Nacht?«, fragte ihr Vorgesetzter besorgt und seine Kollegin ließ sich mit einem übellaunigen Brummen nieder.

»Ich mache mir Vorwürfe, dass mich Ehrbecker so leicht verarschen konnte. Was sagt das über meine Fähigkeiten als Polizistin aus?«, setzte sie missmutig hintan und nahm einen großen Schluck heißen Kaffee.

»Es sagt etwas über dich als Mensch aus. Nämlich, dass du Vertrauen hast.«

Sie lachte bitter auf. »Was nichts anderes heißt, als dass ich naiv bin.«

»Wohl kaum. Wir können nicht jedes Mal eine Sicherheitsüberprüfung unserer möglichen Partner vornehmen, das wäre ja paranoid«, tröstete sie der Hauptkommissar.

»Oder clever. Theoretisch hätte ich mich nur im Büro

umhören müssen, aber ich hielt ihn nicht für einen Lügner.« Sie schüttelte genervt den Kopf und knurrte: »Schwamm drüber. Dafür«, fuhr sie etwas ruhiger fort, »habe ich eine Unstimmigkeit in unserer Theorie über das Ritual entdeckt.«

Der Hauptkommissar sah sie sehr interessiert an und Jasmin erklärte: »Wir nehmen doch an, dass diese Verunstaltung der linken Körperhälfte gezielt stattfindet. Eine Seite schön, die andere entstellt.«

Stutter nickte zustimmend.

»Und weiter nehmen wir an, dass damit ausgedrückt werden soll, dass das Opfer zwei Gesichter hatte, ein gutes und ein böses. Also eine ehrliche Seite und eine unehrliche.«

Es folgte ein Nicken des Hauptkommissars.

»Ist es dann nicht unlogisch, dass man Ronja Schneider getötet hat?«

»Wieso? Sie gab vor, eine Barkeeperin zu sein, und war in Wahrheit eine Polizistin, die spionierte.«

»Aber sie war dennoch eine von den Guten, genauso wie der Pfarrer. Ich meine, wenn man Jennifer Lahke betrachtet, die ihren Freund betrogen und auch sonst nicht gerade sehr sozial eingestellt war, dann passen die anderen beiden doch gar nicht ins Profil.«

»Womöglich gewichtet der Täter nicht. Ihm ist es egal, wie schlimm die Lüge ist und welche Konsequenzen sie für andere hat.«

»Also geht es ihm nur ums Prinzip?«, nahm Jasmin den Faden auf.

»Durchaus denkbar. Das ist ja das Schwierige bei dem Fall. Jeder könnte das nächste Opfer sein. Jeder Mensch könnte bewusst oder unbewusst den Zorn des Mörders auf sich gezogen haben, soweit«, ergänzte Stutter, »es nicht darum geht, uns mit diesen Inszenierungen an der Nase herumzuführen. Vergessen wir das Ritual nämlich, dann haben wir eine verdeckt arbeitende Polizistin, eine Tänzerin, die womöglich in Kontakt mit der Polizistin stand – genauso wie der Pfarrer. Dann sind wir wieder bei jemandem wie Alex Wildhain, der um jeden Preis verhindern will, dass seine kriminellen Machenschaften auffliegen.«

»Die Irreführung wäre ihm dann jedenfalls gelungen. Denkst du, er ist tatsächlich unser Mann?«

Stutter fuhr sich mit der Serviette über den Mund und legte sie auf den Tisch. »Finden wir es heraus. Zeit für unseren Termin mit Wildhain.«

* * *

Alex Wildhain empfing Stutter mit einer übertrieben gespielten Freude, als wäre ein lang verschollener Freund bei ihm aufgetaucht. Jasmin begrüßte er höflich, ohne auch nur den Hauch von Anzüglichkeit. Wenn das Treffen nicht in seinem Klub stattgefunden hätte, wäre man kaum auf die Idee gekommen, den Mann für einen zwielichtigen Typ zu halten.

Er führte sie persönlich durch den Gästebereich, über die Tanzfläche, an der VIP-Lounge vorbei die Treppe nach oben in sein Büro, das sich über das gesamte Stockwerk erstreckte und äußerst luxuriös ausgestattet war. Man konnte Wildhain nicht einen gewissen Geschmack absprechen, denn die Innendekoration war äußerst gelungen. Hier wurde nicht geprotzt, sondern Reichtum lediglich durch dezente, aber kostspielige Elemente angedeutet. Stutter erkannte das Gemälde eines bekannten modernen Künstlers und nahm an, dass es sich dabei um ein wertvolles Original handelte. Jasmin entdeckte gruselig aussehende Masken, vermutlich Reiseandenken aus einem exotischen Land, sowie ein Triptychon. Die dreiteilige aufklappbare Tafel zeigte eine biblische Szene, die durch eine bestimmte Technik einen dreidimensionalen Effekt hatte.

Die Möbel im Raum waren schlicht, jedoch auf Hochglanz poliert und bildeten einen krassen Kontrast zu den Tanz- und Barbereichen in den unteren Stockwerken. Selbst bei Tag hatte man dort das Gefühl, in einer Glitzerwelt gefangen zu sein. Scheinwerfer, Leuchter in Kerzenform, Spiegel und Pailletten an den dunkelroten Wänden zeugten von dem bunten Treiben, das nachts hier herrschte. Auch die bequemen Polsterecken und die mit goldener Farbe bemalten Podeste und erhöhten Plattformen für die Shows trugen dazu bei. Eine Theke zog sich mehrere Meter an der hinteren Wand entlang, und in einem fast deckenhohen Regal stapelten sich Hunderte von Gläsern.

In Wildhains persönlichem Reich wirkte jedoch nichts überladen oder aufdringlich. Es roch hier sogar anders, womöglich war das dem üppigen Strauß frischer Blumen auf dem Schreibtisch geschuldet.

Jasmin nahm an, dass man ihnen absichtlich das Büroambiente eines gediegenen Geschäftsmannes präsentieren wollte.

»Sie nehmen doch einen Kaffee?«, bot er jovial an, unterließ einen witzigen Kommentar bezüglich eines eventuellen Bestechungsversuchs und sah so erwartungsvoll zu den Beamten, als würde er sie um die Erfüllung eines Herzenswunschs bitten.

»Sicher«, nahm Stutter die Einladung an und auch Jasmin willigte ein.

Wildhain tauschte einen Blick mit seiner Anwältin Cordula Reich, die ebenfalls zustimmte. Lässig betätigte er eine Taste an seiner Telefonanlage und kurz darauf erschien eine leicht bekleidete Frau auf sehr hohen Schuhen, die zu Jasmins Erstaunen keinen Millimeter ins Wanken kam, während sie das Tablett mit dem Kaffeegeschirr auf dem Tisch abstellte. Der Duft, der aus den Tassen strömte, war verführerisch, genauso wie die kleinen Kekse, die auf einem Extrateller gereicht wurden.

»Setzen Sie sich und greifen Sie zu«, forderte Wildhain seine Gäste auf und nahm lässig auf einem der Stühle Platz.

Jasmin musterte den Mann genau. Er war durchaus attraktiv, vermutlich wortgewandt und, wenn es notwendig war, auch charmant. Sicher, sein Haar wurde lichter, der Bauchansatz ausgeprägter, dennoch hatte der Fünfzigjährige eine nicht zu unterschätzende Wirkung auf Frauen. Die Oberkommissarin dachte an Ronja Schneider, fragte sich, ob die sich vielleicht geschmeichelt gefühlt hatte, als ihr Wildhain seine Aufmerksamkeit schenkte.

»Eigentlich müsste ich beleidigt sein«, begann der nun das Gespräch.

Stutter reagierte mit einem belustigten Blick und tat ihm den Gefallen, nach dem Warum zu fragen.

»Nun, man hat Sie hinzugezogen, um den Mord an einer meiner Barkeeperinnen zu untersuchen, und ich werde als Letzter von Ihnen befragt?«

»Sollte Sie das nicht eher beruhigen?«, gab ihm Stutter im gleichen Tonfall Antwort.

Wildhain lachte. »Ich habe schon gehört, dass Sie ein schlagfertiger Mann sind.« Sein Blick schweifte zu Cordula Reich, die leicht amüsiert den Kopf schüttelte.

»Mein Mandant wird Ihnen gerne Ihre Fragen beantworten«, lenkte sie das Gespräch aufs Wesentliche und bedachte Wildhain mit einem tadelnden Blick.

»Frau Reich hat recht, fangen wir an. Wir haben schließlich alle das gleiche Interesse«, reagierte der Klubbesitzer höflich.

»Ist das so?«, zeigte sich Stutter überrascht.

»Selbstverständlich«, erwiderte sein Gegenüber ernst. »Jemand hat zwei meiner Mitarbeiterinnen getötet und, soviel ich hörte, einen Pfarrer. Ich lebe in dieser Stadt und verdiene hier meine Brötchen. Es kann nur in meinem Interesse liegen, dass sich solche Dinge nicht in meinem Umfeld ereignen. Deshalb stehe ich Ihnen in jedweder Hinsicht zur Verfügung. Je schneller Sie den Mörder finden, desto schneller geht hier wieder alles seinen geregelten Gang.«

»Und was ist das ganz genau, das momentan nicht seinen geregelten Gang geht? Ich kann mir kaum vorstellen, dass die Gästezahlen in Ihren Klubs gesunken sind.«

»Die Menschen sind mitfühlender, als Sie womöglich denken«, entgegnete Wildhain ernst.

»Soll das heißen, dass Sie die Toten betrauern?«, warf Jasmin flapsig ein.

Für einen Augenblick sah er die Oberkommissarin böse an, dann wurden seine Züge weicher, und fast schon resigniert erwiderte er: »Natürlich haben Sie Ihre Meinung über mich schon gefasst. Ich bin Nachtklubbesitzer, damit muss ich ja ein kriminelles Element sein, ohne Gefühl und Verstand. Sie nehmen automatisch an, dass mich der Tod der Frauen und des Geistlichen kaltlässt, aber da irren Sie sich.« Sein Gesicht war verschlossen, und es blieb schwer zu deuten, ob er ihnen gerade eine Show lieferte oder echtes Mitgefühl zeigte.

»Vielleicht«, mischte sich Cordula Reich ein, »ist es für uns alle dienlicher, direkt zur Sache zu kommen. Bitte stellen Sie Ihre Fragen.«

Stutter, der die Frau auch heute wieder ausgesprochen attraktiv fand, hätte sie gerne woanders als an der Seite von Alex Wildhain gewusst, aber die Dinge waren nun einmal so. Deshalb hielt er sich nicht weiter mit Geplänkel auf, sondern sagte direkt: »Wir wissen zwischenzeitlich, dass Sie ein Verhältnis mit dem ersten Opfer hatten. Nun fragen wir uns natürlich, warum Sie das bisher verheimlicht haben.«

»Es war zu schmerzhaft, darüber zu sprechen«, gab

Wildhain knapp Antwort, und die Beamten wussten, dass er nicht nur damit gerechnet hatte, dass der Polizei die Affäre bekannt werden würde, sondern auch bestens darauf vorbereitet war.

»Sie wollen helfen und halten eine entscheidende Information zurück?«, warf ihm Stutter vor.

»Mein Mandant ist nicht in der Lage, zu beurteilen, welche Information für die Behörden relevant ist. Deshalb hat er das bisher nicht erwähnt«, reagierte Cordula Reich prompt.

»Sie hatten also ein Verhältnis. Waren Sie offiziell ein Paar?«

»Wir kamen uns erst näher«, erklärte Wildhain, »ich würde noch nicht von einer Beziehung sprechen, aber womöglich hätte sich das entwickelt. Sie sehen, ich bin durchaus persönlich betroffen.«

»Oh ja«, antwortete Stutter und seine Worte trieften vor Sarkasmus, als er anfügte: »Ich sehe, wie Sie leiden.«

Wildhain lehnte sich zurück und lachte kurz auf. »Das tue ich tatsächlich«, fuhr er dann ernst fort. »Ich bin hier vermutlich mehr Opfer, als Sie mir zugestehen möchten. Ronja Schneider war mir ans Herz gewachsen«, sagte er und Jasmin glaubte, dass er damit einen gewaltigen Fehler gemacht hatte.

Ronja Schneider hatte sich nicht unter ihrem richtigen Namen von Wildhain einstellen lassen. Bei den bisherigen Ermittlungen hatten die Tübinger Polizisten den echten Namen der Toten mit keiner Silbe erwähnt, damit war nun aber klar, dass Wildhain die wahre Identität der Beamtin gekannt hatte.

Noch bevor Stutter jedoch diesbezüglich nachhaken konnte, fügte er lässig an: »Ich wusste, dass sie Polizistin war.« Wildhain erklärte ohne Zögern: »Ja, mir ist bekannt, dass man sie bei mir eingeschleust hat. Es herauszufinden, war keine große Herausforderung. Mein Personal ist normalerweise aus einem anderen Holz geschnitzt als Ronja. Zugegeben, sie war gut, aber nicht gut genug.«

»Und das haben Sie einfach so herausgefunden? In den vorangegangenen Vernehmungen haben Sie das übrigens auch nicht erwähnt.«

»Erstens, wie meine Anwältin Ihnen bereits erklärt hat, bin ich nicht in der Lage, zu beurteilen, welche Informationen relevant sind, und zweitens erfahre ich gewisse Dinge eben«, gab sich Wildhain nun wichtigtuerisch.

»Und von wem?«

»Wie heißt es so schön: Ich kann meine Quelle nicht verraten«, reagierte Wildhain etwas schnippisch.

»Und wie heißt es außerdem so schön: Sie haben mir eben Ihr Motiv geliefert und ich könnte Sie verhaften«, konterte Stutter.

Cordula Reich mischte sich ein, hob ihre gepflegten Hände zum Zeichen, dass sie eine Eskalation zwischen den Parteien vermeiden wollte, und sagte ruhig: »Herr Wildhain hegte keinen Groll gegen Frau …« Sie tat so, als wäre ihr der Name nicht geläufig, und Stutter half ihr verärgert aus, indem er zischte: »Schneider.«

»Sicher«, sagte die Anwältin und fuhr fort. »Herr Wildhain hätte die Frau einfach entlassen können, wenn er in ihr eine Bedrohung gesehen hätte. Also halten Sie sich mit Ihren Verdächtigungen zurück.«

»Sie wussten, dass eine Ihrer Angestellten eine Polizistin war, und haben sie weiter beschäftigt, sogar eine Beziehung mit ihr angefangen. Warum? Um sie zu demütigen?«, hakte der Hauptkommissar mit unterdrückter Wut nach.

Wildhain sah ihn ärgerlich an. »Ich bin kein Psycho«, schnauzte er. »Warum sollte ich eine Frau demütigen? An so etwas habe ich keinen Spaß. Ronja wusste, dass ich es wusste. Ich habe sie zur Rede gestellt. Was glauben Sie denn? Ich dachte, sie würde ihr Zeug packen und verschwinden, aber dann verlief dieses Gespräch völlig anders als erwartet.« Plötzlich sprang er auf und ging zu einem Schrank aus dunklem Tannenholz. Dahinter verbarg sich eine Bar und er bediente sich, indem er einen Cognacschwenker füllte. »Tut mir leid, aber diese ganze Sache lässt mich nicht kalt«, erklärte er und Jasmin beklatschte ihn im Stillen für die Darbietung, falls sie nicht echt sein sollte.

Wildhain trat wieder zum Tisch, trank noch einen Schluck im Stehen und setzte sich. »Ich dachte, die haut in Panik ab, als ich ihr auf den Kopf zugesagt habe, dass ich es weiß.«

Er sah nun betreten auf das Glas, spielte damit und beobachtete die Schlieren, die der Alkohol hinterließ, wenn man den Schwenker ein wenig drehte.

»Wieso ist sie nicht gegangen, wie hat sie das begründet?«

»Sie hat gesagt, hier würde sie sich das erste Mal in ihrem Leben frei fühlen, und da ich nichts zu verbergen habe …«

Er bemerkte die ungläubigen Reaktionen und fügte an: »Ich gebe zu, dass ich zunächst dachte, das sei ein Trick, um mich zu überzeugen. Sie wissen schon, dass sie mich einwickeln wollte, aber das war es gar nicht. Sie bat mich, bleiben zu können, wenigstens noch vorübergehend. Sie müsse sich überlegen, was sie künftig wollte.«

»Klingt unglaubhaft, immerhin war Frau Schneider Polizistin«, warf Jasmin misstrauisch ein.

»Ihre Kollegin war vor allem eins: völlig durch den Wind«, schleuderte ihr der Klubbesitzer entgegen.

»Sie sind also auch Psychologe?«, hakte Stutter sarkastisch nach.

»Ich habe genug gesunden Menschenverstand, um zu erkennen, wenn jemand fertig ist«, brach es nun aus Wildhain heraus. »Ich gebe zu, anfangs hat es mir auch ein wenig Spaß gemacht, der Komplize einer Polizistin zu sein, die abtrünnig wird, aber glauben Sie mir, ich mochte Ronja, und wer weiß, womöglich hätte sich daraus etwas entwickeln können.«

»Sie möchten uns im Ernst weismachen, dass Ronja Schneider bereit war, ihren Beruf an den Nagel zu hängen, um mit Ihnen Vater-Mutter-Kind zu spielen?«, konnte sich Jasmin nicht mehr zurückhalten.

»Ach, Frau Oberkommissarin, wäre das so undenkbar? Wollen Sie mir erzählen, dass Sie noch nie von unvernünftigen Gedanken getrieben worden sind und womöglich den ein oder anderen auch in die Tat umgesetzt haben?«

Zu ihrem Bedauern lief Jasmin rot an. Ausgerechnet jetzt musste sie an die Affäre mit dem Kollegen Ehrbecker und den peinlichen Auftritt im Zusammenhang mit dessen Frau denken.

Wildhain quittierte ihre Reaktion mit einem triumphierenden »Wir verstehen uns also«.

Stutter sprang schnell ein: »War Ihnen dann auch bekannt, dass Ronja Drogen nahm?«

»Drogen?«, tat Wildhain verblüfft. »Sie hat vielleicht mal einen über den Durst getrunken. Womöglich, und das ist nur geraten, hat sie gelegentlich einen Joint geraucht, etwas gekokst, aber da ich von Drogen grundsätzlich die Finger lasse, fragen Sie da den Falschen.«

»Dafür kennen Sie sich aber gut aus«, entgegnete Stutter prompt. »Sicher sagt Ihnen dann auch die Substanz *Xylazin* etwas?«

Wildhain hob die Brauen. »Ich lese Zeitung, es gab Berichte über das Zeug.«

Der Nachtklubbesitzer war nun auf der Hut. Stutter nahm an, dass das damit zusammenhing, dass Wildhain eben entgegen seiner Aussage sehr tief im Drogengeschäft steckte.

»Ronja hatte Spuren dieser Substanz im Körper«, sprach der Hauptkommissar weiter.

»Was?« Wildhains Überraschung schien echt und als er sagte: »Dann stand es um sie weit schlimmer, als ich bisher angenommen habe«, wirkte das Bedauern in seiner Stimme glaubhaft.

Hauptkommissar Stutter verstand mittlerweile, dass sein Gegenüber sich ausgesprochen gut vorbereitet hatte. Alles, was ihm theoretisch zum Verhängnis hätte werden können, sprach er offen aus: Sein Verhältnis zu Ronja, die Tatsache, dass er von ihrer verdeckten Ermittlung wusste, und selbst, dass sie ein Drogenproblem hatte, leugnete er nicht völlig. Damit prallten an ihm alle Anschuldigungen und möglichen Motive ab, und sein Bedauern über die Todesfälle wirkte durchaus aufrichtig.

Stutter versuchte, noch ein letztes Mal den Mann aus der Reserve zu locken, indem er fragte: »In welchem Verhältnis stehen Sie zu Bernd Loderer?«

Den Bruchteil einer Sekunde konnte man erkennen, dass Wildhain nicht mit diesem Namen gerechnet hatte, aber schon fing er sich und tat so, als müsste er darüber nachdenken. »Bernd Loderer …«, murmelte er. Vermutlich befürchtete er, dass Loderer der Polizei irgendetwas verraten hatte, denn schließlich sagte er: »Was auch immer der Mann Ihnen erzählt hat, Sie sollten seinen Worten keine allzu große Bedeutung schenken.«

»Und warum nicht?«, fragte der Hauptkommissar harmlos.

»Weil er ein unangenehmer Zeitgenosse ist, der es mit der Wahrheit nicht so genau nimmt«, antwortete der Klubbesitzer.

»Sie stehen also in Kontakt mit ihm?«, ließ Stutter nicht locker.

»Du liebe Güte, nein«, tat Wildhain nun empört. »Ich kenne ihn als Gast. Womöglich war er auch einmal als Aushilfe beschäftigt, aber ich bin an mehreren Etablissements beteiligt und kann da keine genaue Auskunft geben.«

»Aber Sie bestreiten nicht, dass Sie Bernd Loderer persönlich kennen?«, hakte der Hauptkommissar nach.

»Ich kenne ihn, aber ich verbringe nicht meine Zeit mit ihm. Ich kenne einige Gäste beim Namen. Das hat Marketinggründe. Den Leuten gefällt es, wenn sie vom Chef persönlich mit Handschlag begrüßt werden, erwarten Sie aber nicht, dass ich über deren Lebensgeschichte Bescheid weiß.«

Da der Hauptkommissar lediglich ein nachdenkliches Gesicht machte und sein Gegenüber bezüglich Bernd Loderer schmoren ließ, entstand eine unangenehme Stille.

Schließlich wurde die von Wildhain durchbrochen, der fragte: »Warum erkundigen Sie sich nach diesem Bernd Loderer? Was hat er Ihnen über mich erzählt?«

»Leider bin ich nicht befugt, Ihnen Details unserer Ermittlungen mitzuteilen«, ließ ihn Stutter jedoch auflaufen.

Cordula Reich mischte sich mit einem missbilligenden Stirnrunzeln ein. »Dem Hauptkommissar ist sicher bewusst, dass ich im Falle einer welcher Art auch immer lautenden Beschuldigung gegen meinen Mandanten Akteneinsicht beantragen kann.«

»Im Moment stellen wir nur Fragen«, rechtfertigte sich Stutter.

»Dabei sollten Sie es unterlassen, meinen Mandanten zu verunsichern oder einzuschüchtern.«

Wildhain setzte an, um zu widersprechen, vermutlich, weil er sich nicht als eingeschüchtert bezeichnen lassen wollte, aber Cordula hob den rechten Zeigefinger, um ihm zu signalisieren, dass er schweigen sollte.

Der Klubbesitzer war klug genug, ihr zu vertrauen, und als sie anfügte: »Wenn ich das Gefühl habe, dass Sie meinen Mandanten nicht mit dem nötigen Respekt behandeln, dann werde ich Beschwerde einreichen«, begann Wildhain zu grinsen.

Stutter gab sich nicht die Blöße, seine Verärgerung zu zeigen, und antwortete lässig: »Keine Sorge, an Respekt wird es mir bei einer Verhaftung nicht fehlen.« Damit erhob er sich, und Jasmin tat es ihm gleich. »Wir danken Ihnen für Ihre Zeit und den Kaffee.« Mit einem knappen Nicken richtete er das Wort noch einmal an Cordula Reich und sagte schnippisch: »Auf Wiedersehen, Frau Anwältin.«

Als die Beamten aus der Tür waren, drehte sich Wildhain aufgebracht zu Cordula um. »Was sollte das mit dem Loderer? Was hat dieses Arschloch den Bullen erzählt?«

»Offenbar gar nichts, denn sonst hätte Stutter eine Anschuldigung vorgebracht.«

»Das gefällt mir nicht«, erwiderte Wildhain, »ich denke, ich muss mir den Loderer mal zur Brust nehmen. Ich traue diesem Idioten zu, dass er glaubt, seine Schulden nicht zahlen zu müssen, wenn er mich bei der Polizei hinhängt.«

»Ich halte das für ziemlich unwahrscheinlich und würde Ihnen unter allen Umständen von irgendwelchen Aktionen dieser Art abraten. Was, wenn man Sie überwacht und darauf hofft, dass Sie sich einen Fehltritt erlauben. Man hat Ihnen eine verdeckte Ermittlerin untergejubelt. Als Anwältin empfehle ich Ihnen, die Füße stillzuhalten. Sitzen Sie es aus und schlucken Sie Ihren Stolz herunter. Jemand wie Loderer ist doch keine Gefahr, oder doch?«

Wildhain schüttelte nachdenklich den Kopf. »Nein, der

Typ ist eine Null, schuldet mir Geld, das ist alles. Dem würde ich nicht einmal etwas anvertrauen, wenn er der letzte Mensch auf Erden wäre.«

»Na also, halten Sie sich von dem Mann fern. Und falls er Ihnen das Geld bringt, lassen Sie es von einem Ihrer Angestellten entgegennehmen. Sie werden sicher jemand Vertrauenswürdiges finden.«

Sie verabschiedete sich und Wildhain dankte ihr, konnte sich aber nicht verkneifen zu fragen: »Muss ich mir wegen des Polizisten Sorgen machen? Mir ist da eine gewisse sexuelle Spannung zwischen Ihnen beiden aufgefallen.«

Cordula Reich lachte auf. »Erstens«, sagte sie lässig, während sie sich zur Tür bewegte, »geht es Sie einen verdammten Scheiß an, mit wem ich das Bett teile, und zweitens« – sie drehte sich um und zwinkerte ihm amüsiert zu – »pflege ich mich nicht in den Gegner zu verlieben.«

Damit war sie verschwunden und Wildhain blieb nachdenklich zurück. »Der Gegner«, murmelte er und seine Gedanken schweiften zu Ronja Schneider und dem Tag, an dem er von ihrer wahren Identität erfahren hatte. Fast spürte er wieder die gleiche Wut, die schmerzhafte Enttäuschung. Er hatte ihr einfach glauben wollen, aber war das vernünftig gewesen?

18

Zur gleichen Zeit in der Wohnung von Bernd Loderer und Olivia Meier

Olivia hatte immer noch das Gefühl, sie könnte den schweren Körper von Charly auf sich spüren. Jedes Mal, wenn sie die Augen schloss, war er wieder da, erdrückte sie, nahm ihr die Luft zum Atmen. Panikattacken plagten sie seither und Bernd war ihr keine Hilfe. Er tat so, als wäre das alles nicht passiert, plante angeblich weiter die Hochzeit und bot ihr ständig diese Pillen an, damit sie entspannte. Gleichzeitig ließ er sie nicht aus den Augen.

Wenn sie nur einen Zufluchtsort hätte. Nach Hause konnte sie jedenfalls nicht, man würde sie kaum mit offenen Armen empfangen, sondern demütigen, sie ständig daran erinnern, dass sie mit ihren hochtrabenden Plänen vom besseren Leben kläglich gescheitert war.

»Schätzchen«, hörte sie Bernd rufen. »Wir sollten uns auf den Weg machen«, fügte er an und Olivia bekam trotz der sommerlichen Wärme eine Gänsehaut.

»Komme gleich«, rief sie ihm aus dem Badezimmer zu und überlegte fieberhaft, was sie nun tun sollte.

»Ein weiterer Freund, ein netter, nur ein bisschen plaudern«, hatte Bernd gesagt. »Er möchte die Stadt erkunden und braucht Gesellschaft.«

»So wie Charly«, hatte sie ihm an den Kopf geworfen und er war wütend geworden, hatte sie geohrfeigt.

Später folgten die Entschuldigung und das Betteln. »Wir brauchen das Geld, es wird uns helfen, unsere Zukunft aufzubauen, unsere Familie.«

Sie hatte genickt und eingewilligt.

Mittlerweile hatte sie Angst vor Bernd, deshalb schloss sie auch schnell die Tür auf, als er ungeduldig wurde und heftig dagegen klopfte.

»Bin schon da«, rief sie übertrieben fröhlich und er betrachtete sie von oben bis unten.

»Was hast du da denn an?«, fragte er ärgerlich.

»Gefällt es dir nicht?«, reagierte sie unschuldig.

»Siehst aus wie 'ne Klosterschülerin.« Damit spielte er auf die Jeans und das übergroße T-Shirt an, das ihr fast bis zu den Knien reichte. »Los, zieh dir einen von den sexy Fummeln an, sonst denkt mein Freund, ich habe meine Putzfrau dabei.«

»Sicher«, lenkte Olivia ein, die gehofft hatte, die schlichte Kleidung könnte helfen, das nächste Treffen in eine andere Richtung zu lenken.

»Du weißt doch, dass wir das Geld brauchen, also gib dir ein bisschen Mühe«, meckerte Bernd und sie nickte.

Wenigstens beanstandete er nicht ihre Tasche, denn sie hatte aus bestimmten Gründen einen großen Beutel gewählt. Es war an der Zeit, sich einzugestehen, dass sie nicht länger bleiben konnte.

* * *

Hauptkommissar Stutter und Oberkommissarin Nau erhielten den Anruf direkt nach ihrem Treffen mit Alex Wildhain. Sie erreichten den Tatort keine zwanzig Minuten später. Der Verkehr staute sich vor dem Haus und die Streifenkollegen hatten alle Hände voll zu tun, um ein Chaos zu verhindern. Das Aufgebot an Einsatzfahrzeugen und die ersten Pressevertreter machten die Vorbeifahrenden neugierig, sodass der durch die verengte Fahrspur ohnehin schon schleppende Verkehr fast zum Erliegen kam.

Ungeduldig scherte Stutter schließlich aus der Schlange aus und signalisierte einem der Kollegen, ihn durchzulassen.

Der Hauptkommissar fühlte sich ausgebremst, man ließ ihn nicht sofort passieren, klärte erst seine Personalien, suchte nach dem leitenden Ermittler, der in diesem Fall Oberkommissarin Feldweg war. Die sah sich wiederum nicht genötigt, besonders entgegenkommend zu agieren – im Gegensatz zu den Vertretern eines Fernsehsenders, die ihn erkannten und sofort mit Fragen bombardierten. Als er schließlich das Haus erreichte und ins Innere des Gebäudes trat, fühlte er sich, als hätte er durch einen klebrigen Morast waten müssen, entsprechend ungehalten begrüßte er Oberkommissarin Feldweg im Treppenhaus: »Warum haben Sie die Kollegen nicht unterrichtet, dass wir kommen?«

Ein Blick auf Jasmin und die Worte: »Sie wurden doch durchgelassen, so ist eben das Prozedere«, ließen keinen Zweifel daran, dass die Frau nur ein Mindestmaß an Kollegialität aufbringen würde.

Stutter war Profi genug, um sich nicht von der unkooperativen Art der Oberkommissarin provozieren zu lassen, stattdessen forderte er sie reserviert auf, ihm die Fakten darzulegen.

»Ben und Felina Holstein, beide vierzig, seit knapp neun Jahren verheiratet. Beide arbeitslos und, wie es aussieht, starke Trinker. Der Vermieter hat sie gefunden. Die Holsteins haben seit Monaten keine Miete mehr bezahlt, heute war der Tag der Räumung.« Sie machte eine Bewegung mit dem Kopf, deutete auf einen Mann, der auf einem Stuhl im Eingangsbereich saß, den ihm vermutlich einer der anderen Mieter zur Verfügung gestellt hatte. Er hatte die Ellbogen auf die Knie gestützt und die Hände vors Gesicht geschlagen, stand unter Schock.

Stutter trat auf ihn zu, stellte sich freundlich vor und wollte mit der Befragung beginnen, da sprudelten die Worte geradezu aus dem Vermieter heraus: »Die haben sich doch nicht umgebracht, oder?«

»Nein, davon gehen wir nicht aus«, reagierte Stutter überrascht und warf Oberkommissarin Feldweg, die ihm zum Zeugen gefolgt war, einen fragenden Blick zu. Sie schüttelte kategorisch mit dem Kopf.

»Ach, Gott sei Dank«, sagte der Mann erleichtert und bemerkte sofort, dass sich das unpassend anhörte. »Es ist nur, ich würde es mir nicht verzeihen, wenn ich damit etwas zu tun hätte. Aber man muss mich auch verstehen. Ich habe eine sehr kleine Rente, ich bin auf die Mieteinnahmen angewiesen. Ich muss Reparaturen zahlen und zudem weiß ich doch gar nicht, was noch alles auf mich zukommt. Jeden Tag eine andere Meldung über neue Vorschriften. Ich habe den beiden vorgeschlagen, ihre Schulden abzustottern, anfangs kam wenigstens noch ein bisschen Geld, aber dann … Und die Nebenkosten … Ach!«, rief er aufgebracht und schlug wieder die Hände vors Gesicht.

»Nun mal schön der Reihe nach«, beruhigte Stutter den Mann. »Das Ehepaar Holstein hat also die Miete nicht mehr gezahlt«, gab er dem Zeugen das Stichwort.

»Seit nunmehr fast einem Jahr. Ich habe die beiden aufgesucht, dann angeschrieben und schließlich auch Ratenzahlung vorgeschlagen. Aber die Zahlungen blieben aus. Jedes Mal folgten Versprechungen und Ausreden. Das

Geld vom Amt würde bald kommen oder sie hätten einen Job in Aussicht oder einer der beiden wäre krank. Ich habe mich lange hinhalten lassen, bevor ich zum Anwalt ging. Der hat ebenfalls verschiedene Mahnschreiben verfasst, ohne Reaktion, am Ende blieb mir nur noch die Räumung. Wissen Sie, ich bin nicht so, aber ich kann niemanden durchfüttern und dann gab es auch dauernd Beschwerden.«

»Über die beiden?«, fasste Stutter nach.

Der Zeuge nickte. »Die haben schwer getrunken. Einige unangenehme Vorfälle, Ruhestörung, das war nicht mehr tragbar.«

Als Stutter kurz darauf die Wohnung der Mordopfer betrat, sah er die Worte des Vermieters bestätigt.

»Das habe ich befürchtet«, bemerkte Jasmin und bezog sich auf den Dreck, die vielen leeren Flaschen und den beißenden Geruch; eine Mischung aus Schimmel, Zigarettenrauch und verdorbenen Lebensmitteln.

Sie deutete auf ein Regal im Gang. Stapelweise ungeöffnete Post. »Vermutlich liegt dort auch die Info über die heutige Räumung.«

In Schutzanzügen betraten sie schließlich das Wohnzimmer. Die Kriminaltechnik und die Gerichtsmedizin waren vor Ort, sicherten Beweismittel und machten Tatortfotos.

Jasmin schluckte beim Anblick der Leichen und bemerkte nicht ohne eine gewisse Genugtuung, dass sich Kollegin Feldweg abwandte und schnell den Raum verließ.

Der Gerichtsmediziner begann mit seiner Arbeit und erklärte sachlich, dass die abgebrochene Flasche, die immer noch im Hals von Ben Holstein steckte, vermutlich auch bei der Frau die Tatwaffe gewesen war. An Felinas Kehle klaffte eine große Wunde, und getrocknetes Blut hatte sich wie auch bei der männlichen Leiche über dem Brustkorb verteilt.

Die fettigen Haare der Frau hatte man auf der linken Schädelseite abgeschnitten. Sie lagen neben der Couch und wurden nun von einem Mitarbeiter mit einer großen Pinzette angehoben und in eine Archivierungstüte gestopft. Auch dem Mann waren die Haare geschnitten worden, allerdings war sein Schädel sowieso nur mit einigen ungepflegten Strähnen bedeckt gewesen.

»Was ist mit ihren Gesichtern passiert?«, fragte Stutter mit fester Stimme, obwohl auch er den Anblick nur schwer ertragen konnte.

»Sieht aus, als hätte man sehr laienhaft versucht, ihnen auf der linken Seite die Haut abzuziehen. Wir fanden neben der Couch Gewebefetzen. Anders kann ich es nicht benennen. Verwendet wurde vermutlich ein scharfes Küchenmesser. Sehen Sie das?«, fragte er überflüssigerweise, als er sich zu der Leiche des Mannes beugte. Denn leider sahen die Beamten die grauenvollen Details nur zu gut. »An der Stirn hat man ein Stück Haut lösen können. Das linke Augenlid wurde zur Gänze abgetrennt.« Er deutete mit seinem behandschuhten Zeigefinger auf den Schoß des Toten, dort befand sich ein zusammengerolltes Stück Gewebe. »Das Lid wurde hier zurückgelassen«, erklärte der Gerichtsmediziner, bevor er fortfuhr. »Und dann hat man unter dem Jochbein erneut die Klinge angesetzt und Wangengewebe herausgeschnitten. Bei der Frau«, sprach er mit einer gewissen beruflichen Neugier weiter, »gelang das Häuten besser, der Täter war bei ihr ein wenig geübter, denn er konnte ein größeres Hautstück abziehen, ohne auch das darunterliegende Gewebe herauszuschneiden.«

Jasmin vermied es, auf das rohe Fleisch in Felinas Gesicht zu starren, und schüttelte entsetzt den Kopf.

»Die Zehen wie gehabt sehr nahe am Mittelfuß amputiert und für uns zurückgelassen. Die Todeszeit liegt zwischen Mitternacht und drei Uhr morgens. Das ist meine erste Einschätzung, mehr kann ich später sagen«, fügte er noch an und widmete sich wieder seinen Untersuchungen.

Stutter gab Jasmin ein Zeichen und sie verließen das Wohnzimmer. Im Flur sprach der Hauptkommissar einen Kollegen von der Kriminaltechnik an. »Sind das Einbruchspuren oder stammen die vom Aufbrechen der Tür durch den Vermieter?«

»Soweit wir das feststellen können – und der Schlosser, der heute Morgen die Tür aufgebrochen hat, bestätigt das –, waren das Schloss und der Rahmen davor unversehrt.«

Stutter bedankte sich. »Dann hatten die beiden einen Gast.«

»Auf dem Tisch stehen so viele Gläser, dass man von einer Party ausgehen könnte.«

»Ja, wird vermutlich schwierig, eindeutige fremde DNA zu finden, jedenfalls müssen die Nachbarn vernommen werden, vielleicht hat einer heute Nacht etwas gehört oder gesehen«, gab Stutter Anweisung.

»Ich kümmere mich darum«, entgegnete Jasmin und sah ihren Kollegen unsicher an, bevor sie fragte: »Was haben Ben und Felina Holstein mit Alex Wildhain zu schaffen? Noch mehr Zeugen für seine illegalen Geschäfte, die beseitigt werden mussten?«

»Wird langsam unwahrscheinlich«, gab Stutter resigniert zu.

»Vielleicht eine weitere geschickte Irreführung«, schlug die Oberkommissarin vor.

»Oder aber der Hinweis darauf, dass wir die ganze Zeit in die falsche Richtung ermittelt haben«, antwortete ihr Stutter mit nachdenklicher Miene.

19

Etwa zur gleichen Zeit

Der Anruf kam völlig unerwartet, und Leila Maar traf die Nachricht vom Unfall ihres Sohnes Nathanael wie ein Elektroschock. Die Beratungsstelle hatte nach dem gewaltsamen Tod des Pfarrers immer noch geschlossen. Damit ihr zu Hause die Decke nicht auf den Kopf fiel, half sie zurzeit in einer Obdachlosenunterkunft aus. Sie hatte die Nachtschicht übernommen und war gerade dabei, ihre Ablösung zu instruieren. Eigentlich sollte Nathanael in der Berufsschule sein, sie hatte gestern Abend noch mit ihm telefoniert.

Leila spurtete zum nächsten Taxistand und vergaß die guten Vorsätze, zu sparen und deshalb nur noch die öffentlichen Verkehrsmittel zu benutzen. Sie verfluchte sich dafür, am Morgen auf das Auto verzichtet zu haben. Viel zu lange dauerte ihr die Fahrt zum Polizeipräsidium. Der Taxifahrer begann sich zu unterhalten, gehörte offenbar zu der Kategorie Mensch, die mit jedem sofort ins Gespräch kam.

Leila stammelte: »Mein Sohn, er hatte einen Unfall, ich muss zur Polizeiwache kommen.«

Der Fahrer, ein gutherziger Mann, beruhigte sie. »Nicht ins Krankenhaus? Das ist doch ein gutes Zeichen.«

»Ja«, hauchte Leila und plötzlich bekam sie wieder Luft. Tränen liefen ihr übers Gesicht. »Natürlich, Sie haben recht, ich Idiotin.«

»Sie werden sehen, ist sicher nur ein Blechschaden. Nichts, was man nicht wieder reparieren kann«, beruhigte sie der Fahrer erneut.

Sie stieß noch einmal erleichtert die Luft aus. »Die sagten, mein Sohn hätte darum gebeten, mich zu verständigen.«

»Sehen Sie, das klingt nicht danach, dass er verletzt ist. Der braucht jemanden, der ihm bei dem Verwaltungskram hilft.«

Fast hätte Leila hysterisch aufgelacht – wie hatte sie nur so die Kontrolle verlieren können? Auch wenn ihr Puls immer noch raste, bemerkte sie doch, dass sie etwas entspannte. Ihr Junge lebte, es schien ihm gut zu gehen, jetzt musste sie zunächst dafür dankbar sein. Den Gedanken an das neue Auto, das sie ihm gekauft hatte und die monatlichen Raten von knapp vierhundert Euro, schob sie vorerst beiseite. Den Schaden würde vermutlich die Versicherung übernehmen. Automatisch ging sie davon aus, dass ihr Sohn keine Schuld trug an dem, was auch immer passiert war.

An ihrem Ziel angekommen bezahlte sie eilig und stolperte, weil sie beim hektischen Aussteigen am Gurt hängen blieb.

»Immer langsam«, redete ihr der Fahrer zu, »Ihr Junge braucht Sie jetzt in einem Stück. Und falls Sie ein Taxi benötigen, Sie haben ja meine Nummer.«

Leila war bereits im Gebäude verschwunden, hoffte, sie

könnte auf dem Rückweg die Straßenbahn nehmen, denn die Taxifahrt hatte ihre gesamte Wochenplanung über den Haufen geworfen.

Am Empfang meldete sie sich an und kurz darauf erschien Nathanael. Er war in einem desolaten Zustand, die Augen rot unterlaufen, ungewaschen und verschwitzt. Ihn flankierte ein Mann, den Leila noch nie zuvor gesehen hatte. Sie rannte auf ihren Sohn zu und schloss ihn in die Arme.

Er schmiegte sich sofort an sie und schluchzte: »Mama, ich bin so froh, dass du da bist. Die wollten mich heute Nacht nicht gehen lassen.«

»Was?« Augenblicklich erwachte Leilas Mutterinstinkt. »Das kann doch wohl nicht wahr sein. Ich will sofort mit dem Verantwortlichen sprechen.«

Es war der Fremde, der sich ihr in den Weg stellte und in bestimmtem Tonfall sagte: »Wir sollten besser gehen und die Dinge in Ruhe besprechen.«

»Und Sie sind wer?«, reagierte Leila ungehalten.

»Mein Name ist Marcus Dorian. Ich bin der Anwalt von Nathanael«, gab er Antwort.

»Woher kennen Sie meinen Sohn?«, fragte Leila irritiert.

»Ich habe ihn angeheuert, der hat auch dem Fabian damals geholfen«, mischte sich Nathanael ein.

Leila erinnerte sich dunkel an die unschöne Geschichte. Fabian hatte im Alter von fünfzehn sturzbetrunken einen Unfall mit dem Auto seines Vaters verursacht. Fabians Eltern hatten damals keine Kosten und Mühen gescheut, den Sohn vor dem Schlimmsten zu bewahren. Leila mochte Fabian nicht, hielt ihn für schlechten Einfluss, noch dazu, wo dessen Eltern ausgesprochen wohlhabend waren und deren Großzügigkeit gegenüber dem eigenen Sohn sie als Mutter immer in den Schatten gestellt hatte. Automatisch dachte sie daran, dass dieser Marcus Dorian sicher nicht der günstigste Anwalt im Stuttgarter Raum war.

»*Braucht* mein Sohn denn einen Anwalt?«, hakte sie deshalb reserviert nach.

»Wie gesagt, das sollten wir nicht gerade hier besprechen«, wiederholte der Mann, den Leila auf Ende fünfzig schätzte. »Ich würde vorschlagen, dass wir das in meiner Kanzlei diskutieren, ich kann Sie mitnehmen.«

»Komm schon, Mama«, nörgelte Nathanael, »ich will hier weg.«

Er zog sie am Arm, und Leila folgte verwirrt. Sie war so auf die Situation konzentriert, dass ihr entging, dass jemand, den sie kannte, die Halle des Gebäudes betrat.

Hauptkommissar Stutter blickte interessiert zu der Dreiergruppe, als er Leila Maar bemerkte. »Sieht nicht so aus, als wollte sie zu uns, oder?«, fragte er leise.

Kollegin Feldweg, die sich bislang sehr schweigsam verhalten hatte, taute etwas auf und erklärte geringschätzig: »Das ist Marcus Dorian, Anwalt.« Offenkundig mochte sie den Mann nicht. »Sehr teuer und sehr windig. Vermutlich wieder ein Verkehrsdelikt, das ist seine Spezialität, betrunkene Autofahrer vor ihrer Strafe bewahren. Ich kann nur hoffen, dass ihn das eines Tages einholen wird«, ging sie hart mit dem Mann, der gerade mit seinen neuen Mandanten das Gebäude verließ, ins Gericht.

Hauptkommissar Stutter hatte der Tübinger Oberkommissarin aufmerksam zugehört und meinte schließlich: »Finden Sie bitte heraus, warum Frau Maar hier war.«

»Sicher«, antwortete die Beamtin schnippisch, »auch wenn ich mir kaum vorstellen kann, dass das etwas mit den Morden zu tun hat.«

»Herzlichen Dank«, entgegnete Stutter, ohne auf ihren Tonfall einzugehen. »Wir sehen uns dann in meinem Büro.«

Jasmin folgte ihm. »Sieht schon ein wenig so aus, als würdest du im Trüben fischen«, sagte sie ohne Vorwurf, als sie allein im Büro waren.

»Irgendetwas stimmt hier nicht«, erwiderte Stutter gereizt. »Ich glaube, ich habe mich zu sehr auf Wildhain eingeschossen.«

»Du glaubst ihm doch nicht die Story von der großen Liebe, die ihm in Form einer Polizistin begegnet ist, die ihn ausspionieren und ins Gefängnis bringen wollte.«

»Nein, aber ich halte ihn für clever. Warum hätte er ausgerechnet eine Polizistin töten sollen? Ihm musste doch klar sein, dass das sehr viel Staub aufwirbelt. Abgesehen von vier weiteren Toten. Das kann seinen kriminellen Aktivitäten kaum dienlich sein.«

»Womöglich ist er aber auch ein größenwahnsinniger Spinner, der das Risiko eingeht, der uns verhöhnt und an der Nase herumführt. Diese Option besteht durchaus.«

»Wildhain hat Alibis für die Morde«, hielt Stutter dagegen.

»Von seinen loyalen Gefolgsleuten. Außerdem könnte er jemanden beauftragen. Wer hätte überhaupt sonst noch ein Motiv gehabt?«

»Das ist womöglich der Punkt, an dem wir umdenken sollten. Was, wenn die Morde nichts mit Ronjas verdeckter Ermittlung zu tun haben? Wenn ich an den Doppelmord von Felina und Ben Holstein denke, dann bezweifle ich langsam, dass es darum ging, Menschen zu töten, die etwas über Wildhain wissen könnten.«

»Und wo sollen wir dann ansetzen?«

»Vielleicht müssen wir dem Geld folgen, wie es so schön heißt. Wildhain wusste von Ronjas verdecktem Einsatz, und zwar, bevor sie es ihm gesagt hat. Woher? Vielleicht fühlte sich nicht Wildhain bedroht, sondern dessen Spitzel?«

»Der da wäre?«, fragte Jasmin, ohne ihre Zweifel über diese Theorie zu verbergen.

»Vielleicht jemand, der durch seine Kooperation mit Wildhain unter enormen Druck geriet und versucht hat, durch die Morde Schadensbegrenzung zu betreiben.«

* * *

Leila Maar glaubte alles verloren. Sie hatte eben eine Honorarvereinbarung des Anwalts Marcus Dorian unterschrieben, die einen beeindruckenden Stundensatz enthielt.

»Ihr Sohn wird einen guten Anwalt brauchen«, hatte der Mann seine Preise gerechtfertigt.

Nathanael saß wie ein Häuflein Elend auf dem ledernen Sessel, und Leila hatte bereits das Gefühl, all den Prunk und Luxus in diesem Büro finanzieren zu müssen. Gleiches galt auch für die schwarz lackierte Limousine, mit der sie zur Kanzlei gefahren waren. Ein glänzend weißes Gebäude in bester Stadtlage mit moderner Fassade, Klimaanlage und einem hochherrschaftlichen Ambiente.

Marcus Dorian erklärte die Umstände, während Leilas Sohn beteuerte, völlig unschuldig zu sein.

»Man hat mir etwas in den Drink getan, ich bin das Opfer«, jammerte er mehrfach.

Leila streckte automatisch die Hand nach ihrem Jungen aus und murmelte gebetsmühlenartig: »Alles wird gut. Wir beide kriegen das schon hin.«

»Theoretisch könnte der Staatsanwalt eine Gefängnisstrafe fordern«, erläuterte Dorian emotionslos.

Mutter und Sohn erschraken und Nathanael fing bitterlich an zu weinen.

»Das darf nicht geschehen«, rief Leila völlig außer sich. »Das müssen Sie verhindern!«

»Dafür bin ich da«, erwiderte Dorian gönnerhaft. »Allerdings sollten Sie sich darüber im Klaren sein, dass man Ihnen die Geschichte mit den untergeschobenen Drogen und dem Alkohol nicht glauben wird. Die Kellner haben bereits bestätigt, dass Sie die Getränke selbst geordert und bezahlt haben. Was die Tabletten angeht, handelte es sich um illegale Substanzen, die Sie in Ihrer Jacke bei sich führten, als die Polizei eintraf.«

»Man wird sie ihm zugesteckt haben«, warf Leila empört ein.

»Es gibt Zeugen, die behaupten, Ihr Sohn hätte genau solche Tabletten zum Verkauf angeboten. Wir können also froh sein, wenn man ihm nicht noch Dealerei unterstellt.«

Leila war unfähig zu antworten, nickte nur.

»Der Schaden wird sich auf mehrere zehntausend Euro belaufen. Die Vollkaskoversicherung wird in diesem Fall nicht bezahlen. Sie sind sicher über die Trunkenheitsklausel im Bilde. Bei Fahren unter Alkohol- oder Drogeneinfluss übernimmt die Versicherung die Schäden am eigenen Fahrzeug nicht und«, sagte er mit einem bedauernden Blick, der einstudiert wirkte, »man wird Ihren Sohn auch für die Schäden an den anderen Fahrzeugen haftbar machen. Was ich Ihnen nun anbieten kann, ist Schadensbegrenzung.«

Wieder nickte Leila, was blieb ihr auch anderes übrig, doch als Nathanael sich nun zu Wort meldete und lamentierte: »Aber ich werde trotzdem an Weihnachten nach Thailand zu Papa fliegen!«, da verlor sie das erste Mal, seit sie ihn geboren hatte, die Beherrschung und schnauzte: »Verdammt noch mal, halt endlich deine Klappe!«

20

Oberkommissarin Feldweg hatte eine nüchterne Art, Tatsachen vorzutragen. Trotzdem gelang es ihr dabei, eine sehr bildhafte Sprache zu verwenden. »Er hat den Parkplatz abgeräumt, als wäre sein Auto die Bowlingkugel und die anderen parkenden Fahrzeuge die Kegel. Und er hat wirklich nichts ausgelassen. Dabei hat er sich noch filmen lassen. Das wird den Staatsanwalt freuen. Als die Kollegen eintrafen, hat er sich widersetzt, wollte mit dem Wagen abhauen. Kam aber nicht weit, die Mauer bei der Ausfahrt hielt ihn auf. Vermutlich ein Totalschaden; Mauer und Wagen. Wenigstens sieht er den Führerschein so bald nicht wieder.«

»Was hat er da überhaupt gemacht?«

»Offenbar haben einige seiner Arbeitskollegen in dem Vereinsgasthaus einen Junggesellenabschied gefeiert. Wie sich herausstellte, ist Nathanael Maar bei denen nicht allzu beliebt. Sie halten ihn für einen Schwätzer und Angeber. Es fanden sich unter seinen Kollegen hilfsbereite Zeugen, die ausgesagt haben, dass er ihnen Pillen verkaufen wollte. Man war sich einig darüber, dass er schon betrunken auf der Feier eintraf. Eigentlich war er gar nicht eingeladen gewesen. Er hat mit seinem neuen Auto angegeben und sei dann gegen Mitternacht eingestiegen, um es vorzuführen.«

»Und keiner konnte ihn stoppen?«, fragte Stutter genervt.

»Sie sagen, sie hätten es zu spät bemerkt. Es ist aber durchaus denkbar, dass es den meisten auch schlicht egal war. Erst als er anfing, die anderen Fahrzeuge zu rammen, wurde der Ruf nach der Polizei laut.« Sie seufzte. »Jedenfalls war er total zugedröhnt, als man ihn festnahm, hat sich sogar in die Hose gepinkelt, weil er nicht mehr die Kontrolle über seine Blase hatte. Interessant ist noch, dass er die ganze Zeit behauptete, dass das sowieso alles seine Mutter regeln würde und dass sie auch nicht sauer war, als er ihre neunzehntausend Euro verloren hätte. Na ja, die Kollegen konnten sich auf Letzteres keinen Reim machen. Ich nehme an, dass er darauf hofft, dass *Mama* auch dieses Mal für ihn in die Bresche springt. Was soll man sagen?«, fügte sie bitter an. »Mütter und ihre Söhne eben.« Sie verschwand, nachdem sie die Kopie der betreffenden Akte übergeben hatte.

»Meine Herren!«, war es Jasmin, die als Erste sprach, nachdem sie sich eingelesen hatte. »Bei dem Schadensbericht kann Leila Maar bis ans Ende ihrer Tage die Schulden des Sohnes bezahlen. Sie wird wohl kaum so gut verdienen, um das aus der Portokasse zu finanzieren.«

»Sicher nicht«, entgegnete Stutter, »und wenn der Sohnemann erst vor Kurzem neunzehntausend Euro verloren hat, dann verfügt sie gewiss auch nicht über große Reserven. Sie wird also andere Geldquellen auftun müssen.«

»Wildhain«, sprach Jasmin aus, was Stutter dachte.

»Genau. Leila Maar erhält sicher einen größeren Einblick ins kriminelle Milieu, als sie zugibt. Sie hat Kontakt mit Prostituierten, Drogenabhängigen, Alkoholkranken und Opfern von Gewalt. Wie günstig, wenn ihr die Leute ihre Geheimnisse anvertrauen. Wildhain ist sicher daran interessiert, zu erfahren, wer gerade dabei ist, aus der Reihe zu tanzen, was seine Konkurrenz so macht und wer sich entschließt, vielleicht zur Polizei zu gehen.«

»Das würde aber bedeuten«, folgerte Jasmin entsetzt, »dass sie das Vertrauen ihrer Schutzbefohlenen missbraucht hat. Stell dir vor, eine Prostituierte will aussteigen und die Person, die ihr helfen soll, schwärzt sie bei ihrem Zuhälter an.«

»Nun, wir wissen nicht, was genau für Wildhain von Interesse war, aber die Information über eine verdeckte Ermittlerin hat er sich gewiss etwas kosten lassen.«

»Dann war vermutlich Ronja Schneider diejenige, die den Pfarrer aufgesucht hat«, spekulierte Jasmin laut. »Leila muss es erfahren und an Wildhain weitergegeben haben und dann?«

»Wenn herausgekommen wäre, dass Leila Maar ihre Position als Sozialarbeiterin missbraucht, um jemandem wie Wildhain Informationen gegen Geld zukommen zu lassen, dann hätte das Konsequenzen gehabt«, schlug Stutter vor.

»Das heißt«, nahm Jasmin den Faden auf, »sie musste sich möglicher Zeugen für ihr Fehlverhalten entledigen. Wildhain hat Ronja auf ihre verdeckte Ermittlung angesprochen. Ronja fand heraus, woher die Information kam. Was, wenn sie Leila zur Rede gestellt hat, die geriet in Panik, suchte Ronja auf, wollte sie bitten, von einer Anzeige abzusehen, und es kam zu einem Streit. Leila verliert die Kontrolle und bringt Ronja um. Gleiches gilt für den Pfarrer.«

»Und was ist mit der Tänzerin Jennifer Lahke und dem Mord am Ehepaar Holstein?«

»Mögliche Zeugen«, antwortete Jasmin. »Ich denke jedenfalls, dass wir, falls wir richtigliegen, schnell feststellen können, ob Leila Maar Geld von Wildhain bekommen hat oder nicht.«

»Du hast recht, prüfen wir das.«

* * *

Noch am späten Nachmittag erfolgte erneut eine Befragung von Leila Maar. Die Frau wirkte ausgesprochen gefasst. Das Ermittlungsteam war auf einige Hinweise gestoßen, die dafürsprachen, dass Leila Maar über ihre Verhältnisse lebte. Dabei war es vor allem der Lebensstil des Sohnes Nathanael, der die Beamten hatte stutzig werden lassen. Allerdings fehlten stichhaltige Beweise.

Falls Leila Maar Gelder von Wildhain erhalten hatte, dann waren die natürlich nicht per Überweisung übertragen worden. Jedoch hatte es in den letzten Monaten immer wieder Bareinzahlungen auf Nathanaels Konto gegeben.

Einen Anwalt lehnte Leila ab, und Stutter verzichtete auf eine lange Einleitung, sondern wurde sofort direkt: »Sie haben Alex Wildhain mit Informationen versorgt. Er hat Sie dafür bezahlt, dass Sie das Vertrauen der Menschen missbrauchen, die in Ihrer Beratungsstelle Zuflucht gesucht haben.«

Leila verzog das Gesicht. Ein bitterer Zug lag um ihren Mund, aber sie antwortete nicht.

»Eine Polizistin ist tot, weil Sie deren Identität verraten haben«, fuhr Stutter fort. »Weitere Menschen sind gestorben, alles eine Folge Ihres Handelns.« Der Hauptkommissar bluffte. Er hatte keine Ahnung, was wirklich vorgefallen war, wagte daher einen Schuss ins Blaue. »Der Pfarrer war Ihr Freund und Sie haben ihn aus lauter Geldgier umgebracht.«

Leila sah auf, ihre Augen füllten sich augenblicklich mit Tränen, ihre Lippen bebten und mit heiserer Stimme krächzte sie: »Denken Sie etwa, dass ich das gewollt habe?«

Jasmin spürte, wie sich in ihr die Anspannung löste. *Ein Geständnis,* dachte sie erleichtert. Der Fall würde abgeschlossen werden und sie konnten zurück nach Wiesbaden.

»Was genau ist passiert?«, sprach Stutter nun mit sanfter Stimme weiter.

Wie so oft schien auch heute die Schuldige das Bedürfnis zu haben, ihr Gewissen zu erleichtern. Auf den erneuten Hinweis bezüglich eines Anwalts reagierte Leila wieder ablehnend. Stattdessen schluchzte sie: »Ich kann nicht mehr und ich brauche auch keinen Anwalt. Ich will es nur noch hinter mich bringen.«

»Dann erzählen Sie uns, was passiert ist«, bat der Hauptkommissar und sah sie auffordernd an.

Stutter störte sich nicht daran, dass ihn die Tübinger Kollegen hinter dem venezianischen Spiegel beobachteten, wo hingegen sich Jasmin bei der Vorstellung, auch Hauptkommissar Ehrbecker wäre anwesend, äußerst unwohl fühlte.

»Ich weiß nicht, wie es so weit kommen konnte«, begann Leila verzweifelt. Sie weinte. »Ich hatte die besten Absichten. Da war diese junge Frau, erzählte mir von ihrem Drogenproblem und ich fragte sie, woher denn die Drogen stammten. Das liegt jetzt drei Jahre zurück. Sie berichtete über einen Klub, in dem man sie ihr verkauft hatte. Sie wollte davon loskommen, aber nicht mit der Polizei sprechen. Ich versprach ihr, sie in einer Entzugsklinik unterzubringen, aber noch bevor ich eine Zusage hatte, starb sie. Herzversagen, nachdem sie irgendeine Pille geschluckt hatte. Ich war einfach nur wütend«, sprach Leila nachdenklich weiter. »Also bin ich zu dem Klub gefahren und habe den Besitzer zur Rede gestellt.«

»Alex Wildhain?«, fragte der Hauptkommissar fürs Protokoll.

»Ja«, bestätigte Leila. »Ich habe nicht überlegt, was ich da tat. Ich hielt es einfach für richtig. Und dann lief das

Gespräch völlig anders, als ich es geplant hatte. Ich drohte ihm, zur Polizei zu gehen, gab ihm die Schuld, und was tat er?« Sie lachte auf. »Er bot mir Geld an. Einfach so. Er würde sich gerne selbst um diese Angelegenheit kümmern. Er würde keinen Drogenhandel in seinen Klubs dulden. Die Polizei würde das Problem nicht lösen können, aber er schon. Für meine Mühe reichte er mir mehrere tausend Euro. ›Nehmen Sie es als Spende für Ihren Verein oder gönnen Sie sich davon einen Urlaub‹, hatte er gesagt. Er muss mir angemerkt haben, wie dringend ich das Geld gebraucht habe. Nathanael hatte zu der Zeit Probleme. Angeblich hätte er in der Gartenlaube eines Schulkameraden ein Feuer gelegt. Ich konnte die Eltern davon abhalten, die Behörden zu verständigen, versprach aber den Schaden zu begleichen. Das Geld löste daher alle unsere Probleme. Mein Sohn brauchte außerdem andere Dinge, kostspielige Dinge …« Sie schien gedanklich abzudriften, sah dann abrupt auf und fragte: »Haben Sie Kinder?«

Stutter antwortete ehrlich: »Nein.«

»Man tut alles für seine Kinder, das ist doch die Pflicht einer Mutter, oder?«, fuhr sie in einem merkwürdig säuselnden Tonfall fort – man hätte fast den Eindruck gewinnen können, sie wäre angetrunken. »Er wurde so schnell groß, mein kleiner Junge. Das Leben hatte viele Hürden für ihn und ich wollte sie ihm doch nur aus dem Weg räumen. Sein Vater ist abgehauen, hat sich nie gekümmert, meine eigene Familie hatte kein Verständnis für Nathanael, so gab es nur mich und ihn …«

»Und Wildhain half Ihnen, die Probleme in den Griff zu bekommen?«, brachte Stutter die Frau sanft zurück zum Thema.

»So fing es an. Ich behielt das Geld und wenn ich Informationen aufschnappte, dann gab ich sie an Wildhain weiter.« Plötzlich schien es ihr wichtig, etwas klarzustellen, und sie ergänzte: »Es ging meist nur um Klatsch und Tratsch aus der Szene. Die Leute, die zu mir kamen, oft Frauen, waren nicht eingeweiht in irgendwelche Geheimnisse. Aber sie erzählten von ihren Freunden, Lovern und Zuhältern. Und gelegentlich waren da interessante Details dabei.«

»Und Wildhain hat Sie dafür bezahlt?«

Sie nickte.

»Hat er Sie unter Druck gesetzt?«, fragte Stutter auch in der Hoffnung, des Klubbesitzers damit ebenfalls habhaft zu werden.

»Nein, es war unverbindlich. Wenn ich mich meldete, bekam ich Geld. Wenn ich finanziell in der Klemme steckte, gab er mir einen Vorschuss.«

»Sie hatten also Schulden bei dem Mann«, hakte Stutter nach.

»Es war ein Vorschuss, aber wenn Sie es als Schulden bezeichnen wollen, dann ja, ich hatte gelegentlich auch Schulden bei Wildhain.«

»Ich nehme an, dass die Information über Ronja Schneider ihr Konto ausgeglichen hat«, mutmaßte Jasmin.

Leila begann wieder zu weinen, gab das jedoch unter Schluchzen zu. »Ich habe diese Ronja Schneider gehört. Es war Zufall, ich kam an dem Tag noch einmal in die Beratungsstelle zurück, hatte etwas im Büro vergessen und da bemerkte ich, dass der Pfarrer Besuch hatte. Die Tür zu seinem Zimmer war geschlossen, etwas, das normalerweise selten vorkam. Ich war nervös, dachte, vielleicht beschwert sich jemand über mich oder schwärzt mich an wegen meiner Verbindung zu Wildhain, also habe ich gelauscht. Die Frau beim Pfarrer war ziemlich verzweifelt, meinte, sie wäre zu tief hineingeraten in eine Welt, die sie eigentlich verachten sollte. Es fiel Wildhains Name und dann erinnerte sie den Pfarrer an das Beichtgeheimnis. Der gab ihr sein Wort und sie erzählte ihm, dass sie eine Polizistin sei und Wildhain überführen sollte. Sie war sich nicht sicher, ob sie das noch konnte und wollte.« Leila lächelte kalt. »Ich bin wohl nicht die Einzige, die vom rechten Weg abkam. Dummerweise hat mich der Pfarrer gehört und kam aus seinem Büro. Ich erklärte ihm, dass ich etwas vergessen hätte, und er bat mich darum, gleich wieder zu gehen. Er sagte, dass er noch jemanden dahätte, der nicht gesehen werden wollte. Die Menschen, die zu uns kommen, tun sich schwer, mit Fremden zu sprechen, daher war seine Bitte nicht ungewöhnlich.«

»Und dennoch haben Sie Wildhain darüber informiert?«

Leila nickte.

»Wie hat er darauf reagiert?«

»Interessanterweise blieb er sehr gelassen, meinte nur, dass das einiges erklären würde, und erließ mir meine Schulden.«

»Pfarrer Class hat herausgefunden, dass Sie Ronja an Wildhain verraten haben, oder?«, ließ Stutter nicht locker.

»Als er von dem Mord erfuhr, begann er Fragen zu stellen. Ich sagte, ich wäre nur fünf Minuten im Büro gewesen und wüsste bis heute nicht, wer da in seinem Zimmer gesessen hätte. Das genügte ihm zunächst, dann sind jedoch Sie aufgetaucht und er überdachte die Situation neu. An jenem Abend, nach dem Gespräch mit Ihnen, gab ein Wort das andere. Er behauptete plötzlich, dass er mich schon länger in Verdacht hätte, nicht aufrichtig zu sein. Ihm sei aufgefallen, dass ich die Hilfesuchenden, selbst unsere Putzfrauen, auf eine merkwürdige Weise ausfragen würde, und er hätte ein Telefonat gehört, das ihm verdächtig vorgekommen wäre.« Sie schüttelte müde den Kopf. »Wir gerieten in Streit. Er drohte damit, die Polizei zu informieren und mich zu melden. Großzügigerweise wollte er mir aber die Gelegenheit geben, mich selbst zu stellen. Ich antwortete: ›Ich habe nichts getan‹, aber er ließ sich nicht abbringen. ›Ich werde die Polizei darüber informieren, dass ich der Frau die Beichte abgenommen habe, und ich werde den Beamten mitteilen, dass Sie sich ebenfalls im Gebäude aufhielten. Lassen wir die Kommissare entscheiden, ob dieser Umstand etwas zu bedeuten hat oder nicht‹«, zitierte Leila den toten Pfarrer. »Er war so stur«, seufzte sie. »Wenn meine Verbindung zu Wildhain bekannt geworden wäre, hätte das das Ende bedeutet. Ohne meinen Job wäre ich nicht in der Lage, meinen Sohn zu versorgen. Nathanael ist gerade in einer schwierigen Phase. Ich musste mich beschützen, um ihn beschützen zu können.«

»Da töteten Sie den Pfarrer«, folgerte Stutter ruhig.

»Ich wollte das nicht, aber er hat mich so *wütend* gemacht. Er bestand darauf, Sie anzurufen, falls ich selbst dazu nicht bereit wäre. Nannte es eine Chance, das Richtige zu tun. Ich musste ihn stoppen. Plötzlich hielt ich diese lächerliche Vase in meinen Händen und …« Sie stockte, murmelte erschöpft: »Und schlug zu. Dann nahm ich den Brieföffner, brachte es zu Ende … Ich dachte, er wäre tot. Ich hatte keine Ahnung, dass er noch am Leben war und stundenlang hat leiden müssen. Ich bedauere das …« Sie weinte wieder. »Als ich zu mir kam, versuchte ich die Spuren zu verwischen. Mir fiel ein, was die Leute über Jennifer Lahke gesagt hatten. Ihre Freundin Emily hat überall von der verbrannten Gesichtshälfte erzählt. Also dachte ich, wenn ich dem Pfarrer das Gesicht schwarz anmale, dann denken Sie vielleicht, dass das der Mörder der beiden Frauen war. Und dann ging ich nach Hause, hatte keine Ahnung, wie viel Uhr es war, duschte und entsorgte meine Kleider. Ich rechnete noch in dieser Nacht damit, dass Sie mich verhaften würden. Aber dann geschah nichts und ich ging am nächsten Tag zur Arbeit, rief die Polizei und behauptete einfach, ich wäre am Abend davor um 19.00 Uhr gegangen. Ich dachte, ich könnte es vergessen, aber es frisst mich auf, und jetzt weiß ich, dass alles umsonst war. Ich kann meinen Jungen nicht mehr beschützen. Ich habe als Mutter versagt, ich …«

»Sie behaupten also, dass Sie Ronja Schneider nicht getötet haben?«, unterbrach sie der Hauptkommissar jäh.

»Ronja Schneider!«, rief die Frau überrascht. »Nein, ich habe die Frau nicht angerührt, warum auch?«

»Womöglich, weil sie Ihnen auf die Schliche kam, Sie zur Rede gestellt hat?«

»Nein, das stimmt nicht«, widersprach Leila. »Ich schwöre es Ihnen.«

»Und Jennifer Lahke, hat die Sie womöglich erpresst?«

»Natürlich nicht!« Leila wurde panisch. »Ich gebe zu, dass ich den Pfarrer getötet habe. Etwas, das ich nie wiedergutmachen kann, und ja, ich habe Informationen an Wildhain verkauft, aber mit den anderen Morden habe ich nichts zu tun.«

»Es gab einen Doppelmord, gestern Nacht«, blieb Stutter beharrlich.

Leila rief eifrig: »Gestern Nacht hatte ich Dienst in einer Obdachlosenunterkunft. Ich habe Zeugen, ich war die ganze Nacht dort, bitte, ich würde Sie nicht anlügen. Ich habe alles gestanden, was ich getan habe, Sie müssen mir glauben …«

Es war immer schwierig, jemandem zu glauben, der bereit gewesen war, Leben zu nehmen. Allerdings bekam Stutter tatsächlich Zweifel daran, dass Leila Maar auch für die anderen Morde verantwortlich war.

Nachdem man sie in eine Zelle gebracht hatte, sagte er zu Jasmin: »Das würde erklären, warum beim Pfarrer vom Ritual abgewichen wurde. Wenn Leila Maar nur eine Nachahmerin war, die natürlich nicht alle Details von den vorhergehenden Morden kannte, dann macht das Sinn.«

»Oder aber sie hofft auf eine milde Strafe, indem sie nur

zugibt, was nötig ist, und auf einen Richter spekuliert, der von einer Tat im Affekt ausgeht.«

»Möglich, aber darauf dürfen wir uns nicht verlassen. Wir müssen davon ausgehen, dass der Mörder der anderen Opfer noch auf freiem Fuß ist.«

»Wildhain haben wir doch eigentlich ausgeschlossen«, sagte Jasmin unglücklich.

»Je mehr ich darüber nachdenke, desto mehr gelange ich zu der Überzeugung, dass die Morde aus einem sehr persönlichen Motiv heraus begangen wurden. Womöglich von jemandem, den wir bisher nicht auf unserem Radar hatten. Wir werden, wie schon so oft, die ganze Sache nochmals aus einem anderen Blickwinkel betrachten müssen. Bereit?«

21

Olivia schlug mit aller Kraft zu. Sie hatte sich vorher überlegt, wie sie das wohl am besten tun sollte, doch jetzt in der Panik und dem Wissen, dass sie körperlich die Unterlegene war, lief das Ganze anders ab als geplant. Der große Stein in ihrem Tragebeutel verfehlte seine Wirkung. Er traf den Mann zwar am Kopf, machte ihn aber nicht bewusstlos.

»Bist du bescheuert, du dämliche Nutte?«, brüllte der Typ wütend.

Er war angeblich ein weiterer *Freund* von Bernd. Dieses Mal hatten sie sich in einem anderen schmuddeligen Hotelzimmer getroffen. Bernd hatte ihr wieder die Pille gegeben, aber sie hatte nur so getan, als würde sie die schlucken. Als der Fremde angefangen hatte, sie anzufassen, hatte sie mit ihrer Handtasche ausgeholt und zugeschlagen. Die Idee mit dem Stein stammte aus ihrer Kindheit. Eine Freundin hatte ihr davon erzählt. Damals war Olivia höchstens zehn Jahre alt gewesen. Die andere, eine gewisse Ulrike, die später alle nur noch die »Psycho-Uli« genannt hatten, war eigentlich ziemlich nett zu ihr gewesen. Allerdings hatte sie Olivia einige schräge Sachen erzählt, unter anderem, wie man geschickt eine Waffe mit sich führen konnte. Eines Tages war Ulrike verschwunden, man munkelte, sie sei in ein Heim gesteckt worden, nachdem sie Vater und Mutter im Schlaf hatte erstechen wollen. Olivia erinnerte sich noch gut an die vielen Gerüchte und glaubte heute mehr denn je, dass Ulrike sicher ihre Gründe gehabt hatte, falls die Geschichte stimmte.

Bei dem Gedanken an die tapfere Ulrike schleuderte Olivia noch einmal dem Fremden die Tasche entgegen. Der darin versteckte Stein krachte dabei auf dessen Nase und es knirschte. Der Mann schrie schmerzerfüllt auf und Olivia setzte zu einem weiteren Schlag an.

Erst wegrennen, wenn der Kerl am Boden liegt, sonst verfolgt er dich! Warum erinnerte sie sich so klar an Ulrikes Worte? Eigentlich spielte es keine Rolle, Hauptsache, sie beherzigte den Ratschlag; sie schlug noch weitere drei Male zu. Der Mann blutete mittlerweile stark am Kopf und war in die Knie gegangen. Olivia erstarrte für eine Sekunde, was tat sie da? Erschreckt stellte sie fest, dass sie sich wünschte, ihr Gegenüber wäre tot. Ja, es würde ihr Freude bereiten, den Mann zu Tode zu prügeln. Schon holte sie erneut aus, da besann sie sich. Man würde wissen, dass sie das getan hätte. Bernd könnte sie verraten oder die Gäste, die ihr im Gang begegnet waren, sicher hatte auch jemand den Lärm gehört. Sie war klüger als Ulrike, sie würde sich nicht wegen so eines Schweins einsperren lassen. Mit einer wütenden Beschimpfung ergriff sie endlich die Flucht. Ihre Hände zitterten, ihre Knie gaben nach, aber sie musste fort von hier. Sie schien die ganze Zeit zu rennen. *Nur weg*, schoss es ihr durch den Kopf – und dann stellte sich die Frage nach dem *Wohin*. Wohin konnte sie jetzt noch gehen?

* * *

Konstanze erschrak, als es an der Tür klingelte. Seit den Morden machte sie unangemeldeter Besuch nervös. Deshalb reagierte sie zunächst nicht. Aber derjenige vor der Tür wurde nicht müde, auf den Knopf zu drücken.

Die junge Frau ärgerte sich, nahm sich vor, künftig vorsichtiger zu sein, wenn sie nach Hause kam. Vermutlich hatte ein Nachbar sie bei ihrer Rückkehr beobachtet und wusste, dass sie da war. Sicher ging es wieder um das leidige Thema Mieterversammlung. Konstanze mied solche Veranstaltungen und wollte auch nicht in irgendwelche Konflikte hineingezogen werden.

Wieder ertönte das schrille Klingeln und sie fasste sich ein Herz, um zu öffnen. »Olivia«, sagte sie überrascht, machte aber keine Anstalten, die andere hereinzubitten.

»Ich weiß nicht, wohin«, sagte die nun flehend.

»Zu Bernd«, gab ihr Konstanze automatisch Antwort, »ich kann ihn anrufen«, bot sie halbherzig an.

»Nein!«, rief Olivia aufgeregt. »Ich will weg von ihm. Kann ich reinkommen? Bitte!«

Erst daraufhin gab Konstanze die Tür frei und ließ Olivia herein.

»Du hast Blut an deinem Arm«, stellte sie nüchtern fest.

»Ist nicht meines«, erklärte Olivia und entspannte sich etwas. »Kann ich ins Badezimmer?«

Konstanze nickte, wurde neugierig und fragte: »Ist es von Bernd?«

»Nein, obwohl der es verdient hätte. Du hast vermutlich keine Ahnung, was dein Onkel für ein … Typ ist«, fügte sie noch vielsagend an.

Konstanze schwieg daraufhin, die Sache war ihr nicht geheuer – und plötzlich kam ihr in den Sinn, dass Olivia nicht ehrlich zu ihr war, dass sie irgendetwas vorhatte.

* * *

Hauptkommissar Stutter hatte Jasmin eigentlich in ihrer Pension absetzen wollen. »Ich jage ein paar Hirngespinsten nach, nichts Konkretes. Das wird langweilig und sicher auch sehr enttäuschend«, hatte er ihr erklärt.

Aber sie bestand darauf, ihn zu begleiten. »Mir wird die Decke auf den Kopf fallen, wenn ich mich jetzt in mein Hotelzimmer verdrücke«, versicherte sie ihm. »Langweilig ist genau das Richtige, und enttäuschender als mein verkorkstes Privatleben kann es heute Nacht kaum werden.«

Daher machten sie sich gemeinsam auf den Weg und suchten als Erstes das Haus auf, in dem Ronja Schneider während ihrer verdeckten Ermittlung gewohnt hatte und ermordet worden war.

Obwohl der Hauptkommissar wusste, dass die Wohnungstür noch das Polizeisiegel trug, stieg er die Treppen hinauf.

»Ist dir etwas aufgefallen?«, fragte er Jasmin, als sie in der obersten Etage ankamen.

Sie schüttelte den Kopf. »Sollte es das?«

»Erstens, unten stand die Haustür offen, und zweitens hat uns niemand bemerkt«, antwortete ihr Stutter.

Die Oberkommissarin fand das nicht ungewöhnlich. »Es ist kurz nach neunzehn Uhr, die Leute sind müde und hocken vor dem Fernseher oder sie sind noch unterwegs und genießen den Sommerabend.«

»Oder die Leute hier im Haus sind desinteressiert an dem, was außerhalb ihrer Wohnung passiert. Vormittags wird die Wahrscheinlichkeit, als Unbefugter erwischt zu werden, noch geringer sein, weil eine Vielzahl der Anwohner bei der Arbeit ist.«

»Außerdem würde ein Fremder tagsüber noch weniger auffallen, weil man ihn für einen Paketboten oder Handwerker halten könnte«, stimmte ihm Jasmin zu.

Der Hauptkommissar drückte die Klinke des

Technikraums gegenüber Ronjas ehemaliger Wohnung nieder. »Der ist nie abgeschlossen«, stellte er überflüssigerweise fest. »Würde ein gutes Versteck bieten, wenn man etwas plant. Alle Anwohner wurden befragt, keinem ist am Mordtag oder davor etwas aufgefallen. Das heißt, der Täter hatte entweder Glück oder war sich über das geringe Risiko im Klaren.«

»Gleiches gilt auch für das Haus von Jennifer Lahke und das Gebäude, in dem der Doppelmord stattgefunden hat. Unsere Opfer lebten so gesehen sehr anonym, ob man sie deshalb ausgesucht hat?«, überlegte Jasmin laut.

»Dann wäre Ronja Schneider nicht aufgrund ihrer Arbeit als verdeckte Ermittlerin gestorben«, mutmaßte der Hauptkommissar und runzelte nachdenklich die Stirn, als er den kleinen Raum, der auch die Putzutensilien von Konstanze Anderson enthielt, verließ.

Ohne viele Worte stieg er wieder nach unten. Hielt dort vor einer Tür.

»Jetzt noch eine Zeugenbefragung?«, wunderte sich Jasmin.

»Wir haben schon genug Zeit verloren, warum warten?«, antwortete ihr Kollege und betätigte die Klingel.

* * *

Währenddessen saß Konstanze mit einem Kloß im Hals auf der Couch und lauschte Olivias Worten.

»Er mag dich nicht, lass dich bloß nicht von ihm ausnutzen. Er wird versuchen, dich auf seine Seite zu ziehen«, sagte Olivia eindringlich.

»Aber du wolltest ihn doch heiraten?«, warf Konstanze naiv ein.

»Weil er mich eingewickelt hat mit seinen Versprechungen. Er hat mir Hoffnung auf ein besseres Leben gemacht, dabei sollte ich nur dafür sorgen, dass seines besser wird. Dieses Schwein.«

»Vielleicht passt ihr einfach nicht zusammen«, entgegnete Konstanze daraufhin lapidar.

»Dein Onkel passt zu *niemandem*. Ich glaube, dass er nicht ganz normal ist. Vielleicht ist er einer von diesen Psychopathen wie in den Krimiserien. Die sind immer nett und gut aussehend und dann …« Sie zögerte, sagte schließlich überraschenderweise: »Dann verdienen sie den Tod.«

»So denkst du über ihn?«, wunderte sich Konstanze.

»Wenn du die gemeinen Sachen wüsstest, die er über dich sagt, dann würdest du genauso denken.«

Olivia trug ihre Anschuldigungen aus vollster Überzeugung vor, aber Konstanze hatte Zweifel, sie fühlte sich plötzlich von Olivia aufgehetzt. Sie wollte überhaupt nicht hören, was Bernd über sie dachte.

»Er sagt zum Beispiel, dass du früher hübsch warst, aber jetzt ziemlich scheiße aussiehst, abstoßend.«

»Das ist nicht wahr«, murmelte Konstanze verletzt.

»Natürlich nicht«, gab ihr Olivia recht, »aber er sagt es. Er sagt lauter solche Sachen, und noch schlimmer ist, was er tut. Vielleicht verstehst du jetzt, warum ich ihm den Tod wünsche.«

Konstanze betete dafür, dass Olivia endlich schwieg. Sie antwortete ihr nicht, in der Hoffnung, die andere dadurch dazu zu bringen, den Mund zu halten. Aber Bernds Freundin sprach einfach weiter, ihr Mund bewegte sich ohne Unterlass, erzählte eine merkwürdige Geschichte über jemanden namens Ulrike, die irgendwann begonnen hatte, sich zur Wehr zu setzen. Konstanze verlor schnell den Überblick und wusste nicht mehr, wer denn nun was getan oder gesagt hatte. Davon abgesehen interessierte es sie auch nicht, sie wollte nur, dass Olivia wieder ging und ihre Storys mit sich nahm.

Je unwohler sich Konstanze fühlte, desto mehr schien Olivia in ihrem Element zu sein – und dann plötzlich war in dem Raum unerträglich viel Schmerz.

22

Etwas später im Dienstwagen der Beamten

»Nur wegen dieses *einen* Details?«, fragte Jasmin, als Stutter ihr seine Theorie nach der Zeugenbefragung präsentiert hatte.

»Ein einziges Detail, aber es macht mich stutzig. Und wenn ich das durchspiele, dann könnte es durchaus Sinn ergeben. Der Doppelmord hat mich an etwas erinnert. Ich …«

Ihr Gespräch wurde vom Klingeln des Diensthandys unterbrochen.

Der Kollege am anderen Ende der Leitung sagte: »Ich dachte, das interessiert Sie. Betrifft einen der Zeugen aus Ihrem Fall. Es gab am frühen Abend eine Anzeige gegen Bernd Loderer. Ein Mann wurde von einer Prostituierten verletzt, die angeblich für Bernd Loderer arbeitet. Loderer wurde zur Vernehmung aufs Revier gebracht. Von der Frau, einer gewissen Olivia Meier, fehlt bislang jede Spur.«

»Was genau ist passiert?«

»Der Zeuge sagt, Loderer hätte ihm die Frau angepriesen,

alles wäre einvernehmlich gewesen, das dachte er zumindest. Loderer begleitete Olivia aufs Hotelzimmer, kassierte das Geld und zog sich zurück. Kurz darauf sei die Frau ausgeflippt und hätte zugeschlagen. Das Opfer wurde ins Krankenhaus eingeliefert. Gehirnerschütterung, Nasenbeinbruch. Die Fahndung nach Olivia Meier läuft.«

»Was sagt Loderer dazu?«, wollte der Hauptkommissar wissen.

»Er behauptet, sie nicht mehr gesehen zu haben, und glaubt, dass es sich um ein Missverständnis handelt. Den Vorwurf der Zuhälterei weist er natürlich zurück.«

»Was ist mit der Familie von Olivia Meier?«, wollte Stutter wissen.

»Loderer geht davon aus, dass sie nicht nach Köln zurück ist, weil sie sich mit ihrer *Sippschaft* nicht versteht. Seine Worte, nicht meine«, stellte der Mann am anderen Ende der Leitung klar.

»Freunde in Tübingen?«

»Nein, angeblich nicht.«

Stutter überlegte laut. »Gab es nicht ein gemeinsames Essen, das als Alibi für den Mord an Pfarrer Class diente?«

Jasmin bestätigte das und der Hauptkommissar wandte sich an den Kollegen. »Womöglich ist sie bei der Nichte von Bernd Loderer, Konstanze Anderson. Suchen Sie die Adresse heraus und rufen Sie dort an. Sorgen wir dafür, dass es heute keine weiteren Gewalttätigkeiten mehr gibt.«

Kurz darauf erhielten sie die Nachricht, dass Konstanze Anderson telefonisch nicht erreichbar sei.

»Sollen wir einen Wagen hinschicken?«, wurde Stutter gefragt.

»Wir werden das übernehmen«, reagierte der Hauptkommissar prompt und ließ sich die Adresse geben.

Die Fahrt verlief äußerst angespannt.

»Bestätigt das deine Theorie jetzt, oder wirft diese Entwicklung alles über den Haufen?«

»Keine Ahnung«, antwortete der Hauptkommissar, der zügig zu den Zielkoordinaten fuhr. »Jedenfalls hoffe ich gerade *sehr*, dass ich mich irre.«

Am Gebäudeeingang standen die Beamten vor verschlossener Tür. »Jedes Mal, wenn ein Mord passiert, erfahren wir, dass die Bewohner zu bequem waren, die Eingangstür sorgfältig zu schließen. Aber wenn wir einmal schnell irgendwo hineinmüssen, dann sind die Zugänge verriegelt.«

Kaum hatte er seinen Satz zu Ende gesprochen, trat eine Mutter mit Kinderwagen aus dem Haus. Die Beamten hielten ihr freundlich die Tür auf und schlüpften hinein.

»Dienstwaffe?«, fragte Jasmin nervös.

»Auf jeden Fall bereithalten«, gab ihr Stutter Anweisung und klingelte.

Konstanze dröhnte der Kopf, sie konnte keinen klaren Gedanken fassen, fühlte sich betäubt, hörte weit entfernt ein Klingeln und vernahm Schreie.

Eine Stimme rief: »Geht weg! Verschwindet oder ich töte sie.«

Wie lange das so ging, konnte sie nicht sagen, es schien sich ewig hinzuziehen. Ein stetiger Kreislauf: Die schrille Klingel, die Stimme, die gedämpft durch die Tür drang, beruhigende Worte sprach, auf die eine andere Stimme mit Drohungen und blanker Wut reagierte.

Als schließlich eine Gruppe Menschen in das Wohnzimmer stürzte, war es eine Erlösung. Die Schmerzen endeten, es war vorbei.

Und als jemand sagte: »Sie sind verhaftet«, da konnte Konstanze wieder klar denken.

Sie spürte das kühle Metall der Handschellen auf ihrer Haut, die Hand der Beamtin, die sie aus dem Zimmer schob, und erinnerte sich daran, dass es ihre eigene Stimme gewesen war, die sie gehört und die gedroht hatte, Olivia zu töten.

Natürlich, dachte Konstanze, als sie einen letzten Blick in Olivias Richtung warf.

Man hatte die Neunzehnjährige in eine Decke gehüllt und redete ihr gut zu.

Wie konnte es auch anders sein, schoss es Konstanze durch den Kopf, *der Teufel hat wieder einmal einen Weg gefunden, davonzukommen.*

23

Dienststelle Tübingen

»Ich hatte die Lügen so unendlich satt«, sagte Konstanze spontan, als man sie nach ihrem Motiv für die Morde fragte. »Es war wie ein immerwährender Schmerz, der nicht verschwinden wollte. Etwas, das in meinem Inneren genagt und gebohrt hat. Ständig hat man mich belogen und schlecht behandelt!« Ihre Augen funkelten böse in Stutters Richtung. »Sie sind auch ein Lügner. Denken Sie wirklich, dass ich Ihnen die Geschichte von Ihrer Mutter, der Putzfrau, geglaubt habe? Jeder will mich für dumm verkaufen, das fühlt sich jedes Mal wie ein Schlag ins Gesicht an, das schmerzt.«

»Und was hatte Ronja Schneider damit zu tun?«, fragte Jasmin ungehalten.

»Sie hat mich ebenfalls belogen. Zunächst hat sie mich angesprochen, genau, wie ich es Ihnen gesagt habe. Sie tat so, als suchte sie eine Freundin. Ich habe ihr das freundliche Getue abgenommen, aber vermutlich wollte sie mich nur aushorchen. Und dann, an dem Morgen, da habe ich bei ihr geklingelt. Mir ging es nicht gut. Sie hatte gesagt, ich könne immer zu ihr kommen, wenn ich mal ein Problem habe. Und ich nahm das Angebot an. Aber sie hat mich behandelt wie *Dreck*. Sagte, ich solle verschwinden, sie wäre nicht die Richtige für mich. Abgekanzelt hat sie mich, wieder war ich der Fußabtreter. ›Schließe die Tür, wenn du gehst‹, waren ihre letzten Worte an mich, dann hat sie mir einfach den Rücken zugedreht, als gäbe es mich überhaupt nicht. Die Wut war unerträglich und da griff ich mir das Erstbeste, was ich fand, und schlug zu. Ja, ich habe sie ermordet und keiner hat mich verdächtigt. Ich bin danach einfach gegangen. Niemand hat sich beschwert. Die im Haus haben nicht einmal bemerkt, dass ich an dem Tag überhaupt nicht geputzt habe. Der Vorteil, wenn einen alle übersehen.«

Sie blickte auf und sagte mit einem schiefen Grinsen: »Es fühlte sich unbeschreiblich gut an, sich zu wehren, und da wusste ich es. Ich hatte eine Aufgabe, ich musste dafür sorgen, dass diese Menschen, diese Lügner und Betrüger, aufgehalten werden!«

»Warum aber dieses Ritual? Verbrennungen, das Schminken, die abgeschnittenen Haare und Zehen? Was hatte das für einen Sinn?«, hakte Stutter nach und vermied dabei, anklagend zu klingen.

»Sie haben es nicht erkannt?«, fragte Konstanze enttäuscht. »Ich dachte, das sei offensichtlich.«

»Nun, eine Körperhälfte für das Gute, die andere für das Böse im Menschen«, erwiderte er, um das Gespräch am Laufen zu halten.

»So ungefähr«, nahm sie den Faden auf. »Das Hässliche sieht man bei den meisten Menschen nicht, aber ich wollte, dass es alle erkennen, so wie ich es erkannt habe. Ich habe es mittlerweile verstanden, ich weiß um das Teuflische, das in den Menschen steckt. Also war es höchste Zeit, es freizulegen.« Sie lachte schrill auf. »Ich habe den Teufel auf vielen Bildern gesehen und von ihm gehört, damals im Heim. Der Teufel hat ein schwarz-rotes Gesicht, das kommt vom Feuer der Hölle, das zieht ihm die Haut ab, verbrennt sie!«

Ihre Art zu sprechen verursachte Jasmin eine Gänsehaut.

Fanatisch kniff Konstanze die Augen zusammen und zischte: »Sein Schädel ist nicht von güldenem Haar bedeckt, sondern kahl und hässlich, und er hat keine Füße mit Zehen wie ein Mensch, sondern Hufe wie ein stinkender *Ziegenbock*. Ich konnte das an dieser Frau sehen und ich wollte, dass es alle anderen auch sehen.«

»Sie haben Ronja Schneider getötet, weil sie unfreundlich war, einen schlechten Tag hatte?«, fragte Jasmin fassungslos, die vermutete, dass Ronja tatsächlich zunächst versucht hatte, Konstanzes Vertrauen zu gewinnen, um so an Informationen zu gelangen. Aber am Mordtag war die verdeckte Ermittlerin aufgrund ihrer persönlichen Verbindung zu Wildhain, dem Drogenmissbrauch und dem sich daraus ergebenden inneren Konflikt nicht mehr in der Lage gewesen, ihr Verhalten zu kontrollieren.

»Warum musste sie das an mir auslassen, warum glaubt jeder, dass er das mit mir machen kann?«, blaffte Konstanze wütend. »Sie sind sicher auch so eine. Vorne herum zuckersüß, aber nichts davon ist ehrlich gemeint. So ist der Teufel, verlogen, hinterhältig und unehrlich.«

»Jennifer Lahke«, warf Stutter den Namen in den Raum. Er hoffte, Konstanze würde sich nicht in ihrer grausamen Fantasiewelt verlieren.

»Sie hat andere zum Narren gehalten, ich habe sie erlebt und gehört, was man über sie erzählt hat. An dem Abend ging ich durch die Straßen, suchte den nächsten Teufel. Ich wusste, dass es nach dem ersten Mal weitergehen musste. Es gab noch so viel zu tun, also machte ich mich auf den Weg. Ich sah Jennifer zufällig auf dem Boden sitzen, jemand wollte ihr aufhelfen und sie zeigte wieder einmal ihr wahres Gesicht. Dann musste ich ihr nur noch folgen. Genauso wie den beiden Säufern. Rücksichtslos und verlogen waren die noch stolz darauf, jemanden bestohlen zu haben. Jedes Mal wenn ich unterwegs war, fand ich mindestens einen dieser Teufel, der es verdient hatte zu sterben. Dabei kam mir zugute, dass ich gewohnt bin, Dreck zu beseitigen. Ich hinterließ keine Spuren und warf alles, was mich hätte belasten können, in den Neckar. Und egal, was Sie jetzt mit mir machen, ich werde den nächsten Teufel finden und es wieder tun, sobald ich die Gelegenheit dazu bekomme, weil es nämlich richtig ist.«

Stutter dachte an das, was er in Konstanzes Wohnung gesehen hatte – Olivia Meier hatte wimmernd auf dem Boden gelegen, er erinnerte sich an die Aussage der ehemaligen Verlobten von Bernd Loderer: »Plötzlich ist Konstanze auf mich losgegangen, hat mich gewürgt. Sie war so … unerwartet *kräftig*. Ich versuchte, mich zu wehren, aber ich hatte keine Chance. Ich bekam einfach keine Luft mehr, dann wurde mir schwarz vor Augen. Als ich wieder zu mir kam, war ich gefesselt. Sie hat mich beschimpft, nannte mich eine lügende Teufelin. Ich dachte, ich muss sterben. Konstanze war überhaupt nicht mehr bei sich. Als Sie vor der Tür standen, hat sie die ganze Zeit nur geschrien, dass Sie verschwinden sollen, dass sie mich töten wird. Das war nicht mehr die Konstanze, die ich kennengelernt habe …«

Vermutlich würde auch das Zeugnis von Olivia Meier dazu führen, dass man Konstanze in einer psychiatrischen Einrichtung unterbringen würde. Stutter hatte es schon oft mit geisteskranken Mördern zu tun gehabt, deshalb wusste er auch, dass meist ein vorausgehendes Trauma der Antrieb für all die Gewalt war.

Um dem auf den Grund zu gehen, führte er das Verhör

weiter. »Ihre Freundin Olivia sagt aus, dass sie Sie niemals belogen hat.«

»Freundin?«, schnauzte Konstanze. »Olivia ist nicht meine *Freundin*, das war sie nie und wäre sie auch nie geworden. Sie hat sich in mein Leben gedrängt. Sie hat mir alles genommen!«

Sofort wurde der Hauptkommissar hellhörig. »Soviel ich weiß, wollte sie Ihren Onkel Bernd heiraten. Was soll sie Ihnen denn genommen haben?«, fragte er provokant.

Konstanzes Augen verengten sich erneut. »Als ob Sie das nicht schon längst wüssten«, schnauzte sie, »wo Sie doch sonst so schlau sind.«

»Ich nehme an, es hat irgendwie mit Ihrem Onkel zu tun, oder?«, wagte Stutter einen Schuss ins Blaue.

»Alles hat mit ihm zu tun«, zischte Konstanze. »Er ist …« Sie stockte und von einem Moment zum anderen begann sie zu weinen. »Er hat mich erneut verlassen.«

Mit dieser Aussage hatten die Beamten nicht gerechnet, sie tauschten einen irritierten Blick.

Stutter hakte sofort nach. »Was heißt, er hat Sie verlassen?«

»Damals vor elf Jahren, als *sie* starben«, schluchzte Konstanze. »Er hat mir versprochen, dass wir zusammenbleiben würden, aber dann musste ich in ein Heim und er hat mich verlassen.«

»Ich gehe davon aus, dass das Jugendamt das zu Ihrem Wohl entschieden hat«, warf Stutter ein, auch wenn er annahm, dass es vermutlich um weit mehr ging.

»Das Jugendamt«, schnappte Konstanze, »ich wurde ja nicht mit Gewalt festgehalten. Es hätte Mittel und Wege gegeben, wenn er nur gewollt hätte.«

»Hat er Ihnen versprochen, Sie bei sich aufzunehmen, nachdem Ihre Eltern starben?«, war es dieses Mal Jasmin, die um Klärung bat.

»Er sollte mich nicht *aufnehmen*«, erwiderte Konstanze kalt. Mit dem Ärmel wischte sie sich übers Gesicht, richtete sich ein wenig auf und sagte gereizt: »Er hat mir versprochen, mich immer zu *lieben.*«

Sie bemerkte die überraschten Gesichter und setzte trotzig nach: »Ja, wir waren ein Paar. Heimlich natürlich, immerhin war ich damals erst zwölf, als es begann. Aber er hat mir versprochen, dass wir zusammen weggehen, dass wir ein Paar sein werden, irgendwo, wo uns niemand kennt.«

»Verstehe ich das richtig, Sie hatten im Alter von *zwölf Jahren* eine sexuelle Beziehung mit Ihrem Onkel?«, fragte Jasmin zur Sicherheit nach.

»Sie müssen das nicht so abwertend sagen, es gab daran nur Gutes. Bernd hat mich geliebt und er liebt mich immer noch, das weiß ich. Er ist nur zu abgelenkt, aber wenn Olivia verschwindet, dann wird sich alles ändern.«

»Wussten Ihre Eltern von der Beziehung zwischen Ihnen und Bernd Loderer?«, wurde sie von Stutter unterbrochen.

»Meine Eltern«, antwortete Konstanze genervt. »Die kamen ja kaum mit sich selbst klar. Ich denke nicht, dass die irgendetwas bemerkt hätten, außerdem waren wir vorsichtig. Meine Eltern waren Junkies, schon vergessen? Ich war den beiden völlig egal. Dennoch standen sie uns im Weg. Nach meinem vierzehnten Geburtstag hat Bernd gesagt, dass alles anders wird, wenn die beiden fort sind.« Sie überlegte, vergaß für einen Augenblick ihre gerade gemachten Äußerungen über die Liebe zwischen ihr und Bernd und begann ihren Onkel zu beschimpfen: »Er hat mich belogen, aber ich konnte nichts mehr daran ändern. Da waren sie beide schon tot.« Sie versank in ihrer Erinnerung.

Wieder tauschten die Beamten vielsagende Blicke. Schließlich war es Stutter, der fragte: »Haben Sie Ihre Eltern umgebracht?«

»Sie haben sich selbst umgebracht, wir haben es nur

beschleunigt. Bernd hat das Zeug besorgt und ich habe es ihnen untergeschoben. Es war ein gnädiger Tod. Mein Vater hat noch nicht einmal bemerkt, dass meine Mutter tot neben ihm lag. Stattdessen fürchtete er sich vor irgendwelchen Trugbildern, die ihm die Drogen vorgegaukelt haben. Kurz bevor es zu Ende ging, hat er geweint wie ein Baby, bevor er in der eigenen Kotze starb. Es war ekelhaft und ja, ich habe zugesehen. Ich habe es nicht genossen, es hat mich abgestoßen, aber ich war auch erleichtert, als es vorbei war. Luca und Marianne Anderson waren keine Eltern. Mein Vater schrie, er würde den Teufel sehen, doch wissen Sie, was ich glaube?« Herausfordernd sah sie zu den Polizisten, bevor sie sich selbst antwortete: »Ich glaube, er hat am Ende sein eigenes Inneres, sich selbst gesehen. Der Tod der beiden hätte uns die Freiheit bringen sollen.«

»Aber dann lief alles anders, oder?«, hakte Stutter vorsichtig nach. Er wollte Konstanze nicht verärgern, weil er fürchtete, sie würde die Aussage dann verweigern.

»Bernd ist mit dem Geld abgehauen. Er und meine Eltern haben gedealt. Das verdiente Geld sollte unter den dreien geteilt werden. Bernd meinte, wenn wir alles für uns hätten, dann könnten wir ein neues Leben beginnen, also überlegten wir uns diesen Plan. Aber dann verschwand er einfach. Er sagte, er müsse vorübergehend untertauchen, würde mich später nachholen.«

»Und Sie sind nie auf die Idee gekommen, dass er Sie vielleicht benutzt hat?«, wagte Jasmin eine weitere Frage.

Überraschenderweise blieb Konstanze gelassen, lachte sogar auf und meinte: »Mehr als einmal habe ich daran gedacht, doch wenn man jemanden liebt …« Es entstand eine kurze Pause, sie überlegte, wirkte erschreckend vernünftig, als sie nun erklärte: »Zunächst dachte ich, er holt mich, aber die Zeit verging und er tauchte nicht mehr auf. Was hätte ich da tun können? Immerhin hatten wir ja gemeinsam den Tod meiner Eltern geplant. Hätte ich ihn verraten, wäre ich ebenfalls bestraft worden. Und dann tröstete ich mich damit, dass er vermutlich keine Möglichkeit hatte, mit mir Kontakt aufzunehmen. Ganz verkehrt war das auch nicht, immerhin war er eine Zeit lang im Gefängnis.« Sie seufzte. »Und dann nach elf Jahren stand er plötzlich vor meiner Tür. Da wusste ich, dass er mich doch nicht vergessen hatte. Es stimmte, er hat mich gesucht, allerdings nicht gewusst, wo ich war.«

»Herr Loderer hat elf Jahre gebraucht, um Sie zu finden?«, warf Jasmin ungläubig ein.

»Bernd hatte eine schwere Zeit durchgemacht. Gefängnis, eine fremde Stadt. Er hatte viel Pech, aber er hat mich nie vergessen.«

»Und was ist dann passiert?«, wollte Stutter wissen.

»Meine Oma war gestorben. Sie hat mir achttausend Euro vermacht. Die hat sie sich vom Mund abgespart. Die arme Frau war ihr Leben lang krank, deshalb konnte ich als Teenager auch nicht zu ihr ziehen. Aber wir standen uns immer nah. Später habe ich sie fast täglich in dem Pflegeheim besucht und eines Tages, kurz vor ihrem Tod, drückte sie mir den Umschlag in die Hand. ›Nimm es, bevor die es für die Heimgebühren verwenden‹, hat sie zu mir gesagt.«

»Und dann ist Herr Loderer wieder bei Ihnen aufgetaucht?«, fragte Stutter, der bereits ahnte, wie die Geschichte weiterging.

»Ja, er hat wohl die Todesanzeige gelesen, sich daran erinnert, dass das die Mutter meines Vaters war, und ist so auch an meine Adresse gekommen. Er hat sich richtig viel Mühe gegeben«, beharrte Konstanze darauf, dass es sich so abgespielt hatte. »Er wollte mir sein Beileid aussprechen, sehen, wie es mir geht. Und als er bemerkte, dass ich noch alleine lebte, da sind wir uns wieder nähergekommen.«

»Wusste Herr Loderer von den achttausend Euro?«

»Er hat mich gefragt, ob meine Oma mir etwas hinterlassen hat, und ich habe ihm natürlich von dem Geld erzählt.«

Jasmin verkniff sich eine entsprechende Bemerkung. Sie vermutete, genauso wie Stutter, dass sich Bernd Loderer einzig und allein deshalb wieder bei Konstanze gemeldet hat, weil er auf Geld aus der Erbschaft hoffte. Anzunehmen, dass er wirklich die Todesanzeige bemerkt hatte, aber sein Motiv, sich zu melden, war vermutlich nicht besonders nobel.

»Er hatte Pläne für uns, versprach mir, etwas für uns aufzubauen. Mittlerweile war ich erwachsen, wir hätten also überall leben können. Irgendwo, wo niemand wusste, dass Bernd mein Onkel ist.«

»Ich nehme an, Sie gaben ihm die achttausend Euro«, hakte Stutter nach.

»Natürlich, ich habe ihm vertraut.«

»Und dann?«

»Dann ist Olivia aufgetaucht und hat ihn mir weggenommen. Die beiden sind auf eine Kreuzfahrt.«

»Mit Ihrem Geld«, ließ Stutter nicht locker.

»Sie hat ihn dazu verführt, sie hat das eingefädelt, hat sich zwischen uns gedrängt. Ich habe ihn zur Rede gestellt, aber er hat mich fortgeschickt. Wegen Olivia wurde er anders zu mir, hat mich nicht sehen wollen. Das war alles Olivias Schuld«, brach es nun aus Konstanze heraus. »Das Geld wäre für unsere Zukunft gewesen, nicht für die Kreuzfahrt. Bernd hat sich verführen lassen, aber er wäre zu mir zurückgekommen. Dennoch war ich verletzt und als ich darüber sprechen wollte, hat mich diese Frau wie Dreck behandelt.«

»Sie meinen Ronja Schneider«, stellte Jasmin fürs Protokoll fest.

»Ich wollte ihr mein Herz ausschütten, habe lange mit mir gerungen, ob ich das überhaupt tun sollte, und sie schickt mich fort. Das hat mich so wütend gemacht. Den Tod hatte sie jedenfalls verdient.«

Es entstand eine kurze Pause, in der Stutter den Impuls unterdrückte, eine entsprechende Antwort zu geben. Stattdessen wechselte er das Thema und fragte: »Sie haben uns erzählt, dass Ihr Onkel für Wildhain arbeitet. Warum? Damit brachten Sie ihn doch in unseren Fokus.«

»Ich gebe zu, dass ich trotzdem sauer auf ihn war. Ich dachte, ein kleiner Denkzettel kann nicht schaden. Und womöglich wäre Olivia ja auch verschwunden, wenn die Polizei bei ihm aufgetaucht wäre. Aber stattdessen kam sie in meine Wohnung und hat Lügen erzählt! Lügen über Bernd und was er über mich sagen würde, böse Dinge, gemeine Dinge. Doch das waren Lügen einer *Teufelin*. Denn eines ist klar: Am Ende kehrt er immer zu mir zurück, das weiß ich!«

Die Beamten hatten keine Fragen mehr und als man Konstanze zurück in ihre Zelle gebracht hatte, bemerkte Jasmin müde: »Ist diese Frau auch einer dieser *Niemandsengel* gewesen, von denen Pfarrer Class gesprochen hatte?« Die Oberkommissarin seufzte und fuhr fort: »Jedenfalls ist sie genau das geworden, was sie eigentlich so verabscheut. Denn wenn jemand eine teuflische Seite besitzt, dann mit Sicherheit Konstanze Anderson.«

24

Hauptkommissar Stutter traf sich ein letztes Mal vor seiner Abreise mit Hauptkommissar Oberbichl vom LKA Stuttgart.

»Und du bist wegen des Eimers auf Konstanze Anderson gekommen?«, fragte Oberbichl anerkennend.

»Nun, ganz so einfach war es nicht«, gab sich Stutter bescheiden. »Zunächst haben wir ja an einer völlig anderen Stelle gesucht. Alex Wildhain galt lange als unser Hauptverdächtiger. Und da wir davon ausgingen, der Mord am Pfarrer wäre vom selben Täter ausgeführt worden, blieb Konstanze Anderson zunächst außen vor. Für den Mord an dem Geistlichen hatte sie nämlich ein Alibi. Sie hatte den Abend mit ihrem Onkel Bernd Loderer und dessen Verlobten Olivia Meier verbracht. Erst als klar wurde, dass der Pfarrer von einem Nachahmungstäter getötet wurde, rückte sie wieder in meinen Fokus. Es war mehr oder weniger ein Bauchgefühl, dem ich gefolgt bin. Konstanze Anderson hatte uns selbst von der netten Bewohnerin Frau Tauscher im Erdgeschoss erzählt, bei der sie für gewöhnlich den Putzeimer leerte. Als ich mit der Dame bei meinem spontanen Besuch sprach, versicherte die mir, dass am Tag, als Ronja Schneider ermordet wurde, Konstanze Anderson nicht an ihrer Tür geklingelt hätte, um das Schmutzwasser zu entsorgen. Ich fragte mich, warum es Konstanze genau an diesem Tag vorgezogen hatte, den vollen Putzeimer alle Stufen nach oben zu tragen, um ihn im Technikraum zu leeren, anstatt wie sonst auch das Angebot von Frau Tauscher anzunehmen. Das konnte natürlich ein Zufall sein, aber nachdem Konstanze uns mehrfach bei unseren Ermittlungen über den Weg gelaufen war, wunderte ich mich schon. Natürlich dachte ich nicht gleich daran, dass sie die Täterin ist. Zunächst vermutete ich irgendeine Partnerschaft mit Bernd Loderer. Sicher hätten wir sie nicht so schnell überführen können, hätte sie nicht Olivia Meier als Geisel genommen. Beweise gab es nämlich keine. Du siehst also, wir waren weit davon entfernt, ausreichend Belastungsmaterial vorlegen zu können. Aber so ist Polizeiarbeit in der Realität eben, du weißt das ja.«

»Doch als die Meldung wegen Olivia Meier kam, hast du gleich richtig geschaltet. Dein Instinkt hat der Frau wohl das Leben gerettet.«

Stutter konnte schlecht mit dem Lob umgehen, sagte daher nur: »Leider gelang es mir nicht, die anderen Morde zu verhindern.«

Oberbichl seufzte. »Ich verstehe, was du meinst. Ich fühle mich weiterhin schuldig am Tod von Ronja. Auch wenn der nicht direkt mit der verdeckten Ermittlung zu tun hatte, war ich dennoch derjenige, der sie dorthin geschickt hat.«

»Was habt ihr den Eltern gesagt?«

»Nichts über die Drogen und die Affäre mit Wildhain.«

»Warum auch?«, entgegnete Stutter. »Dieses Wissen würde ihnen den Abschied nur noch unerträglicher machen.«

Oberbichl stimmte ihm zu. »Ronja war eine gute Beamtin. Wir haben nur die Aussage eines Kriminellen, niemand weiß, wie sich Ronja am Ende wirklich entschieden hätte. Vielleicht wollte sie sogar am Tag ihres Todes reinen

Tisch machen. Ich denke, sie hat es verdient, dass wir vom Besten ausgehen.«

Stutter nickte verständnisvoll.

»Ich bin froh, dass der Fall geklärt werden konnte«, fügte Oberbichl noch an. »Auch wegen Nelly Wagner. Sie wird mit einem blauen Auge davonkommen. Leider ist uns Wildhain entkommen. Jetzt ist er gewarnt und wird sich so schnell keinen Fehler mehr erlauben.«

»Womöglich macht ihn aber auch gerade das leichtsinnig«, widersprach Stutter. »Irgendwann werdet ihr ihn bestimmt erwischen.«

Die Männer verabschiedeten sich mit einem festen Händedruck.

EPILOG

Wie zu erwarten wurde Konstanze Anderson in einer psychiatrischen Einrichtung untergebracht, wo sie den Rest ihres Lebens verbringen sollte. Ihre Prognosen waren alles andere als günstig. Immer mehr sah sie sich in einer Welt gefangen, die, beherrscht von Teufeln und Dämonen, alles unternahm, um ihrem Glück im Wege zu stehen. In ihrer wahnhaften Vorstellung würde Bernd Loderer eines Tages bei ihr erscheinen und sie mitnehmen, um dann zusammen glücklich zu werden.

Da Mord nie verjährte, erfolgte auch gegen Bernd Loderer eine entsprechende Anklage. Zur Last wurde ihm gelegt, dass er vor elf Jahren zusammen mit der minderjährigen Konstanze deren Eltern umgebracht hatte. Außerdem sagte Olivia Meier gegen ihn aus und es gab somit weitere Anklagepunkte. Schließlich wurde auch Loderer zu einer lebenslangen Haft verurteilt.

Olivia Meier bekam nach ihrer Aussage Unterstützung von den Behörden, um das erlebte Trauma verarbeiten zu können.

Besonders tragisch verhielt es sich im Falle der Sozialarbeiterin Leila Maar. Die Schuld, die sie aufgrund des Mordes an Pfarrer Ignaz Class empfand, aber auch das Gefühl, ihren Sohn Nathanael im Stich gelassen zu haben, trieben sie noch vor der Verhandlung in den Selbstmord. In ihrem Abschiedsbrief bat sie Nathanael um Verzeihung und informierte ihn gleichzeitig darüber, dass sie eine Sterbeversicherung für sich abgeschlossen hatte, sodass er sich wegen der Beisetzung nicht in Unkosten stürzen musste. Nathanael Maar verwendete nur einen geringen Teil des Geldes für ein anonymes Begräbnis und kaufte sich vom Rest ein Flugticket nach Thailand. Das löste er jedoch nie ein, weil sein leiblicher Vater zwischenzeitlich unbekannt verzogen war. Den Ausbildungsplatz hatte er gekündigt, und momentan sah es nicht so aus, als würde Nathanael Maar sein Leben jemals in den Griff bekommen.

* * *

Erst einige Wochen nach der Beerdigung von Ronja Schneider befand sich Hauptkommissar Stutter ein weiteres Mal in Stuttgart. Er hätte nicht erklären können, warum er ausgerechnet auf dieser Dienstreise die Gelegenheit ergriff, das Grab der Polizistin zu besuchen. Vielleicht lag es daran, dass er das Gefühl hatte, sich verabschieden zu müssen, oder dass er den Fall, der ihn sehr bewegt hatte, nur auf diese Weise wirklich abschließen konnte.

Als er das Erdgrab mit dem schlichten Stein erreichte, schüttelte er leicht den Kopf und flüsterte: »Warum hast du dich nicht abziehen lassen?«

Dann dachte er daran, wie schwer es ihm selbst fiel, sich einzugestehen, die eigenen Grenzen erreicht zu haben und um Hilfe zu bitten. Vielleicht würde ihm Ronjas Unvermögen, rechtzeitig die Reißleine zu ziehen, eine

Mahnung sein. Gleichzeitig hoffte er inständig, dass er immer erkennen würde, wenn er den falschen Weg beschritt. Berührt las er die Inschrift *Geliebte Tochter*, lächelte traurig und verabschiedete sich im Stillen.

Als er sich herumdrehte, wäre er fast mit jemandem zusammengestoßen. Perplex rief er lauter, als es auf einem Friedhof üblich war: »Sie?«

Alex Wildhain reagierte in seiner gewohnt lässigen Art. »Mache ich mich gerade strafbar?« Dann wurde er ungewöhnlich ernst und sagte: »Ich hatte erwartet, alleine zu sein.«

Erst jetzt bemerkte Stutter die Blumen in der Hand des Mannes. Es war ein Bouquet roter Rosen. Auf dem Grabstein lag ein ähnlicher Strauß, leicht verblüht. Wie es schien, wollte Wildhain den austauschen.

Stutter ließ das unkommentiert, machte Anstalten, zu gehen – da hielt ihn Wildhain zurück, indem er sagte: »Ich bin froh, dass Sie den Fall aufgeklärt haben. Es gibt mir so etwas wie Frieden. Und die Drogen, das Xylazin, das sie genommen hat, das stammte nicht von mir, das schwöre ich. Dennoch mache ich mir Vorwürfe«, fügte er müde an, »ich hätte sie fortschicken müssen. Gleich als ich erfuhr, wer sie eigentlich war. Aber ich war egoistisch, obwohl ich genau wusste, dass dieses Leben nie etwas für sie gewesen wäre. Sie wäre viel zu gut für mich gewesen.«

Stutter hätte das einfach bestätigen können, doch das empfand er nicht als richtig. Niemand würde je herausfinden, wie sich Ronja am Ende entschieden hätte. Vielleicht wäre sie bei Wildhain geblieben, hätte den Dienst quittiert und alle Verbindungen zu ihrer Vergangenheit abgebrochen. Womöglich wäre aber auch alles anders gekommen. Ronja hätte sich besonnen und am Ende doch noch etwas gegen Wildhain in Händen gehalten. Aber es war vorbei und Spekulationen führten zu nichts.

Deshalb antwortete der Hauptkommissar aufrichtig: »Zu sehen, dass sie Ihnen wichtig war, freut mich auch um Ronjas willen.«

Wildhain nickte dankbar und Stutter ging seiner Wege.

Jedes weitere Wort war in dem kurzen Moment der Einigkeit zwischen den beiden Männern unnötig.

Ende

SCHLUSSWORT UND ANMERKUNGEN

Alle Personen, Institutionen und Handlungen in meinem Psychothriller »Niemandsengel«, nebst Namen und Bezeichnungen, sind frei erfunden. Ähnlichkeiten mit lebenden oder toten Personen und deren Handlungen sind rein zufällig und nicht beabsichtigt. Das gilt unter anderem auch für die Dienststellen in Stuttgart und Tübingen und Hauptkommissar Stutters Abteilung beim BKA oder die im Buch erwähnte Beratungsstelle und Alex Wildhains Nachtklubs.

Allerdings sind einige meiner Schauplätze durchaus real und ich kann nur jedem einen Besuch in der wundervollen Stadt Tübingen empfehlen – ich habe meine Aufenthalte dort immer sehr genossen. Leider hätte die Erwähnung der zahlreichen schönen Plätze und Sehenswürdigkeiten den Rahmen des Buches gesprengt.

An dieser Stelle möchte ich anmerken, dass die Substanz *Xylazin* leider nicht meiner Fantasie entsprungen ist und deren verheerende Wirkung auf den menschlichen Organismus traurige Realität ist.

»Niemandsengel« ist ein weiterer Psychothriller mit meinem Ermittlerteam Stutter und Nau. Wer noch andere spannende Fälle mit den beiden lösen möchte, trifft die Beamten in folgenden Büchern wieder:

»Der Sündenfänger«
»Heimtückische Schuld«
»Der Schmerzjäger«
»Tödliche Heilige«
»Die im Regen weinen«
»Der Duft der Opfer«

Ich freue mich, dass Sie sich die Zeit für meinen Psychothriller »Niemandsengel« genommen haben, und bedanke mich fürs Lesen. Ich hoffe, ich konnte Ihnen auch dieses Mal wieder ein spannendes und unterhaltsames Leseerlebnis bereiten!

Mit herzlichen Grüßen
Ihre Ilona Bulazel

WEITERE BÜCHER DER AUTORIN

Alle Bände der Reihen sind in sich abgeschlossen und können unabhängig voneinander gelesen werden.

- Sepsis – Zorneskind (Psychothriller, Sepsis Band 11)
- Verdacht – Die tote Stiefmutter
- Mortem – Blutiges Elbufer (Mortem-Reihe, Band 2)
- Der Duft der Opfer (Psychothriller, Hauptkommissar Stutter Band 6)
- Mortem – Blutiger Traum
- Sepsis – Schlafendes Englein (Psychothriller, Sepsis Band 10)
- Sterbendes Herz (Psychothriller, Hauptkommissar Stefan Junck Band 2)
- Die im Regen weinen (Psychothriller, Hauptkommissar Stutter Band 5)
- Der Todeseid (Psychothriller)
- Mein Zorn – Dein Schmerz (Psychothriller)
- Dem Tod verfallen (Psychothriller)

- Tödliche Heilige (Psychothriller, Hauptkommissar Stutter Band 4)
- Mädchen ohne Wiederkehr (Psychothriller)
- Der Engelshenker (Psychothriller, Sepsis Band 8)
- Lebendfalle (Psychothriller)
- Schattenleid (Psychothriller, Hauptkommissar Kaller Band 2)
- Der Schmerzjäger (Psychothriller, Hauptkommissar Stutter Band 3)
- Blutschwarz (Psychothriller, Sepsis Band 7)
- Der Todesprinz (Psychothriller, Hauptkommissar Kaller Band 1)
- Heimtückische Schuld (Psychothriller, Hauptkommissar Stutter Band 2)
- Blutmosaik (Psychothriller, Sepsis Band 6)
- Der Sündenfänger (Psychothriller, Hauptkommissar Stutter Band 1)
- Verdorbene Ernte (Psychothriller)
- Bitterblutige Wahrheit (Kriminalroman)
- Ufer der Angst (Psychothriller, Sepsis Band 5)
- Schmutzige Tränen (Psychothriller)
- Lautloser Hass (Psychothriller, Sepsis Band 4)
- Sepsis – Showblut (Psychothriller, Sepsis Band 3)
- Sepsis – Das Schandmaul (Psychothriller, Sepsis Band 2)
- Sepsis – Verkommenes Blut (Psychothriller, Sepsis Band 1)
- Das Geheimnis von Herculaneum (Historischer Roman)
- Blutiger Schein (Thriller)
- Projekt Todlicht (Thriller)
- Die Akte Aljona (Thriller)
- Operation Castus (Thriller)

- world: reset – Nach den Aschentagen (Krimi/Science-Fiction-Thriller)
- Mystery-Geschichten (Kurzgeschichten)
- SciFi-Geschichten (Kurzgeschichten)

Alle Titel erhalten Sie als E-Book (die Shops finden Sie auf der Website der Autorin unter https://www.autorib.de) oder als Taschenbuch über Amazon!

Printed in Germany
by Amazon Distribution
GmbH, Leipzig

29701110R00173